AtoZ

내가 짱이다. 2002. 01. 19. 휴

ㅋㅋㅋ 넌 담벼락 짱이어서 좋겠다.
난 우주 얼짱이다, 새캬. ㅋㅋㅋ 메롱!

2002. 01. 21. 구리구리

씨발, 누군지 걸리기만 하면 인생 다 산 줄 알아라.

2002. 01. 21. 휴

이 새끼야, 잡아봐라. 잡지도 못함시롱. 담벼락 짱아,
약오르지! 메롱. ^0^ 2002. 01. 22. 구리구리

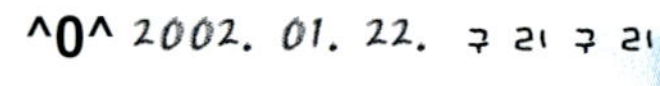

여자이기를
거부한다

여자이기를 거부한다 1

하이수 N세대 연애 소설

초판 1쇄 찍은 날 § 2003년 6월 1일
초판 1쇄 펴낸 날 § 2003년 6월 10일

지은이 § 하이수
펴낸이 § 서경석

편집장 § 문혜영
편집책임 § 이종민
마케팅 § 정필 · 강양원 · 이선구 · 김규진 · 홍현경

펴낸곳 § 도서출판 청어람
등록번호 § 제1081-1-89호
등록일자 § 1999. 5. 31
어람번호 § 제4-0004호

주소 § 경기도 부천시 원미구 심곡1동 350-1 남성B/D 3F (우) 420-011
전화 § 032-656-4452 팩스 § 032-656-4453
http://www.chungeoram.com
E-mail § eoram99@chollian.net

값 9,000원

ISBN 89-5505-702-4 04810
ISBN 89-5505-701-6 (SET)

하이수 N세대 연애 소설

여자이기를 거부한다

1

도서출판
청어람

여러분~우우운!!

안녕하세요? 하이수예요.

우선 이 글을 읽고 계시는 분들께 감사하다는 말씀부터 드리고 싶어요. 감사합니다!!

지금 이렇게 제 글을 읽고 있는 분들이 계시지 않았다면 저 하이수 또한 존재하지 않았을 것이기에 정말 감사하단 말씀을 드리고 싶어요. 출판이라는 게 남 일인 줄만 알았는데 제 일이 될 줄은 꿈에도 몰랐어요. 얼떨결에 언니 따라 심심풀이로 인터넷에 올리기 시작한 글이 책으로 출판된다니…… 사실 아싸~ 좋다 했어요, 평소에도 워낙 말도 안 되는 상상력이 풍부해서. -0-

나 책 냈어!! 하고 소리를 꽥꽥 지르면서 다니고 싶은 심정이지만 오히려 조용히 새침만 떨고 있습니다. 왜냐구요?? 사실 제 글이 책으로 출판될 만큼 훌륭한 글은 아니라고 생각하거든요(또 겸손 떠네. -_-^). 뭔가 어긋나는 것도 많고 부족한 부분들도 너무 많구. 소리를 꽥꽥 지르면서 다니기엔 제 글의 부족함을 알고 또 너무 쑥쓰러워서 조용히 혼자 속으로만 실실 웃으면서 겉으론 새침 떨고 있어요. 이 부분 읽는 극히 소수인 내 친구들아~ 욕하지 말거라. 진짜 쑥쓰럽다구 우~

『여자이기를 거부한다』가 완결되기까지 정말 속으로 삼킨 눈물이 많아요. 일년이 넘는 세월을 같이하는 동안 저에게 그만큼의 웃음도 주고, 그만큼의 울음도 주었답니다. 완결작인 『내 사랑 영국 왕세자 사로잡기』보다 속사정 많은, 진지풍 작가라는 고정되어 있는 틀을 벗어나게 해준, 하이수란 이름을 널리 알려

준 만큼 애착이 많이 가는 작품이에요. 사실… 살짝 말하는 건데 주인공들 때문에도 애착이 아주아주 많이 가요. 너무나 멋있는 남주인공들. 제가 키워낸 것들이지만 정말 군침 흘릴 정도로 멋있어서… F.F 놈들 팬 카페도 있어요!

『여자이기를 거부한다』는 저에게 너무 특별한 작품입니다. 그만큼 많은 분들이 사랑해 주시고 아껴주셨기에 더욱더 애착이 간다고 할 수 있겠죠. 부족한 걸로 따지면 끝도 없는 게 제 소설이지만—그렇다고 옥에 티 찾는 것처럼 눈에 불을 켜고 찾아내시면 안 됩니다—눈 딱 감고 즐겁게 웃으면서 봐주시구요, 이 작품 외에 앞으로 죽을 때까지 소설 열심히 쓸 테니 지켜봐 주세요. 저희 카페에 놀러오시게 된다면 이왕 오신 김에 흔적도 꼬옥~ 남겨주시고요.

아빠, 너무너무 사랑하고 노트북 사줘서 고마워요. 할머니, 아프지 마시고 오래오래 사세요!! 막둥이 동생 찬이야~말 잘 듣고 예쁘고 건강하게 키도 무럭무럭 쑥쑥 자라주렴. 그리고 이 작가 언니 OOO, 항상 건강하고 글 열심히 써!! 그리고 나도 책 냈다, 가스나야!! 나의 베스트 친구 지혜와 현정이, 내가 책 낸 줄 모르는 다른 소중한 친구들아, 건강하고 너희들도 얼른 좋은 데로 시집가라!! 나 책 냈다. 이런 친구 둬서 자랑스럽지!! 그렇다고 너무 자랑하고 다니지 말구. 쑥쓰럽잖아!! 나랑 날마다 꼬옥 붙어 있는 징글징글한 친구 무운크리스탈 지수야~!! 원고 정리 도와준다면서 날마다 겜방에서 밤 샐 때, 너 졸린 눈 비벼가며 칸 붙혀주고 점 지워줄 때, 나 옆에서 꿈뻑꿈뻑 졸아서 미안하다. 고의가 아니었어!! 우린 친구 아이가~!! 싸랑헌다. 마지막으로 청어람 출판사 분들, 감사드립니다.

오직 하이수란 이름 하나만으로 이 글을 읽고 있는 분들께 조심스레 다가갔지만, 서서히 희미한 향기로 여운있게 다가가 제 글을 읽어주시는 소중한 분들의 주위를 포근히 감싸안을 겁니다. 그 후엔 아시죠?? 희미한 향기일수록 더욱더 기억에 남고 모일수록 잊혀지지 않은 깊이 있는 향기가 된다는 것을……

더욱더 노력하여 보다 나은 다양한 장르의 작품들을 가지고 서서히 여러분들께 다가가 하이수란 이름 절대 잊지 못하도록 할 거예요. 기대하십시오. 이 글을 읽고 계신 모든 분들~ 사랑하구요, 항상 행복하시고, 『여자이기를 거부한다』많이 사랑해 주세요.

—2003. 06. 01. 하이수 드림.

1

진정한 싸가지의 의미

진정한 싸가지의 의미

주접 새끼, 넌 오면 주우우우우~거쓰. 간댕이가 부었구나. 네가 감히 나를 기다리게 하다니. 목숨 아까운 줄 모르는구나. --^

나는 차가운 담벼락에 몸을 기댄 채 주접 새끼가 나타나기만을 기다렸다. 분노로 온몸을 떨어대며… 사실은 무지 추웠다. ㅠ_ㅠ 땅바닥을 뻑뻑 후벼대기 시작했다. 하지만 아무리 힘이 세다지만 콘크리트 바닥을 후벼 파기는 역부족이었다.

…주접아, 나 배고프다. 나타나기만 해다오. 그럼 목숨만은 살려주마. 나 배고프고 추워. 오랜만에 재회하는 죽마고우 친구에게 넌 이러면 안 돼. 우어어어엉— TOT

하지만 이렇게 간절한 애원에도 불구하고 주접 새끼는 나의 가느다란 희망을 저버렸다. 바닥에 주저앉아 버렸다. -_-^ 가끔 지나가던 학생들이 나를 힐끔힐끔 쳐다보았다. 다리 아픈데 어쩌라고. 나 의외로 다리 약하다. --; 사랑스러운 친구의 모습을 찾기 위해 주위를 두리번두리번거리다 벽에 선명하게 쓰여진 낙서가 눈에 띄었다. 담벼락엔 엄청난 악필로 이렇게 쓰여져 있었다.

내가 짱이다. 2002. 01. 19. 휴.

ㅇ_ㅇ?? 날짜로 보아 바로 이틀 전에 쓰인 낙서였다. 담벼락엔 수많은 낙서들이 있었고, 낙서 하나하나마다 수많은 리플들이 달려 있었지만, 유독 그 낙서는 리플뿐만이 아니라 그 낙서 주위로 어떤 낙서도 찾아볼 수 없었다. 때문에 더욱더 그 낙서가 나의 눈에 들어왔다. 이것 미친 새끼 아니야. 짱은 무슨. 오냐~ 네놈이 여기 담벼락 짱이다 이거지?? ㅋㅋㅋ 때마침 지나가던 만만한 놈 하나가 내 눈에 클로즈업!!되었다.

"야!! -_-^ 매직 좀 줘봐."

나의 부름에 흠칫하던 그 만만한 놈. 나의 험상궂은 얼굴을 잽싸게 곁눈질하였다.

"콱!! --^ 있어, 없어?! 얼른 안 내놔?! -0-^"

나의 갈굼에 울상을 짓더니 얼른 가방을 뒤져 나에게 무언가를 던지고는 후닥닥 사라져 버렸다.

퍽—!!

"헉!! -0-"

주려면 좋게 주고 가지, 감히 내 낯짝에다 던져!! 우씨!! --^ 나는 잽싸게 펜을 들어 그 옆에 멋지게 리플을 적어놨다.

ㅋㅋㅋ 넌 담벼락 짱이어서 좋겠다. 난 우주 얼짱이다, 새꺄. ㅋㅋㅋ 메롱! 2002. 01. 21. 구리구리.

흐뭇한 마음으로 담벼락에 리플을 끝마쳤을 때 저 멀리서 헐레벌떡 뛰어오는 누군가가 눈에 들어왔다. 드디어 나타난 주접 새끼. 하지만 나에게 도착하기 몇 미터 전에서 갑자기 달리기를 멈추었다.

"아그야~ 너 얼른 안 뛰어올래? 컴 온 베이비~"

"싫어싫어!! >_< 나 가면 때리려고? 뒤에 있는 죽도로 안 때린다면 갈게."

주접 새끼의 울상인 얼굴이 동정심을 자극했지만 난 냉정하게 사적인 감정을 자제하기로 마음먹었다. -_-

"이 새끼야, 후딱 안 뛰어와!!"

내가 소리를 꽥 지르자 주접 새끼는 당연 -_- 얼른 뛰어왔다.

"너 잘 만났다. 네가 시방 오 년 만에 만나는 죽마고우를 이토록이나 기다리게 했냐?? 넌 오늘 내 손에 주거쓰~"

난 곧바로 등에 있던 죽도를 빼내어 주접 새끼의 조목만한 얼굴을 조준한 후 곧바로 내려쳤다.

"잠깐!! 아주 화끈하게 한턱낼게."

ㅇ_ㅇ 말똥말똥. 나는 주접 새끼의 한마디에 전광석화와 같이 죽도를 멈추었다.

"정말이… 냐?"

나의 주춤거림에 그제야 배시시 웃으며 나를 와락 껴안았다.

"그럼~ 정말이지! >_< 야, 구리구리! 상경한 것을 환영한다."

"야, 느끼한데 손 안 떼냐? 이렇게 두 시간 반이나 늦은 게 죽마고우 환영하는 거냐?? 넌 한턱만 아니었음 살아서 주둥이 나불거리지 못할 거다."

"구럼구럼. 내가 설마 나의 친구 구리구리를 모를까. 헤헤. 가자."

서글서글한 커다란 눈동자가 배시시 웃으며 말했다. 흠, 깜찍한 미소는 여전하구나.

"너 이번에 내가 한 번 봐줬으니까 날마다 한턱씩 내야 돼."

"구리구리, 너 빌붙는 것은 여전하구나. ^-^;"

"아그야, 나 아직 죽도 메고 있다잉~ -_-"

"하하하하하! 농담이야. 또 열받기는. -0-;"

그날 나는 주접 새끼의 등뼈가 휘어지도록 벗겨먹었고, 이게 오 년만의 주접 새끼와 나의 눈물겨운 상봉이었다.

참고로 나 여자요. -_-

"음냐. 쩝쩝."

나는 눈을 번쩍 떴다. 눈을 뜨자마자 주접 새끼의 지렁이가 기어가는 듯한 아주아주 훌륭한 글씨가 눈에 들어왔다.

구리구리, 일어났냐?? 차려놓은 밥 먹고 어제 그 시간에 맞춰 울 학교 앞으로 와. 오늘은 정말 제대로 나오마. ㅋㅋ

남자답지 않게 요리는 잘한단 말야. 귀여운 것. 나는 주접 새끼가 차려놓은 밥을 얼른 후닥닥 해치우고 죽도를 등에 멘 후 어제의 그곳으로 향하였다. 하지만 약속 장소가 바로 코앞인 관계로 오 분도 되지 않아 도착하였고 또다시 할 일이 없어진 나는 담벼락을 바라보다 어제 내가 써놓은 리플에 다시 리플이 달려 있는 것을 발견하였다.

쌔발, 누군지 걸리기만 하면 인생 다 산 줄 알아라. 2002. 01. 21. 휴.

인생 다 산 줄 알으라고? ㅋㅋ 흥이다. 나는 그때까지도 사태 파악을 못하고 그 밑에 또다시 리플을 달아놓았다.

이 새끼야, 잡아봐라. 잡지도 못할시롱. 담벼락 짱아, 약오르지! 메롱. ^0^ 2002. 01. 22. 구리구리.

"완벽해. 너무 완벽해."
나는 나의 리플에 스스로 감탄을 금치 못하고 있었다.
"뭐가 그렇게 완벽해? --^"

주접 새끼 언제 왔냐. 쥐도 새도 모르게 왔구만.

"야야, 주접!! 이거 읽어봐. 네가 봐도 아주 끝내주게 리플 달지 않았냐? 지가 아주 짱인 줄 안다니까. ㅋㅋ 야야!! 너도 한마디 써, 얼렁."

응답이 없길래 옆을 돌아보았다. 그때까지도 사태 파악을 하지 못하고 있던 나였다.

허걱! -0-; 네, 네가 정녕 인간이더냐. 난 내 옆에 쭈그리고 앉아 내가 새로 달아놓은 리플을 뚫어지게 바라보고 있는 놈의 얼굴에 코피를 쏟고 말았다. ―ㅠ― 놈은… 놈은 정말 잘생겼었다. 아니, 아름답다고 해야 할까. 연한 빛의 짧은 스포츠 머리를 스프레이로 바짝 치켜세운 너. 그것마저도 너무나도 산뜻하고 멋들어지는구나. 분명 너의 머리에 찔리면 축 사망일 것이야. 밥알같이 조목만하고 갸름한 허이연 얼굴. 속쌍꺼풀이 얇게 진 사슴같이 커다란 눈의 양끝이 새초롬하게 살짝 올라간 것이 꽉 물어주고 싶을 정도로 어여뺐다. 얼굴의 반은 차지하는 듯한 어여쁜 눈을 그늘지게 하는 앙증맞게 올라간 숱 많은 기다란 눈썹이여. 오만한 듯 하늘 높은 줄 모르고 솟아오른 아담하면서도 귀족적인 콧날. 너의 입술은 정녕 군침 흘릴 정도로 붉디붉구나. 어찌 그리도 섹시하게 생겼더냐. 윤곽 뚜렷한 앵두같이 얇은 듯하면서도 도톰한 너의 어여쁜 입술. 비스듬히 기우뚱한 탓에 눈처럼 하이얀 교복 와이셔츠 깃 사이로 보이는 여자의 것처럼 가녀리고 긴 뽀야디뽀얀 목.

내가 그놈의 완벽한 외모에 정신 못 차리고 있을 때 놈의 섹시한 입술이 열렸고 그 나른한 입 모양에 난 더욱더 정신을 차릴 수 없었다.

"씨발, 네가 우주 얼짱 구리구리냐? 넌 오늘 나한테 죽었어. −_−"

@0@! 설마… 설마 네가??

"다, 담벼락 짱?? −0−"

사슴눈깔은 나의 물음에 대답하지 않았다. 하지만 상당히 열받은 듯한 얼굴이 대신 대답해 주고 있었다. 오, 마이 갓!! 나는 곧바로 몇 초 만에 탐색전을 들어갔다. 내 옆에 쭈그리고 앉아 있어서 잘은 모르겠지만 상당히 큰 키였고, 같이 쭈그리고 앉은 난 굉장히 구리구리 했음에도 불구하고 그놈은 쭈그리고 앉아 있는 것조차 굉장히 폼났다. 그리 갑바있는 몸은 아닌 듯… 음, 호리호리?? 내가 코피를 흘릴 정도로 완벽한 얼굴이었지만 왠지 사슴과는 차원이 틀리게 커다란 눈에선 웬만해선 쫄지 않는 내가 주눅들 정도로 무시무시한 눈빛으로 날 쏘아보고 있었다.

이를 어째! 이를 어째! (−−)(__)(__)(−−) 바로 옆에 나란히 쭈그리고 앉아 있는 상태여서 내 팔이 스프링이 아닌 이상 죽도를 뺀다 하더라도 겨냥하기는 힘들었다. −−^

…침묵이 흘렀고 침묵을 못 참겠다는 듯이 사슴 눈이 드디어 말문을 열었다.

"야, 그새 벙어리 됐냐?? 네 말대로 너 잡았으니까 어떻게 요리해 줄까?"

놈의 눈빛이 너무 무서웠다. 어떻게 저런 무시무시한 말들이 저 아리따운 주둥이에서 흘러나오는지 그 와중에도 난 너무 궁금했다. 나는 최대한 이 상황을 벗어나기 위해 머리를 굴렸다.

덜그럭. 덜그럭.

돌들이 행진하는 듯. ㅇ_ㅇ!! ㅋㅋㅋㅋㅋㅋㅋㅋ 방금 생각난 것이지만 난 달리기와 순발력 하나는 끝내줬다. 나의 기발한 생각에 흐뭇한 웃음이 흘러나왔다.

"요리될 것 생각하니까 기분이 째지냐??"

그놈이 드디어 몸소 나설 것 같은 말에 나는 얼른 잽싸게 나의 굿 아이디어를 행동으로 옮겼다.

ㅋㅋㅋㅋㅋㅋㅋ 담벼락 짱! 네가 곧바로 날 처단하지 않은 것을 후회할 것이야. 나는 여전히 커다란 사슴 눈으로 계속 야리고 있는 그놈을 양손을 뻗어 화악 밀어버렸다. 나의 힘에 의해 예상대로 그놈은 콘크리트 바닥에 쓰러졌다……?

(─ ─)))))))))))); 어라라라라라? 이게 아닌데?

나의 기발한 아이디어는 두 손을 쫘악 펴서 그놈을 바닥에 쓰러뜨린 후 난 곧바로 줄행랑을 치는 것이었고, 나의 굿 아이디어에 맞게 고맙게도 내가 밀자 넘은 중심을 잡지 못하고 쓰러졌다. 하지만… 하지만 내가 왜 그놈의 위에 쭈욱 뻗어 있냐고요. ㅜㅇㅜ

사슴눈깔의 얼굴 몇 센티 바로 위에 나의 면상이 자리하고 있었다. 가까이서 본 넘의 얼굴은 더욱더 죽여줬다. 다시 코피가 터지려고 그래. 그놈의 심장이 어찌나 거세게 뛰던지 나에게까지 그 떨리는 두근거림이 느껴질 정도였다. 사실… 내 심장도 뭐가 그리 난리라고 폴딱 폴딱 뛰고 있는지. 이, 이럴 때가 아니지! 나는 잽싸게 그놈의 몸 위에서 몸을 일으킨 후 줄행랑을 쳤다. 따라오려면 따라와 봐. 내가 달리기 하난 자신있다고오~ ㅋㅋㅋㅋㅋㅋ

……?? 하지만 나의 예상을 깨고 그놈은 날 쫓아오지 않았다. 유승준 눈빛 저리 가라 할 정도로 카리스마적인 눈빛에 손으로 바닥을 짚고는 주저앉은 채로 날 갈구고 있었다. 그나마 잡히지 않을 것 같아 다행이었지만 사실… 저게 더 무서웠다. ㅜㅇㅜ

그러나 나는 이내 무서움을 상실했고 다시 간댕이 부은 평상시의 상태로 회복되었다. 나는 힘껏 달려가면서 그놈을 향해 가운데 손가락을 쫙!! 보이며 있는 힘껏 소리쳤다.

"야! 네가 뭔 요리사냐, 날 요리하게! 에이, 쉬팔. 엿이나 먹어라. 담벼락 짱 새캬!! 난 간다! ㅋㅋㅋㅋ"

나의 완벽한 대사에 그놈의 뽀얀 얼굴이 붉게 상기되는 것을 보며 느꼈다. 다음에 저놈에게 한 번만 더 걸리면 나의 목숨은 부지하기 힘들 거라고. ㅡㅡ

그나저나 이를 어째. 오늘 주접 새끼가 화끈하게 한턱낸다고 했는데. 지금 다시 돌아간다면 분명히 그놈한테 걸릴 게 분명한데. 그렇다고 주접 새끼가 한턱 쏜다고 했는데 그 아까운 기회를 넘길 수는 없고… 핸드폰!! 역시 문명의 시대는 너무나도 좋았다. 나는 주접 새끼에게 핸드폰을 걸기 위해 전화 박스를 찾았다. 회색 빛으로 은은히 빛나고 있는 전화 박스 포착!! 그곳으로 천천히 걸음을 옮길 때 누군가가 내 옷깃을 잡았다.

“……?”

설마… 설마 그놈이 혹시 날 쫓아온 거 아니야. -0- 식은땀이 흐른다. 나 구리구리 태어나서 처음으로 긴장이라는 것을 해보았다. 잘못했다고 빌까? 아니야, 여자가 자존심이 있지. 한번 확 힘있게 나가봐? 난 최대한 눈에 힘을 주고 안면근육을 씰룩거리며 뒤를 돌아보았고, 화장을 찐하게 한 조그만한 가스나가 나의 째림에 깜짝 놀라 날 올려다보고 있었다. 에이쒸… 쫄았잖아.

“뭐여?”

“저기… 시간있으세요?”

아니, 지금 이 가스나가 나한테 뭐라고 하는 거여. --^ 이내 마음이 가라앉았는지 최대한 애교있게 웃으며 나에게 말을 걸었지만 그 미소가 나에겐 구역질을 나오게 했다. 선천적으로 난 누군가와 닿는 것을 싫어한다. 물론 남여 가릴 것 없이. 예외라면 우리 아저씨와 울 옹녀 쒸, 그리고 족보상으로만 남자라 할 수 있는 주접 새끼를 제외하곤.

나는 그 가스나의 손을 잡고 나의 가슴 위에 올려놓았다. 곧 이어 나의 볼륨을 느꼈는지 그 가스나의 눈이 휘둥그레지면서 손을 잽싸게 떼더니 이상한 눈빛으로 날 쳐다보곤 후닥닥 사라져 버렸다. -_- 언제나 이런 식이었다. 내가 언제 남자라고 한 적 있어? 있냐고요~ 하긴 누가 날 여자로 볼까. 174cm의 키에 호리호리한 몸과 어리버리 머리 스타일. 남정네같이 곱상한 듯하면서도 날카로운 얼굴. 머스마들보다도 더한 행동과 터프, 더러운 성격, 후드티에 헐렁한 청바지를 간편히 입고 뒤에 덜렁 죽도 하나만을 멘 나를 누가 여자로 보겠는 가. 아니, 여자로 보이고 싶지도 않다. ;;

이럴 때가 아니지. 얼른 주접 새끼를 만나서 맛난 것 사달래야지. 어제처럼 화끈하게 껍데기까지 벗겨먹고 그 무선 넘을 잊는 거야. 동전이 들어가는 맑은 소리를 감상하며 주접 새끼의 번호를 누르려는 순간 나의 몸이 드르르 떨려온다. 삐삐였다. 지금 이 시대에 무슨 삐삐냐고 하겠지만. ㅠㅠ 핸드폰 값하고 핸폰 요금 비싸다는 울 옹녀 쒸의 선언 하에 나는 은색의 깜찍한 삐삐를 소유하고 있었다. 그 이름하여 은삐! 나의 사랑스런 은삐의 존재를 아는 사람 또한 딱 세 명이었다. 원은 울 아저씨고, 투는 울 옹녀 쒸고, 셋은 주접 새끼였다.

울 이쁜 한쒼이 새끼, 벌써 도착해서 삐삐까지 치다니. 이제 네가 정녕 인간이 되어가는구나. 넌 사실 지금까지 내 눈에는 몽키로 보였어. 이 못난 친구를 용서해다오.

[새로운 메시지 한 개가…….]

난 내 삐삐 홍보 가스나가 말을 끝내기도 전에 잽싸게 일 번을 눌렀다.

[구리구리, 나 한신이야. 야, 진짜로 미안해. 지금 갑자기 일이 생겨서 그렇거든. 두세 시간 늦을 거 같으니까 집에서 청소 좀 하고 기다리고 있어라. 그러다 시간 되면 아까 거기로 후딱 나와. 알았지. 울 이쁜 구리구리, 좀 이따 보자잉.]

넌 역시 몽키에다 주접 새끼였어. ^ 네가 어떻게 나한테 이럴 수 있냐!

여섯 살 때부터 십 년 가까이 인생을 같이한 주접 새끼. 가스나 같은 얼굴에 삐쩍 마른 채 웃으면 눈이 어디론가 도망가 버리는 주접 새끼를 난 항상 보호해 주었다. 미워하려 해도 미워할 수 없는 주접 새끼의 주접거림에 익숙해지려 할 때 그놈은 전학이라는 이유로 초등학교 5학년 때 나의 품을 떠났고 여리디여린 나의 주접과의 연락은 점점 끊어졌다. 그러다 이렇게 네가 있는 곳으로 내가 전학을 오게 되었는데 너에게 하늘 같은 날 이렇게 내팽개치다니. --^ 망할 주접! 넌 오늘 인생 다 산거여.

난 아쉬운 대로 집으로 가서 주접 새끼의 말대로 청소를 시작하였다. 사실 빌붙어 사는 주제였기에 아무런 힘도 발휘할 수 없었다. 주접 새끼, 그래도 집이 꽤 사는 놈이었기에 24평짜리 아파트에 혼자 살고 있었고 거기에 내가 끼어 살게 된 것이다.

내 나름대로 청소하다 보니 어느새 두 시간이 흘렀다. 주접한테 가야겠다. ㅇ_ㅇ 난 걸어가는 내내 그 담벼락 짱을 만날까 봐 내심 두려워하고 있었다. 살며시 전봇대 뒤에 서서 담벼락 쪽을 보니 아무도 없었다. 한숨을 내쉬며 슬그머니 담벼락 쪽으로 향했을 때, 새로이 생긴 낙서의 리플을 볼 수 있었다.

구리구리 조용히 세상 뜨는 날. 2002. 01. 30. 휴.

네가 정녕 날 죽이고 싶어했구나. 분명히 십 일 안에 날 찾아내겠다는 뜻 같은데 한턱이고 두턱이고 필요없다. 목숨부터 부지해야 했다. 마악 담벼락 쪽에서 몸을 돌리며 줄행랑치려는 찰나!!

"지휴야! 담벼락에 어떤 새끼 기웃거리는데 네가 요리한다는 새끼가 저 새끼 아니냐?"

@0@! 긴급 상황이었다. 나는 그놈의 집요함에 놀랄 수밖에 없었다. 담벼락에 보초까지 세워놓았을 줄 누가 알았겠는가. 왜 유독 그놈의 낙서엔 리플이 달려 있지 않았었는지, 유난히도 낙서의 주위가 깨끗했었던 이유를 이제야 알겠다. 나는 이곳에 온 지 얼마 안 되어서 사슴눈깔의 집요함을 몰랐던 것이다. 이럴 땐 -_- 어쩔 수 없이 줄행랑이다. 이번에도 나의 스피드함이 나의 목숨을 구제해 주기를 바랄 뿐이었다. 최대한 스피드하게 바람을 가르며 교문 앞을 지나려 할 때 마악 교문에서 나오는 누군가와 나는 세차게 박치기를 했고 별이 보인 듯싶더니 어느새 땅바닥에 벌러덩 누워 있었다.

에이, 쒸팔. -0- 머리 아파. 어떤 새끼의 머리가 이리도 단단해? 앞을 바라봤을 때 나와 마찬가지로 별나라에 다녀온 듯 아직도 정신을 못 차리고 헤롱헤롱대는 주접 새끼가 눈에 들어왔다. 역시 박한신 넌 도움이 안 되는 주접 새끼였어.

어느새 그 패거리 중 한 명이 쫓아와 나의 멱살을 잡고 일으켜 세웠다. 그리고는 지휴라는 넘을 향해 씨익 웃으면서 말을 했다.

"지휴야~ 내가 애 잡았다. -0- 이뻐해 줘~"

사슴눈깔은 내 얼굴이 구멍나도록 갈구면서 터벅터벅 다가왔다. 점점 가까워지는 넘을 보며 난 생각했다. 상당히 큰 키가 아니라 많이 큰 키라고. -_-; 호리호리한 몸이라 툭 치면 넘어질 듯 가냘프면서도 곡선이 굉장히 섬세했고 왠지 모를 권위와 힘이 느껴지는… 사실 건방짐과 오만함과 뺀질뺀질함이 느껴졌다. 표범처럼 느릿느릿 걸어오는 사슴눈깔 때문에 난 더욱더 애간장이 녹아들어 갔다. 저놈은 분명히 나를 슬슬 삶아내고 있었다. 가까이 다가올수록 넘의 새초롬한 얼굴이 더욱더 자세히 보였고 그놈의 눈부신 외모에 난 또다시 피가 코로 쏠리는 것을 참아야 했다. 잠시 그놈의 외모에 한눈판 사이 사슴눈깔이 드디어 내 앞에 멈추어 섰다.

너의 마음이 풀린다면 날 죽여라. >_< 대신!! 이것 하나만 기억해라. 나도 족보상으론 여자다. 하지만 아마도 여자라는 걸 모르는 듯. =_=; 여자가 한을 품으면 오뉴월도 서리가 내리느니, 이놈아!! 내 귀신이 되어서 머리 풀어헤치고 평생 네 꽁무니만 쫓아다닐 거다. 훌쩍. 그러니 이번 한 번만 살리도. ㅜㅜ

넘이 가만히 나의 얼굴을 들여다보았고, 너무나도 뜨거운 그 눈빛에 난 내 얼굴이 녹아버리는 줄 알았다. 내 얼굴 가까이 그놈의 얼굴이 다가온다. 그놈의 따스하면서도 달콤한 숨결이 나의 볼과 귀에 와 닿았고, 그 야릇함에 난 후들거리는 다리를 주체할 수 없었다. 이놈 혹시 변태 아녀? 그래서 날 겁탈하려는 것 아니냐구.

안 돼! (-0-)(-0-) 이래 봬도 키스조차 못해본 몸인데… 구리구리, 드디어 너의 시대가 막을 내리는구나.

"씨발, 오늘 네 장례식 날인 줄 알아."

살며시 곁눈질로 보니 넘의 섹시한 입술이 내 코앞에 와 있었다. 이 긴급한 상황에도 난 그놈의 붉디붉은 입술 색깔이 과연 천연색일까 하는 궁금증에 사로잡혀 있었다.

"어? 지휴야?"

이제야 정신을 차린 듯 주접 새끼의 목소리가 들려온다.

"너 내 친구랑 벌써 아는 사이였냐??"

내가 눈을 떴을 때 주접 새끼는 엉덩이를 팡팡 때려가면서 몸을 일으키고 있었고, 주접 새끼의 말에 지휴라는 넘의 커다란 눈이 더욱더 커졌다. 덕분에 난 넘의 눈알 상태를 자세히 볼 수 있었다. 눈밑의 속눈썹까지 어찌나 짙고 촘촘하고 기다랗게 나 있던지 너무나도 하얀 흰자위에 한국인의 눈동자치곤 너무나도 연한 빛의 벌꿀빛 눈동자가 은은하면서도 맑게 빛나고 있었다.

"이 새끼가 네가 말한 그 촌놈이냐? ―_―"

@_@… @_@… 촌놈… 나는 마지막 희망을 담은 눈으로 주접 새끼를 애타게 바라보았다. 이놈아!! 니 친구 구리구리 죽는다. ―0― 어여어여 저 사슴눈깔한테 당당히 너의 친구라고 말해 주렴.

"응, 내 친구 구리구리야. ^-^ 어때?? 정말 구리구리하게 생겼지?"

이 망할 주접아! 지금 그런 말 할 때가 아니야. ㅜㅜ^ 얼른 니 사랑스런 친구나 구해다오, 제발.

"에이～ 씨발!"

사슴눈깔은 주접 새끼의 말에 야수의 포효를 내질렀고, 그 소리에 그곳에 있던 모든 사람들이 공포의 눈길로 그놈을 바라보았다. 꿀꺽. ㅇ_ㅇ;

내가 살아 있나……. 패거리들의 공포를 띤 눈빛으로 보아 사슴눈깔의 성격이 보통이 아니라는 것과 저놈의 집요함을 뼈저리게 느낄 수 있었다. 저놈 다신 건들지 말아야지. --;

"씨발. 넌 운 좋은 줄 알아. 단, 한 번만 더 내 비위 거슬리는 날엔 한신이 죽마고우래도 안 봐준다!"

그놈은 혼자 별 성을 다 내곤 몸을 돌려 어디론가 걸어갔고, 그 뒤를 패거리들이 조용히 슬금슬금 따라갔다.

"……??"

여전히 상황 파악 못하는 주접 새끼와 날 꽉 잡고 있는 놈만이 남아 있었다. 주접아, 네가 나를 구했구나. 둘의 의미심장한 눈빛이 교환되더니 곧 이어 주접 새끼의 얼굴이 하얗게 질렸다.

"구리구리, -0- 네가 그 우주 얼짱 구리구리였단 말야?!"

"한신아, 우어어어어엉—"

나를 꼬옥 잡고 있던 넘이 나를 놓자마자 나는 주접 새끼의 품으로 다이빙했다. 그런 나를 주접은 냉정하게 떼어내더니 나의 눈을 뚫어지게 바라보았다. ㅇ_ㅇ 지휴라는 넘 못지않게 큰 눈으로 주접 새끼가 바라보니 이놈도 약간 무섭게 느껴졌다. 나의 사랑스런 주접 새끼가 언제 이렇게 변한 건지. 주접 새끼가 이렇게 진지한 건 처음이다.

"너… 지휴한테 설마 죽도까지 휘두른 것은 아니겠지?"

임마!! 내가 그렇게 사람을 몰라보는 줄 아느냐.

"저어어어~얼대로 그런 적 없어!"

나의 말에 그놈은 탄탄한 콘크리트 바닥이 꺼질 정도로 크게 한숨을 내쉬었다.

"나 잘했어?"

"그래그래, 너무 잘했어. 네 목숨은 건졌구나. 어차피 죽도 휘둘렀어도 넌 지휴 못 이겨. 너만 당하지. 쯧쯧. 불쌍한 구리구리. 하필이면 수많은 낙서들 중에 지휴 낙서에 리플을 달아가지고는. 다른 애들은 다 괜찮은데 지휴 그놈만은 진짜로 조심해야 돼. 알았지? 내가 널 진심으로 걱정해서 하는 소리야. 에이쒸~ 내 친구들한테 너 소개시켜 주려고 했는데 지휴한테 벌써 찍혀 버렸으니."

미안해, 주접아. ㅠ_ㅠ 그때 저 멀리서 누군가가 우리에게 다가온다. 윤곽은 뚜렷하지 않지만 190㎝는 족히 넘을 듯한 거구에 양 볼딱지와 목에 디룩디룩 붙은 저 살들이여. 가히 공포스럽구나. 눈은 새우 두 마리를 붙여놓은 것처럼 옆으로 쫘악 찢어진 채 눈동자는 보이지 않았고, 얼굴 곳곳의 상처가 무시무시함을 더해주고 있었다. 혹시 지휴란 넘이 도저히 지 성깔을 못 이기고… (-o-)(-o-) 안 돼! 여기서 끝날 순 없어. 도망가자. 도망가려 했지만 그 거구 새끼는 벌써 우리의 앞에 도착해 있었다.

"너희들, 지휴가 따라오래."

목소리는 의외로 따스함이 느껴지는 듯?? 분명 저놈이 이 학교의 짱일 거야. +_+ 잘보여야지. 거구 새끼의 시선이 나에게로 고정되었다. 난 짱으로 보이는 거구 새끼에게 좋은 인상을 심어주기 위해 씨익 웃어주었다. (^_____^);

"주접아, 얼른 가봐. 너의 소중한 친구가 널 찾고 있나 보네. 하하하하하. 나는 신경 쓸 필요 없어. ^0^ 자, 이제 가서 하다 만 청소나 해야지. 주접, 좀 이따 보자!"

난 잽싸게 등을 돌렸다. <u>ㅎㅎㅎㅎㅎㅎㅎㅎㅎ</u>. 난 벗어난 거야.

"너!!"

거구 새끼의 소리가 쩌렁쩌렁 울려 퍼졌고, 난 그 무시무시한 말 한마디에 자리에 얼어붙어 버렸다.

"지휴가 너도 꼬옥!! 데려오래."

나는 거구 새끼의 말에 그 자리에서 한 발자국도 못 움직이고 얼어붙어 버렸다. 지휴라는 넘은 끝까지 날 고이 보낼 생각이 없었던 것이다. ㅠ_ㅠ 내가 그런 무서운 넘의 낙서에 리플을 다는 간댕이 부은 짓을 했다니. 아직도 심장이 벌렁벌렁거린다. ㅡ.,ㅡ

너는 무서운 녀석이었어~ 갑자기 지누션의 노래가 나의 뇌리를 스쳐 지나간다.

"내 친구는 왜??"

주접 새끼가 나를 데려오라는 말에 불만이라는 듯이 말했다. 옛날에는 맨날 맞아서 울던 이놈이 많이 컸구나. ㅜㅜ 그래, 잘한다. 나의 주접 새끼, 쫌만 더 세게!!

"몰라."

짱이라는 아까 그 말 취소다. 분명 저놈은 짱이 아니라 지휴라는 넘의 일명 씨다발일 것이 분명하다. ㅡㅡ^ 이놈아!! 덩치값 좀 해라!

"모른다구?? 그럼 내 친구는 가도 되겠네. 가자, 구리구리."

모른다는 넘의 말에 주접 새끼는 아무렇지도 않게 내 어깨에 손을

두르고 발걸음을 옮겼다. −_−; 우선 고비를 넘긴 것 같긴 한데 이놈
의 주접 새끼를 믿어도 되는 건가.

"한신아."

"뭐?"

한신이는 절대 험악하지 않은 귀여운 얼굴에 있는 힘껏 힘주더니
힘차게 뒤를 돌아보았다.

"지휴가 꼭 데려오랬는데……."

이놈아!! 네가 그렇게 말해 봤자 나의 사랑스런 주접은 위험이
도사리고 있는 도살장에 날 데려가지 않을 거야. 제발 날 포기해
줘! >_<

"……."

−−? 주접 새끼는 아무런 말이 없다. 그러다 갑자기 나의 손을 잡
고 어디론가 향한다?? 그래, 주접!! 넌 확실히 변한 거야. 넌 강해진
거야. 앞으로 널 나의 형님으로 모시마. 나는 거구 새끼를 향해 최대
한 거만한 눈빛으로 한번 갈궈주곤 나의 사랑스런 주접을 향해 돌아
섰다.

"그런데 우리 어디 가는 거야? ^−^"

"지휴한테. o_o"

……?? ……!!

"뭐!! −0− 주접, 너 미쳤냐?!"

"아니, 정신 멀쩡해. 지휴 그렇게 속 좁은 애 아니야. 너한테 아무
일도 없을 거야. 내가 보장해. 설마 내가 나의 소중한 죽마고우를 잡

수쇼 하고 내버려 두겠냐?? 지휴도 알고 보면 괜찮은 새끼야. 내가 아무하고나 친구 하는 줄 아냐?”

주접 새끼는 씨익 웃었고, 그의 특유대로 커다란 눈이 하회탈처럼 되었다. 자식, 눈웃음치기는. 그래, 넌 내가 당하는 것을 보고만 있지는 않을 거야. 그리고 네가 친구 보는 눈은 있지. 그러니까 나와 친구가 된 것 아니더냐. 푸헬헬~ 주접 새끼의 빽을 믿곤 힘차게 앞으로 나아가며 나를 기다리고 있는 거구를 향해 앞장서라는 손짓을 해보였다.

야, 구리구리! 네가 왜 구리구리냐?? 지금까지 넌 옹녀 쒸 빼고 어느 누구한테도 쫄아본 적 없잖아. ㅡㅡ; 지휴 놈은 절대로 옹녀가 아니야. 힘내자, 구리구리! 아싸! 비장의 각오를 하며 앞으로 나가는 나였기에 나는 주접 새끼의 말 중 제일 중요한 끝말을 들을 수 없었다.

“지휴 정말 괜찮은 자식이야. 성격 무지 더러운 것 빼고는. ㅡㅡ;”

거구 새끼가 안내한 곳은 꽤나 커다란 호프집이었다.

가장 넓고 좋아 보이는 테이블에 빙 둘러앉아 있는 패거리들이 보였고, 유일하게 한쪽 테이블 면에 건방지게 혼자 앉아 술을 마시고 있는 지휴라는 넘도 눈에 들어왔다. 꿀꺽. ㅇ_ㅇ

거구 새끼와 주접 새끼, 나의 출현에 호프집에 있던 사람들의 시선이 일제히 우리 쪽으로 집중되었다. 제일 먼저 용감한 주접 새끼가 앞장서서 자리를 잡았고, 나 또한 주접 새끼 빽을 믿고 당당하게 주접 새끼의 옆에 털썩 앉았다. 최대한 터프하게.

“너!!”

처음 들어온 순간부터 말없이 날 갈구기만 하던 지휴가 갑자기 건방지게 한 손가락을 들어 자신의 옆 자리로 오라고 까딱까딱 손짓했다. 주접아, 나 살려줘! 0 나 진짜 저 사슴눈깔 옆에 가기 싫다. 살려달라는 눈빛으로 주접 새끼를 바라보았지만 주접 새끼는 이미 미리 준비되어 있던 술을 마시며 날 잊은 것 같았다. 나쁜 넘! 널 믿은 내가 미친 구리지. 앞으로 절대 네 이름 부를 일 없을 거다!! 이 영원한 주접나부랭이야!!

나는 약육강식의 진리와 원리를 절실히 깨달으며 최대한 강한 모습을 보이기 위해 지휴의 옆으로 가선 털썩 앉아 다리를 쫘악 벌렸다. 지휴가 벌리고 앉은 것보다 훨씬 더. _; …하지만 객관적으로 나 또한 롱다리에 속했지만, 지휴 놈의 다리 길이는 나보다 훠얼씬 더 길었기에… 솔직히 넘의 찌릿찌릿한 갈굼에 다리를 오므릴 수밖에 없었다. TT 지휴는 내가 조심스레 다리를 오므리자 그제야 나를 움츠리게 한 시선을 거두더니 말없이 술을 마시기 시작했다.

슬쩍슬쩍 사슴눈깔의 옆모습을 훔쳐보았다. 쓰읍. , 옆모습 또한 완전 예술이다. 단아하면서도 아리따운 저 옆모습. 앙증맞게 올라간 속눈썹에 둘러싸여 있는 사슴같이 커다란 눈과 거침없이 쭈욱 뻗은 오뚝한 콧날, 저 붉디붉은 입술. 뽀샤시한 얼굴은 왜 그리도 작고 고운지. 정말 옆모습의 섬세한 윤곽 또한 죽여줬다. 괜히 알 수 없이 떨리는 마음을 진정시키기 위해 앞에 있는 소주병으로 손을 뻗어 병째로 벌컥벌컥 들이켰다.

그러자 왁자지껄 떠들며 술을 마시던 넘들이 나의 모습에 모두들 입을 쫘악 벌렸다. -0- ㅎㅎㅎㅎㅎㅎㅎㅎㅎㅎㅎ. 이래 봬도 술발 하나는 끝내주는 구리구리다. ㅋㅋ 기본이 대여섯 병인 나의 주량은 가히 어느 누구도 지금까지 이기지 못했고, 취한 적은 당연히 한 번도 없었다. 술에 대해서라면 난 천하무적이었다.

“야, 구린 놈.”

내가 온 이후로 찌릿찌릿의 눈빛 외에는 절대 한마디도 하지 않던 지휴가 드디어 말문을 열었다. 날 부르는 호칭이 그다지 마음에 들지는 않았지만 아쉬운 대로 받아들이기로 했다.

“나 말한 거야? 왜? ^-^;”

난 최대한 지휴의 비위를 건드리지 않기 위해 배시시 웃으면서 대답했다.

“네 간은 얼마나 크냐? 우주만하냐?”

--;; 그런 황당한 말을 저렇게 아무렇지도 않은 듯이 물어보다니.

“우주는 무슨. 그냥 순대 먹을 때 나오는 간 크기만하지 뭘.”

나는 나의 대답에 완벽함을 느끼며 속으로 흐뭇하게 웃었다. 흐흐.

“그래? 난 내 글에 리.플. 달.아.놓.은. 것도 모자라 날 떠.밀.고. 줄.행.랑.을. 치며 나보고 엿. 먹.으.라.고. 그러길래. 또 날 만나고 나서도 다.시. 그. 담.으.로. 왔.기.에. 네 간이 우주 정도 되는 줄 알았는데 별거 아니네? 내 간은 우주 할배만하니까 앞으로 그런 간댕이 부은 짓은 하지 말아라. 한 번만 더 그러면 네 간을 사시미로 썰어 우리 애들한테 초장 찍어서 먹일 테니까. 난 소금으로 먹구.”

@0@! 그래, 망할 사슴눈깔아, 잘못했다. 주접 새끼. --^ 넌 좀 이따 집에서 죽었어. 뭐?? 이놈이 알고 보면 괜찮은 새끼라고?? 날 갈구게 가만 안 놔둔다고?? 너의 그 잘도 나불거리는 주접 주둥이를 빨랫집게로 확 찝어버릴겨!! 저 새끼 낯짝만 반반하지, 성격 파탄자에 싸이코에 엄청 무서운 넘이야.

죽도록 주접 새끼를 향한 욕을 속으로 퍼부으며 이미 얼싸하게 술기운이 올라와 화기애애하게 대화를 나누며 놀고 있는 애들에게로 시선을 던졌다. 특히 주접 새끼. --; 얼마나 술을 마셨는지 몰라도 어디서 어설프게 배운 태권도 비슷한 뭔가를 열심히 해대고 있었다. 조그맣고 하얗던 얼굴은 술로 인해 붉게 달아올라 있었고, 선하게 추욱 처진 커다란 눈은 어울리지 않게 힘을 팍팍 주고 있었다. 나름대로 열심히 태권도를 흉내 내고 있었지만 내가 죽도로 한 방만 날리면 K.O는 100%였다. 쯧쯧. 한심한 넘. --^

그때 갑자기 열심히 손발을 허우적거리던 주접 새끼와 눈이 따악 마주쳤다. 날 뚫어지게 바라보던 주접 새끼, 갑자기 나에게 다가오더니 나를 잡고 일으켜 세운다. 주접아, 정신 차려라! ㅜ_ㅜ 네가 이러니 내가 더 불안하다.

하지만 나의 마음속 간절한 외침이 주접에게 들릴 리 없었다. 나를 일으켜 세운 주접 새끼, 우리들이 앉아 있는 테이블을 쭈욱 둘러보더니 씨익 웃으면서 나의 어깨에 손을 터억 하고 올렸다. 성질 같아선 그 손등을 화악 때려 버리고 싶었지만 우리에게로 집중되어 있는 많은 시선들 탓에 차마 그럴 순 없었다.

　나의 이런 마음을 아는지 모르는지 주접 새끼는 한참 테이블을 둘러보며 혼자 히죽히죽 웃고 있었다. 오 년 만에 만난 나로서는 주접 새끼의 이런 새로운 모습에 당황스러웠지만 나를 제외한 다른 넘들은 익숙한지 그저 묵묵히 자신들이 하던 일에 집중하고 있었다. 아니, 이미 주접 새끼와 난 그들의 뇌리 속에서 잊혀진 지 오래였다!

　"야! 모더더 여기 주모케! ─0─ 딸꾹."

　주접 새끼가 갑자기 소리를 꽤액 질렀다. 이미 혀는 꼬일 대로 꼬여 있어 그 말을 알아듣기도 꽤 힘들었다. 주접 새끼의 모습에 그제야 하나둘씩 주접 새끼와 나에게 시선을 집중시켰고 난 너무나 창피하고 쪽팔리는 이 상황 때문에 숨어 들어갈 쥐구멍을 찾느라 열심이었다.

　"이놈!! 이놈 구이구이!! 딸꾹. 내아 어기 어라오기 저에 딸꾹. 나의 유이 딸꾹. 주마거우 칭그야. 나하테 너무나 딸꾹. 소주한 내 칭그. 아프러 여기 사 테니 딸꾹. 잘 뷰타케. 트키! 휴지, 네 이놈 내 칭우 개오피지 마! ─0─"

　지휴를 휴지&이놈이라 칭한 주접 새끼의 마지막 말에 모두들 지루해하는 듯한 얼굴들이 긴장으로 얼어붙었다. 물론 나 또한 마찬가지였다. 슬며시 지휴에게 시선을 옮겼다. 하지만 의외로 지휴는 주접 새끼를 진지한 눈빛으로 바라보고 있었다. 그 모습도 왜 그리 카리스마가 느껴지냐. ──;

　"내 칭그 구이구이 자아 부탕애. 딸꾹. 지그믄 딸꾹. 나에게 너희드 가은 치우드리 딸꾹. 마니 이찌만 여기 오이저에 ㅜㅜ 날 소주히

생아해 주는 딸꾹. 유이한 치우인 내 치우야. 딸꾹. 우이 구이구이 딸
꾹. 잘 부아케."

주접 새끼가 비틀비틀 뒤로 몇 걸음 물러나더니만은 지휴와 나머지 넘들을 향해 더러운 바닥에 엎드려 넙죽 큰절을 하는 것이었다!! -0- 주접 새끼의 돌발적인 행동에 당황한 난 얼른 주접 새끼를 일으켜 세우려 했지만 주접 새끼는 꼼짝도 하지 않았다. 잠들어… 버린 것이다. 단순한 넘. =_= 어떻게 그렇게 퍼자냐.

놀라기는 나뿐만이 아니라 모두들 마찬가지였다. 지휴 놈만 빼고. 유독 지휴만이 침착한 얼굴로 그런 주접 새끼를 바라보고 있었다. 저 놈에겐 과연 무표정 말고 다른 표정이 있을까. 임마!! 주접, 얼른 일어나 봐. 이렇게 일 저질러 놓고 너 혼자 잠들어 버리면 어떡하냐고오~ TT 아무리 주접 새끼를 흔들어보지만 주접 새끼는 꼼짝도 하지 않는다. 모두들 멀뚱멀뚱 지켜보기만 할 뿐 움직이지 않았다. 우리 주접 이렇게 퍼자다 쥐나면 어떡해. TOT 어어어어어어엉—

"준휘야, 한신이 깨워라."

사슴눈깔! 발로 차고 흔들어도 안 일어나는 넘을 말로만 깨우라고 하면 어떻게 하냐, 이 히틀러 같은 놈아! 준휘라고 불리운 그 앤 자리에서 일어나더니 호프집을 나가 버렸다. --a 지금 저것이 어디 간 겨? -_- 지휴한테 죽으면 어쩌려고 우리 주접이 안 깨우고 말도 없이 나가 버리냐고. 하지만 나의 걱정도 잠시 준휘라는 넘은 다시 들어왔고 주접 새끼에게 다가와 잠들어 꼼짝도 안 하는 주접 새끼의 귀에다 조용히 속삭인다.

“한신아, 일어나. 네가 좋아하는 빙그레표 바나나 우유 사 왔어.”

ㅡㅡ;;;;; 그런 얼토당토않은 소릴!! 감히 우리 주접 새끼를 뭘로 보고!! 그런다고 우리 주접 새끼가 발가락 하나라도 꼼짝할 것 같아?? 우리 주접 새끼는 그렇게 가벼운 넘이 아니라 이 말씀이지. 빙그레표 바나나 우유에 넘어갈 정도로… ㅡㅡ; 주접 새끼가 바나나 우유를 좋아할 수도 있는 거지. 그렇지, 아암~ 그렇고말고.

주접 새끼의 몸이 조금씩 꿈틀꿈틀 움직이더니만은 벌떡 일어난다. ㅡ0ㅡ 마악 자다 일어난 것처럼 눈을 비벼대며 부스스 일어나는 주접 새끼. 상황에 어울리지 않게 좀 귀여운 구석이 있었다.

“정~말?”

주접 새끼의 어리광 부리는 듯한 말에 준휘라는 넘은 조용히 미소 지으며 고개를 끄덕였다. 그 모습이 마치 사랑하는 자식 새끼 바라보는 엄마 같았다. 우웩. ㅡ0ㅡ 준휘라는 넘은 주접 새끼를 일으켜 세운 후 빨대 꽂힌 바나나 우유를 주둥이에다 물려주었다. 더 황당하게도 주접 새끼는 아주아주 맛난다는 듯이 빨대를 쪽쪽 빨아대는 것이었다. 그런 주접 새끼를 모두들 흐뭇한 눈길로… 사랑하는 자식 새끼 바라보는 엄마의 눈길로 바라보았다. 지휘라는 넘 역시. 아마도 주접 새끼는 이 패거리의 귀염둥이인 듯한. ㅡ_ㅡ 난 오늘 처음으로 깨달았다. 650원짜리 빙그레표 바나나 우유의 힘을.

“술 좀 깼냐??”

준휘라는 넘이 조심스레 주접 새끼를 다독거려 주자 아쉽다는 듯이 마지막 한 모금의 바나나 우유를 마신 주접 새끼는 고개를 끄덕였다. 그와 동시에 아까 전의 화기애애한 분위기로 되돌아왔고 난 슬며시 지휴 놈의 눈치를 살펴보았다. 여전 새침스러운 무표정. 화날 정도로 인정하기 싫지만 정말로 착하게 생겼다는 걸 뼈저리게 느꼈다. 지휴 놈이 갑작스레 날 쳐다보는 바람에 눈이 마주치고 말았다. 한 번만, 한 번만 기냥 못 본 척 넘어가라. 저 무선 넘이 또 어떻게 나올지 몰라 나답지 않게 안절부절못했고, 드디어 넘의 붉은 입술이 나른하게 열린다. 속지 말자, 구리구리. 저 섹시한 입술에 속지 말자구! >_< 저 섹시한 입술의 험악함을 바로 몇 시간 전에 깨달았잖아.

"…구린 놈. -_-"

기집애같이 곱상한, 아니, 더 이쁜 얼굴과는 안 어울리게 듣기 좋은 저음의 허스키한 목소리로 지휴가 날 불렀고 난 침을 꿀꺽 삼키면서 지휴를 바라보았다.

"우리 패밀리에 널 받아들인다."

엥?? 지금 저놈이 뭐라고 하는 거지?

"넌 한신이 덕에 영광스럽게도 우리의 새로운 패밀리가 된 거다. -_-"

그렇지. 네가 좋게 나갈 리가 없지. --^ 영광은 무슨 얼어죽을 영광?? 재수 똥이다, 새캬. (-_-)ㄴ 라고 마음속으로만 열심히 외치면서 입으로는,

"아, 그래. ^-^; 너희들과 패밀리가 되다니 진짜 너무 영광이다."

오오~ 초라하기 그지없는 구리구리여. ㅜㅜ 제일 먼저 담벼락에서 날 잡은 약삭빠르게 생긴 마른 체형의 얄미운 넘이 입을 열었다.

기생 오라비 같은 놈. 나한테 딱!! 찍혔으.

"반갑다. 통성명해야지. 난 김태훈이라고 한다."

라며 씨익 웃으며 나에게 악수를 청했고, 얼떨결에 난 그놈의 손을 덥석 잡아버렸다. 그 옆에 빙그레표 바나나 우유를 사 온 귀공자 범생이같이 생긴 한준휘라는 넘의 통성명을 들었고 -0- 넌 앞으로 배용준 내 님이다! 그 뒤를 이어 훤칠한 키와 이목구비 뚜렷한 한재석 닮은, 남자답게 생긴 고길동이와 훤칠한 키에 서글서글한 인상이 선하고 무척이나 활발해 보이는 듯한 까무잡잡한 얼굴의 스포츠맨 유상엽이 통성명을 했다. 그래, 여기까지는 좋았다고.

하지만 나를 제외한 일곱 명의 남자 중에서 유일무이하게 190cm은 족히 되는 비대한 몸에 새우만한 눈이 감길 정도로 험악한 인상의 거구 새끼가 나의 손을 잡으며 배시시 웃을 땐 토악질이 나오는 줄 알았다. 참고로 나 무척 비위 약함.

"반가워. 난 박초롱이라고 해. 헤헤. (^___^)"

@0@… @0@… 난 그놈의 너무나 어울리지 않는 이름에 입이 벌어졌고, 모두들 나의 반응을 예상했는지 서로 마주보며 씨익 웃어댈 뿐이었다. 망할 것들. --^

"우리 초롱이 귀엽지? 그렇지? ^-^"

젤로 얄미운 태훈 놈이 배시시 웃으며 말도 안 되는 소리를 한다. 통성명을 다 하고 지휘 놈만 남아 있었다. 오냐, 사슴눈깔. 그렇게 말까지 해놓고 끝까지 날 받아들이기 싫다 이거냐?? --^ 내 마음속 외침을 들었는지 지휘 놈이 날 바라본다. 꿀꺽……. --;

“신지휴… 다.”

마지못해 어색한 듯이 말을 내뱉었고, 무심+냉정+싸가지였지만 그래도 난 넘의 성격에 이 정도면, 아니, 날 받아주었다는 것 자체로도 황공해야 할 노릇이었다. 왠지… 이놈 정말 주접 새끼 말대로 괜찮은 넘인지도 몰라. 지휴가 갑자기 주접에게 관심을 돌린다.

“박한신, 술은 다 깼냐??”

어울리지 않게 나의 주접 새끼까지 챙겨주고 정말정말로 괜찮은 넘인지도 몰라. 지휴 놈의 물음에 주접은 뭐가 그리 좋은지 눈웃음 살살 흘리면서 입가에 쌩긋 미소를 띠고 사랑스럽게 지휴 놈을 바라보며 고개를 끄덕끄덕.

“그래?? 박한신 너 죽고 싶냐! 뭐! 휴지?!”

지휴 놈은 벌떡 일어나더니 나의 사랑스런 주접 새끼에게로 다가가더니 가냘퍼 보이는 팔로 억세게, 그리고 가차없이 주접 새끼의 목을 졸라맨다. 의외로 내가 섣불리 판단한 것 같은……. ㅡㅡ;

“으아아아아아아아아아악— 꼬로록. @0@”

주접 새끼의 숨넘어가는 소리가 호프집 안에 울려 퍼진다. 누가 내 사랑스런 주접 좀 살려줘~

“훌쩍. 훌쩍. ㅠㅠ”

“뚝!”

지휴에게 필살의 목졸림을 당한 후 훌쩍이고 있는 주접 새끼를 달래다 못한 준휘가 매서운 한마디를 던지자 그제야 주접 새끼 어느 정도 훌쩍임이 멈추었고 난 그 모습을 멍하니 보고 있을 뿐이었다.

“지휴… 미워엉~”

그렇게 당하고도 아직도 술이 덜 깼는지 정신을 못 차리고 다시 지휴 놈을 슬슬 건드리는 주접이의 말에 다시 조용히 술만 마시고 있던 지휴 놈이 주접 새끼를 매섭게 갈구자 주접 새끼 훌쩍이며 준휘의 품에 얼굴을 파묻었다.

“쭌휘야~! >_< 우어어어어엉—”

다시 훌쩍거리는 주접 새끼를 준휘가 품에 안고 토닥이는 모습은 영락없는 모자의 모습이었다.

“지휴야, 이번엔 네가 심했어. 아무리 그 말을 했다고 한신이 숨넘어가기 직전까지 목을 졸라 버리면 어떻게 해.”

우오ㅇㅇㅇㅇㅇㅇㅇㅇㅇ~ @0@ 조금도 지휴를 두려워하는 기색없이 부드러운 목소리로 스스럼없이 나무라는 준휘의 어른스런 모습이 내 눈에는 영락없이 백마 탄 왕자님으로 보였다. 준휘의 나무람에 지휴는 아무 말 없이 술만 마셔대고 지휴 놈과 준휘, 훌쩍이는 주접 새끼, 나를 제외하곤 아무 일도 없었다는 듯이 죽도록 히히덕거리며 술만 퍼마셔 대는 것들. 쩝. 과연 이 패밀리의 의미는 무엇인지 의심이 간다. 진짜로! 참말로!

주접 새끼의 훌쩍임이 멈추지 않자 도저히 안 되겠는지 준휘 놈이 주머니를 뒤적거리더니 내 앞으로 손을 불쑥 내밀었다.

“……??”

쫙 편 준휘의 넓디넓은 손바닥 위엔 오백 원짜리 동전 하나, 백 원짜리 동전 두 개가 놓여져 있었다. 이놈이 지금 나보고 택시도 아니고 버스 타고 컴백홈하라는 말인가. --;; 나쁜 넘. 너만은 그렇게 안 봤는데. ㅜㅜ 바트! 이놈들을 만난 이후로 한없이 연약해진 나 구리구리. 지휴 놈을 비롯한 칠인방 패밀리가 왠지 모르게 처음으로 나를 쫄게 했고, 난 어쩔 수가 없었다. 힘없이 준휘의 손바닥에서 칠백 원을 쥐고 출입구를 향해 등을 돌릴 때 등 뒤에서 준휘의 조용한 목소리가 들려왔다.

"빙그레표 바나나 우유야. 그리고 오십 원은 꼬옥 다시 반납이다. 팁으로 챙기면 죽는다. -_-"

ㅜㅜ… -_-??… ㅇ_ㅇ 그럼 나보고 컴백홈하라는 게 아니고 주접새끼를 위한 빙그레표 바나나 우유 심부름?? 칠백 원의 진정한 의미를 깨닫고 그 황당함에 정신을 못 차리고 있을 때―은근히 기뻐하고 있음―다시 한 번 준휘의 목소리가 들려왔다.

"얼른 갔다 와. 한신이 훌쩍대는 소리 더 못 들어주겠단 말야."

"어?? 엉, 알았어. 얼른 갔다 올게. -0-"

집으로 돌아가지 않아도 된다는 사실이 왠지 모르게 다행스럽게 여겨졌다. 벌써부터 이 이상한 패밀리에 동화되어 가는 듯한?? --

호프집을 나서자마자 조그마한 구멍가게가 눈에 들어왔고, 나는 힘차게 문을 드르륵 열고 들어갔다.

"아줌마, 빙그레표 바나나 우유 하나 주세요! -0-"

"아이구~ 학상, 이를 어째. 뼈내녀 우유 떨어져서 없는디. 아까 어떤 잘생긴 남학상이 두 개 사 간 게 마지막이었는디. 이를 어쩐다나?"

"네? 아, 예, 알겠습니다. 아주머니 수고하세요."

“그려. 담에 또 와, 이쁜 학상. 뼈내너 우유 많이 갖다 놓을 테니.”

나는 아줌마의 따스한 마중까지 받으며 구멍가게를 나왔다. 어디로 가야 한담?? 왠지 빈손으로 가면 나의 준휘님한테 혼날 것만 같았다(은근히 준휘가 맘에 듬. -0-). 울 쭌휘님이 화내면 지휴 놈 못지않게 무서울 텐데. 쩝.

어떻게 해서든지 빙그레표 바나나 우유를 사 가야 한다는 일념 하에 나는 무작정 슈퍼마켓을 찾아 돌아다니기 시작했다. 하지만 눈을 씻고 찾아보아도 슈퍼마켓은 보이지 않았고 난 지금 내가 어디에 있는지?? 알 수 없을 정도로 무작정 어디론가 와버렸다. 으이구, 바보 같은 놈. 방향치 주제에 그냥 빈손으로 갈 것이지. 우어어어어어엉— 주접아, 나 어떡해. 길 잃었어. TOT 암담함을 느끼면서 나는 다시 육중하기 그지없는 나의 돌머리를 열심히 굴리기 시작했다.

덜그럭. 덜그럭.

진짜 돌 굴러감. ㅇ_ㅇ 그래!! 왔던 길로 다시 되돌아가면 되잖아! Good idea!! ㅋㅋㅋㅋ 마악 발길을 돌리려는 순간!! 오, 하느님 감사합니다. 화려하기 그지없는 미니 스톱이라는 간판이 나의 눈에 쏘옥 들어왔다.

후닥닥닥닥닥닥닥닥—!!

기쁜 마음으로 단숨에 편의점으로 향한 나는 몇 초 만에 계산대에 도착해 있었다.

“헉헉! 빙그레표 바나나 우유 하나 주세요. 헉헉. -0-”

숨을 가쁘게 내쉬며 칠백 원을 불쑥 내미는 나를 편의점 점원이 희

박하게 바라본다. --^

"저기 가보세요. o_o"

이 편의점에는 있나 보구나. 나는 감동에 온몸을 부르르 떨며 한 걸음 한 걸음 조심스레 다가갔고, 은은한 빛을 발하고 있는 빙그레표 바나나 우유가 나의 눈에 포착되었다. 피눈물을 속으로 삼키며 소중하게 빙그레표 바나나 우유를 가지고 와 계산을 한 후 미니 스톱을 나왔다.

휘이이이이이이이잉~

어디서 바람이… --; 춥다. 빙그레표 바나나 우유를 사기는 했는데 이젠 어디로 가야 하지? -- 왔던 길이 기억나지 않는다. 절망적인 마음으로 주머니를 뒤져 보니 나온 것은 나의 사랑스런 은삐와 준휘님이 꼬옥 반납하라고 신신당부한 오십 원짜리 동전 하나. 추욱~ 갑갑한 마음에 어깨가 처진다.

나 어떻게 가냐. 나는 행여라도 빙그레표 바나나 우유가 추워할까 봐 주머니에 조심스레 넣은 채 막연히 어두워져 버린 하늘만 바라보며 미니 스톱 옆의 조그마한 구석에 쭈그리고 앉았다. 그나마 찬바람이 덜 왔다. 시계를 보니 호프집에서 나온 지 한 시간은 훨씬 지나 있었다. 한 시간 넘게 이 추위 속에서 남방 하나만 덜렁 입은 채 돌아다녔다니. 어쩐지 춥더라. 이럴 줄 알았으면 후드티라도 입고 나올걸. 추워씨이~ TT 희멀건한 면남방만 달랑 입은 나의 가녀린 몸을 혹독한 추위가 사정없이 때려댔다. 그래도 나는 추위에 굴복하지 않고, 열심히 주접 새끼에게 텔레파시를 파지직파지직 보내고 있었다.

'주접 새끼!! 들리나 오바. 들리나 오바. 구리구리 길 잃었다 오바.

어느 스산한 미니 스톱 앞. 빨리 데리러 와라 오바. TOT'

수십 번 수백 번 텔레파시를 보내다 보니 다시 30분이 훌쩍 지났지만 나의 텔레파시를 못 느꼈는지 주접 새끼는 나타나지 않았다. 친구가 이토록 방황하고 있는데 넌 아직도 쿨쿨 퍼자고 있겠지. 자포자기한 심정으로 한 가닥 잡고 있었던 희망을 저버린 채 절망감으로 한숨을 내쉬며 고개를 푸욱 숙였을 때,

"야!"

이 소리는?? ㅇ_ㅇ …지휴였다.

"야!! 구린 놈. 죽고 싶냐?! ――"

사슴눈깔을 부라리며 말하는 지휴의 험악한 인상에 은근히 쫄았다. 가만… ――; 주접 새끼 줄 바나나 우유 사러 간 것도 죽을 이유냐, 이놈아!! 라는 생각과는 반대로 나는 벌써 힘겹게 어린 시절의 도리도리 실력을 되살려 열심히,

"아니. (-－)(-－)(-－)(-－)"

순종적인 나의 반응에 지휴는 한숨을 푸욱 내쉬고 말했다.

"한 번만 더 야.반.도.주.하면… 죽는다."

야… 반… 도… 주……?? 웬 봉창 두들기는 소리여?? 지금 길 잃고 헤매는 내가 야반도주라니??

"아니야, 아니야. 내가 무슨 야반도주는. 한신이 줄 바나나 우유 사러 나온 거야. 자, 봐봐."

나는 행여라도 감기가 걸릴까 봐 소중히 품고 있던 바나나 우유를 잽싸게 주머니에서 꺼내어 지휴 앞에 내밀었다.

"봐봐. 맞지?? 진짜로 바나나 우유 사러 나온 거야."

지휴는 바나나 우유를 한참 동안이나 빤히 바라봤다.

"바나나 우유를 만들어서 오냐. 한 시간 넘게 안 오니까 난 또 네가 야반도주한 줄 알았지. 너 그런 것 잘하잖아. −_−"

…대단한 넘. 아직까지 그 일을 기억하다니.

"사실… 길을 잃어버려서 못 가고 있었던 거야."

나의 말에 멍한 표정으로 일관하는 지휴 놈. 무안하게 그런 표정 지을 것까진 없잖아.

"너 저능아냐?"

신지휴, 너 꼭 그 따위로 말을 해야 쓰겠냐. 꼬옥!! −−^

"아니야!! 난… 에취!!"

겨우 이 상황을 넘겼다 싶었는데 우어어어어어엉— 한 시간 넘게 남방 하나만 덜렁 입고 싸돌아다닌 결과로 난 그만 지휴 놈의 곱디고운 얼굴에… 따발총 침폭탄을 쏟아 붓고 말았다.

@0@… @0@!! 차마 지휴를 똑바로 못 쳐다보고 고개를 돌려 버렸다.

"너……!!"

지휴 놈의 강한 한마디에 나는 두 눈까지 꼬옥 감았다. 단 한 가지 생각만이 나의 머리에 꽉 찼다. 옹녀 쒸, 아저씨, 그동안 보살펴 주셔서 감사했어요. ㅜㅜ 주접아, 언제나 널 괴롭혀서 미안했어. 넌 정말 진정한 친구였어.

"춥냐??"

…엥?? ㅇ_ㅇ 전혀 생각하지 못했던 지휴의 말에 난 감았던 눈을 살며시 떴다. 얼음같이 차가운 공기 때문인지는 몰라도 지휴 놈의 얼굴이 빨갛게 보이는 것 같았다. 그리고 지휴 놈의 한 손에는 어디서 났는지 손수건이 들려 있었다. 아마도 얼굴 닦은 듯. ――; 나는 순간 고민에 잠겼다. 춥다고 해, 아니면 덥다고 해. =_= 덥다고 하면 분명히 정신병자+미친넘이라고 할 텐데. 그래!! 난 정신병자도, 미친넘도 아니야. 구리구리, 힘내라. 옛날 너의 그 모습은 다 어디로 간 거야.

"무지무지 추워!"

나는 지휴 놈을 뚫어지게 바라보면서 용기를 내 거의 고함을 지르다시피 말했다. 날 삶든지 죽이든지 맘대로 해라. 앞으로 절대 네놈에게 쫄지 않을 거야. 용기내서 내뱉은 나의 말 한마디에 지휴 놈은 한참을 골똘히 생각하더니, 갑자기 그나마 얇디얇은 쥐색 교복 재킷을 훌렁 벗는 것이었다?? 그러더니 나의 여리디여린 몸을 교복 재킷으로 둘둘 말았다. 아직 재킷에 남아 있는 지휴의 따스한 온기와 함께 독특한 향기가 나의 코로 스멀스멀 기어들어 왔다. 상큼한 비누 냄새 같기도 하고… 음, 하여튼 추위로 멍해진 나의 머리를 맑게 해줄 정도로 좋은 냄새였고 계속 맡고 싶은 냄새였다.

지휴 놈의 교복 재킷은 의외로 컸다. 지휴 놈에겐 딱 맞던 재킷이 나에겐 무척이나 헐렁하였다. 나는 눈을 똥그랗게 뜨고 지휴를 바라보았다.

"남자가 그렇게 약해 빠져서 쓰겠냐."

쑥쓰러운 듯이 얼른 한마디 내뱉은 지휴 놈은 긴 다리로 성큼성큼

앞장서서 걸어가기 시작했다. 정말… 주접 새끼 말대로 괜찮은 넘인
지도. 칼주름이 확 선 하이얀 교복 와이셔츠에 마찬가지로 칼주름이
멋들어지게 선 회색 교복 바지를 입은 채, 느릿느릿하면서도 힘있게
걸어가는 지휴 놈의 뒷모습이 너무나 멋있다. 이 혹독한 강추위에도
전혀 춥지 않은 듯이 당당하게 걸어가고 있다. 아주아주 건방지게 주
머니에 삐딱하게 손을 넣은 채로.

너는 멋있는 녀석이었어. 와우~ 지누션 노래의 가사를 바꾸어야
할 듯싶다. 하지만… 지휴야, 난 여자란다. 여하튼 다시 길을 잃어버
리기 전에 얼른 쫓아가야지!!

"야! 같이 가! -0-"

후닥닥닥닥닥닥닥닥닥!!

내 말에 슬쩍 뒤를 돌아보는 지휴 놈.

"어떻게 넌 직선 코스도 헤매냐, 삐꾸야."

직선 코스……? -0-

"아니야. 내가 여기 오기까지 얼마나 많이 걷고 커브를 몇 번이나
허리가 휘도록 돌았는데. 지금까지 살면서 이렇게 복잡한 길은 처음
이었다니까."

나의 진지한 말에도 지휴는 콧방귀만 핑 하고 날렸다. 진짠데. 하
지만 그놈의 말대로 단 한 번의 터닝없이 직선만을 고수하며 십여 분
을 걷자 드디어 아까의 그 구멍가게와 함께 우리의 목적지인 호프집
이 포착되었다. 난 직선 코스를 거의 동네 한 바퀴를 돌아서 가장 복
잡하게 왔던 것이다. 그 후에는 길을 잃은 것이구. 쩝. 난 지휴 놈의

말대로 정말 삐꾸가 아닐까.

안으로 들어가니 패밀리의 테이블은 난리가 아니었다. 빈 소주병이 거의 스무 병 넘게 굴러다니고 있었다. 잠 퍼자는—주접 새끼&나의 이쁜 준휘 씨—넘들과 헤롱헤롱 거리면서 교복 넥타이를 머리에 질끈 동여맨 채 아직도 모자란지 소주를 병째로 퍼마셔 대는—태훈, 길동, 상엽—넘들, 누구에게 전화를 했는지 몰라도 통화하며 질질 짜대는 거구 새끼 등등.

아주아주 이것들도 술버릇 가관이군. —,.— 정말 아까의 그 깔끔스러한 이미지들은 다 어디로 가버렸고요~ 꽃미남 패밀리가 아닌 주접스런 패밀리였어.

"애들이 원래 술이 약해."

어깨를 으쓱하며 말하는 지휴 놈.

"얼마나 마셨는데 이 꼴이냐. −_−;"

"맥주 한 짝이랑 소주 스무 병. 삼 분의 일은 내가 다 마셨는데 저것들이 저 지랄이야."

나 못지않은 술고래 발견! 삐리리리리— 라이벌 포착!! @_@

"나 혼자 여섯 대가리들을 어떻게 데리고 가냐. −_− 술 먹다 보니까 네가 안 보이길래 얘네들 책임지기 싫어서 야반도주한 줄 알았지."

쩝… 그래, 네놈다운 발상이구나.

"괜찮아. 한신인 바나나 우유 먹이면 일어날 거잖아. 그러니까 다섯이지."

"지금 상태에선 바나나 우유도 소용없어. 네가 한신이랑 태훈이 데리고 가. 태훈이 집이 머니까 오늘은 한신이 집에서 재워. 내가 준휘랑 초롱이랑 상엽이랑 길동이 데리고 갈 테니까.”

“내가 왜 저놈을 데리고 가야 하는데! -0-”

이제는 그것도 모자라 열심히 으샤으샤 뱃놀이에 열중하고 있는 얍삽하게 생긴 태훈 놈을 가리키며 나는 피맺힌 절규를 토해냈다.

“싫어! 준휘 데리고 갈 거야!”

준휘님은 내가 책임진다! 내가 책임질 거야! >_< 내 말에 한참을 고민하다 인심 쓰는 듯한 표정으로 지휴가 입을 열었다.

“좋아. 대신에 태훈이도 꼬옥 데리고 가.”

“싫어.”

“선택해. 태훈이랑 준휘 데리고 가든지, 초롱이만 데리고 가든지.”

냉정한 지휴가 낸 객관식에 흐어어어어어어억!! ㅜㅜ 나는 굴복할 수밖에 없었다. 100kg은 족히 나가고도 남을 거구 새끼를 데리고 갈 바엔 차라리 저 얍삽이 태훈 놈과 함께 울 쭌휘님 데리고 가지. 힘없이 테이블로 다가가 먼저 주접 새끼를 부축해서 일으켰다. 다행히도 주접 새끼는 얌전하게 나에게 앵겨붙었고, 귀여운 것. 드디어… 흐흐흐흐흐흐흐흐~ 울 쭌휘 씨, 어여 나의 품으로~ 마악 어여쁘게 잠들어 있는 쭌휘 씨에게 손을 뻗을 찰나!!

“아이이이이이잉~”

넌 뭐여… 넌 뭐시냐구요. -0-

“나 혼자 떼어너커 노러 가려거 구러지! 나두 데꺼 널러 가.”

얍삽한 태훈 놈이 홍당무가 된 얼굴에 방실방실 미소 지으며 나의 남은 한쪽 팔로 다이빙을 하였다.

"안 돼애애애애애! TOT"

이 한쪽 팔은 너의 자리가 아니란 말이야~ 나의 한맺힌 소리가 들리지 않는지 태훈 놈은 끝내 나의 여리디여린 한쪽 팔에 찰싹 앵겨붙어 버렸다. 이건 있을 수 없는 일이야. TT

지금까지 살면서 남자 보기를 돌같이 하며 지내온 나의 양 옆엔 주접 새끼와 태훈 놈이 달라붙어 헤롱헤롱대고 있었다. 울 이쁜 쭌휘님은 지휘가 흔들어 깨우자 부비부비 눈을 비비더니 아직은 술이 덜 깬 듯했지만 다행히 혼자 비틀비틀 일어났다. 그런 준휘를 토닥이면서 지휘가 말했다.

"한준휘, 오늘은 그냥 한신이 집에서 자라. 알았지. 저기 있는 삐꾸 같은 녀석이 너는 꼬옥~ 지가 데리고 간댄다. 조심해서 따라가라. 알았지?"

삐꾸라니… 무슨 그리 섭하신 말씀을. 조용히 달래는 듯이 말하는 지휘 놈의 얼굴이 유난히도 부드러워 보인 순간 나의 쭌휘 씨가 부러워짐과 동시에 주접 새끼의 괜찮은 넘이라는 말이 정말 맞을 수도 있을 것 같다는 말도 안 되는 상상을 잠시 하게 되었다.

지휘 놈은 계산을 한 후 초롱이와 상엽이, 길동이에게 다가갔다. 흐흐흐흐흐. 담벼락 짱!! 고생 좀 해봐라. 나는 그래도 칠인방 패밀리 중에서 얍삽하고 호리호리한 넘들만 데리고 가지만, 신지휘 넌 거구 새끼 초롱이를 비롯하여 상엽이와 길동이를 데리고 가잖냐. 길동이 또한 멋진 근육질 몸매의 소유자였다. 마악 두 넘을 부축하며 쭌휘 씨가 잘 따라오는지 확인하고 걸음을 옮기려 할 때 뒤에서 들리는 무시무시한 고함 소리에 나는 뒤돌아보지 않을 수 없었다.

"이 새끼들! 안 일어나!! 내가 술 적당히 먹으랬지!!"

퍽퍽퍽퍽퍽―!!

잠에 취해 테이블에 널브러져 있는 넘들을 향해 한쪽 주머니에 건방지게 손을 찔러 넣은 채 사정없이 발길질을 퍼부어대었고, 지휴 놈의 파워풀한 발길질에 헐레벌떡 일어나는 불쌍한 넘들.

"찌휴야, 아포. 그만 때려. 우어어어어어엉― TOT"

흐어어어억!! 상엽이와 길동이는 그냥 인상을 찌푸리며 일어나 비틀비틀 스스로 걸어갔지만, 거구 새끼는 아프다고 질질 짜며 지휴 놈에게 달라붙었다. 안 어울려, 이놈아. 제발 덩치값 좀 해라.

"저리 가. 징그러워. ――;;"

지휴는 인상을 팍 쓰며 다시 초롱이의 얼굴을 인정사정없이 한쪽 손으로 밀어냈다. 그토록 자랑스러워하던 패밀리 친구가 맞는지 과연 의심스러웠다.

"우어어어어어엉― TOT 그만 때려. 지휴야, 갈게. 간단 말야."

덩치에 안 맞는 구차한 모습을 보이며 초롱이는 다른 넘들과 마찬가지인 지 발로 호프집을 나섰다. 지휴는 그 뒤를 이어 호프집 바닥에 침을 한번 찍!! 뱉더니 다시 한 번 건방진 폼으로 느릿느릿 그 뒤를 따라 나갔다.

이럴 수가… 꿀꺽. ㅇ_ㅇ; 넌 역시 무서운 녀석이었어, 와우~ 차라리 내가 저놈들 데리고 갈걸. 나도 폭력엔 어느 정도 자신있는데.

쩝. 저렇게 쉽게 해결할 줄은 몰랐단 말야.

"흐어어어어엉—"

꿈을 꾸는지 얌전히 나의 팔에 기대어 있는 주접 새끼와는 달리 태훈 놈은 갑자기 나를 지 팔로 꽈악 끌어안는다. 하지만 문제는 그놈의 손이 내 가슴 주위로!! 안 돼! 이 망할 자식아! -0- 거기는……!! 난 나도 모르게 태훈 놈을 힘차게 밀쳐 버렸고, 바닥에 널브러진 태훈 놈은 훌쩍거린 채 일어날 생각을 안 했다.

"아오~ 진짜 저놈의 얍삽이 새끼!! 널 기냥 칵!!"

하면서도 나는 하는 수 없이 다시 태훈 놈을 부축한 후 힘겹게 걸어 나가면서도 태훈 놈에게 경고하는 것을 잊지 않았다.

"씨발. 한 번만 더 더듬으면 손목을 잘라 버릴 줄 알아. --^"

들을 수나 있을는지. 술 취한 놈한테 지껄여 대는 내가 더 이상한 놈이지. 아마도 나중에 내가 여자인 줄 알면 이놈들 자빠질걸. 특히 지휴 놈……. --;;

"애들을 잘 부탁한다."

호프집을 나온 후 지휴는 비틀거리며 걸어가는 넘들은 내팽개친 채 아무래도 나에게 자기의 소중한 친구들을 맡긴 것이 불안한지 연신 뒤를 돌아보았다. 야.반.도.주.했다고 잡으러 왔을 때는 언제고, 참내. 저 불안한 눈은 뭐냐. --^

"걱정 마. 잘 모시고 갈 테니까."

"잠깐만. 얼른 안 뛰어! 죽고 싶냐, 빨리 뛰어!"

갑자기 지휴는 나머지 세 패밀리를 향해 꽥 소리를 질렀고, 그 고함에 깜짝 놀란 넘들—초롱이가 제일 놀란 듯—허겁지겁 어디론가 뛰어간다. 어디로 가야 할지 알고 가는지.

"잘 가라."

세 넘들이 빨리 뛰어가는 것을 확인한 후에야 나를 불만인 눈빛으로 한번 갈구더니 자신도 이내 그 뒤를 따라간다. 술 취한 친구 넘들에겐 뛰어가라 협박하더니 지는 아주 천천히 걸어간다. 그것도 아주 건방지면서도 멋지게.

"야, 구린 놈!! 애들 무사히 데리고 가면 내일 화끈하게 한턱 쏜다."

내 뒤통수에다가 꽥 소리 질러놓고 말이 끝나기가 바쁘게 지휴도 휭~ 사라졌다. 날 뭘로 보고 그런 소리를 하는 거야. 그리고 끝까지 구린 놈이라고 할래. --^ 바트!! 이미 지휴 놈의 말에 눈을 빛내며 소중한 이 친구 넘들을 무사히 주접 새끼 집까지 데리고 가야 하는 사명감에 불타오르고 있었다.

"우에웨웨에에에에에엑!!"

주접 새끼와 태훈 놈의 가운데에 쪼그리고 앉아 전봇대에 토악질을 해대며 고통을 호소하는 불쌍한 두 넘들을 위해 나는 양손으로 아주아주 부드럽게 넘들의 등을 쓸어주고 있었다.

퍽퍽퍽퍽퍽—!!

효과음 끝내주고. 아싸. -0- 지금까지 얌전히 따라오던 나의 준휘님이 갑자기 한쪽 벽에 쭈그리고 앉더니 같이 토악질을 해댄다. 쭌휘야!!

　아직도 나의 손길을 절실히 원하는 두 넘들을 내팽개치고 잽싸게 준휘에게로 다가가 정말 아주아주 부드럽게 준휘의 등을 토닥여 주었다. 쩝, 세 놈들 데리고 가기 힘들고만. 하지만 지휴가 내일 한턱 쏜다고 했으니 참자. 아마도 지휴 놈은 편히 가고 있겠지?

　보지 않아도 뻔하다. 아무런 터치도, 힘도 필요없이 그냥 가끔마다 소리만 한 번씩 질러주고, 필요시엔 발길질만 몇 번 해대면 알아서 척척 걸어가는 넘들의 모습이 그려졌고, 지휴 놈은 나와는 달리 편히 갈 것 같은 생각에 배가 무지무지 아파왔다. 아이고, 배야. -0-

　한참 후에 세 넘의 토악질은 끝났고 나는 다시 눈물을 머금은 채 준휘님을 떠나서 주접 새끼와 태훈 놈을 힘겹게 양 옆으로 끼고 걸음을 옮겼다. 하지만 나의 신경은 온통 준휘에게로 쏠려 있었다. 쭌휘님, 언제든지 걷기 힘들다면 나를 불러줘요.

　이런 나의 마음속 외침을 못 들었는지, 아님 거부하는 건지 나의 준휘 씨는 비틀비틀하며 내 애간장을 녹이면서도 주접 새끼의 아파트 앞에 거의 다다를 때까지 무사히 혼자 걸어왔다. 엘리베이터에 타려는 순간 드디어 한계에 다다랐는지 준휘가 비틀거리며 바닥에 주저앉았다. 그걸 보자마자 난 두 넘들을 팽개치고 준휘에게 잽싸게 달려갔다.

　얼떨결에 시멘트 바닥에 널브러진 두 넘들은 힝힝거리면서 일어날 생각을 하지 않았다. 하지만 이미 저놈들은 내 관심을 벗어난 넘들. 나는 조심스레 준휘를 부축해 일으켰고 바닥에 널브러진 두 넘들에게 다가가 사정없이 발길질을 해댔다.

"얼른 안 일어나냐, 이것들아!!"

하긴 그놈들과 달리 너희들이 일어날 리가 없지. 이렇게 해서 일어났으면 지휴가 나한테 너희들을 맡길 리가 없지 하는 나의 예상과는 달리 두 넘들은 아까 그놈들과 마찬가지로 비실거리면서도 벌떡 일어나 엘리베이터로 향하였다. -0-; 씨발, 말도 안 돼. 그럼 난 괜히 생고생한 거야?? 아닐 거야. 그래, 아닐 거야. 우아아아아아아악!! 하지만 나는 정말 생고생을 한 것이었다. 지휴 놈처럼 한번 시도라도 해볼걸.

엘리베이터에 탄 이후로 다시 몇 번 발길질을 해대자 두 넘들은 스스로 주접 새끼 집까지 걸어가서 곧바로 주접 새끼의 침대로 다이빙한 후 절대로 움직이지 않았다. 하는 수 없이 나는 준휘를 소파에다 눕혔다. 힘없이 소파에 쓰러져 잠들어 있는 준휘의 얼굴을 조심스럽게 바라보았다. 작고 갸름한 허이연 얼굴에 그리 크지는 않지만 속쌍꺼풀이 곱게 진 지적인 눈매에 오뚝한 코와 단정한 입술이 그야말로 캬~ 딱 배용준이었다. 머리 스타일 또한 요즘 뜨는 겨울연가의 배용준처럼 연한 갈색의 멋진 머리 스타일은 정말 죽여준다. 순간 이상하게도 지휴 놈의 새침스런 얼굴과 깔끔한 스포츠 머리가 생각났다.

(--)(_)(--)(_) 왜 이래, 구리구리? 정신 차려. 왜 그 사슴 눈깔이 생각나는 거야. 솔직히 준휘와 지휴를 외모적으로 비교하자면 지휴가 훨씬 잘난 외모였다. 그놈의 싸가지하고 성깔 쪼금만 죽이면 진짜 괜찮은 놈일 텐데. 하지만 역시 난 지적이면서도 부드러운

분위기의 준휘 넘이 개인적으로 더 친밀감이 간다. 유난히도 사람 기피증이 심한 나였지만, 그래서 주접 새끼가 떠난 이후로 친구 하나 제대로 못 사귄 나였지만 그런 사실이 절대로 나를 힘들게 하지는 않았다. 혼자라는 것이 오히려 편하고 자유로웠다. 남녀노소를 불문하고 사람 자체가 싫은 나였지만 이상하게도 이 칠인방 패밀리들에겐 언제나 나타나던 거부 반응이 일어나지 않았다. 오히려 가끔 가다 이 칠인방 패밀리에 쫄 뿐. 특히 사슴눈깔 신지휴.

벌써 이놈들을 조금씩 닮아가는 듯한 느낌이 -_-; 이상스럽게 들었고, 한참 동안을 준휘의 얼굴만 뚫어지게 바라보다가 나 또한 스르륵 잠들어 버렸다.

음… 더워… -_-; 갑갑해……. -_-;

온몸을 짓누르는 갑갑함과 더위에 몸을 움직이려 했지만… 움직이지 않는다. @,.@ 지금… 나 가위 눌린 거야?? 아아아아아악!! -0-

"안 돼!!"

목청 터지도록 있는 힘껏 소리 지르며 눈을 번쩍 떴다. 높으면서도 하이얀 천장이 무너질 듯이 나를 멀뚱멀뚱 내려다보고 있었다. 헉헉. @_@ 헉헉. @_@ 시선이 저절로 밑으로 내려갔다.

……?? ……!!

내가 왜 그리도 답답하고 더웠는지 그 이유를 알 수 있었다. --^ 나의 가녀린 몸이 번데기처럼 이불로 돌돌 말아져 있었다. --^…언넘이야?!

“어?? 구리구리?”

슈퍼마켓을 갔다 왔는지 검은 봉다리들을 들고 방을 들어오는 준휘가 보였다. 아, 씨발. -0- 쪽팔려. 준휘 너한테만은 이런 모습 보이기 싫었는데. ㅜㅜ

“준휘야, 이것 좀 어떻게 해주라. ㅜㅜ”

나의 상태를 파악한 준휘의 안면 근육이 약간은 실룩실룩하다.

“박한신! 김태훈!”

화난 듯한 준휘의 고함 소리와 함께 쌍둥이처럼 나란히 노란색 병아리 앞치마를 두른 아주아주 몹쓸 넘들이 주방에서 튀어나왔다.

“너희들!! 내가 저. 짓.거.리. 분.명.히. 하.지. 말.랬.지?!”

이불에 번데기처럼 돌돌 말려진 나를 본 그 망할 넘들의 얼굴에 긴장감과 당혹스러움이 잠깐 스치는 것을 난 놓치지 않았다. +_+

“아니… 우린 구리구리가 춥다고 하길래 따뜻하게 해주었을 뿐이야. -0-;”

내가 언제 춥다고 했냐, 이놈들아! 내가 잠꼬대라도 했다 이 말이야! 자신들은 절대 잘못한 게 없다는 듯이 두 눈을 멀뚱거리며 배시시 웃고 있는 것들. 나를 바라보는 저 두 넘들의 눈깔에 먹물을 화악 빼버릴까 보다. 그래, --+ 이 망할 놈의 번데기 짓을 한 범인이 바로 네놈들이라 이것이지.

“박한신, 김태훈, 너희들 나한테 죽었어. 내가 이 번데기에서 벗어나기만 하면 너희들은!”

“안 돼!! -0- 준휘야, 절대로 구리구리를 번데기에서 탈피시키면 안 돼!! -0-"

　내 말이 끝나기도 전에 넘들은 탈피라는 희박한 말을 남긴 후 후닥 닥 주방으로 사라졌고—무지무지 빠름—고개를 절레절레 흔들면서 다가온 준휘 덕에 난 그 망할 번데기에서 해방되었다. 해방되자마자 두 것들을 잡기 위해 주방으로 향하려는 순간 온몸에 전기가 찌지직 흘렀다!! ㅜㅜ 역시 연약한 몸으로 건장한 장정 셋은 무리였다.

　ㅇㅇㅇㅇ윽!! @0@ 온몸이 엄청난 근육통을 호소하고 있었다. 힘겹게 거실로 나섰을 때 주방 커튼 사이에 숨은 채 빼꼼이 고개만 내밀고 있던 넘들은 나의 주춤거림에 반짝반짝 눈을 빛낸다. 아무래도 오늘 두 넘들은 나에게 무리다. -_-; 다음 기회를… 이 몸으론 무리야.

　"구리구리, 잘못했어. 함만 봐줘~"

　주접 새끼의 훌쩍거림이 다시 시작되었고, 덩달아 태훈 놈도 훌쩍. 이내 준휘의 얼굴이 일그러진다. 어제 내내 저 훌쩍거림 때문에 고생을 바가지로 했는데 어련하시겠어요. --^

　"한 번만 더 번데기놀이 하면 죽을 줄 알아. -0-"

　한숨을 푸욱 내쉬며 말하는 나의 모습에 그제야 안심한 듯이 배시시 웃는 한썬이와 때훈이. 그런데 저 얍삽한 태훈이 놈. -_-; 도망가던 날 잡았던 그 파워는 어디로 간겨. 정말 저 패밀리들은 이해가 안 되는 족속들이라는 결론을 내린 순간 나의 머리를 화악 스쳐 지나가는 게 있었으니… 오늘은 구리구리가 새학교 가는 날. ^0^

　"나 학교 갈 거야. 밥 줘."

　"어? 응, 그래그래. 우리 구리구리~ 얼른 와. 내가 너 먹으라고 북

어국 끓여놨다. -0-"

위기는 넘겼다는 듯이 히죽히죽 웃으며 잽싸게 말하는 주접 새끼. 네놈들을 바라보는 나의 죽도가 운다. 앤드 이놈들아! -0-^ 해장해야 할 넘들은 내가 아닌 바로 네놈들이야. 어떻게든 목숨을 부지하려고 온갖 아양을 다 떠는 주접 새끼 때문에 밥이 코로 넘어갔는지 입으로 넘어갔는지 후닥닥 아침을 먹었다. 에이쒸~ 9시까지 오랬는데 한 시간이나 늦었잖아.

내가 샤워하는 사이 나의 준휘 씨와 함께 두 넘들은 어느새 자취를 감추었고 나는 한숨을 내쉬며 학교 갈 채비를 하였다. 역시 바지가 편해. 울 옹녀 쒸의 엄청난 말발로 인해—연기력 하나는 아주 끝내주는 옹녀 쒸—난 학교의 공식 허락 하에 남자 교복을 입을 수 있게 되었다. 황금 단추 네 개 달린 곤색 교복을 입은 나의 모습은 정말 죽여줬다. 이런 날 누가 여자로 보겠는가. 어느 누구도 날 여자로 보기를 원하지 않는다, 절대로! 난 여자이기를 거부한다. 언제나 약해 빠져서 손해만 보는 그런 여자들. 남자란 존재에 구속되어 남자한테 의존하지 않고는 살아가지 못하는 그런 여자들. 여자란 존재가 싫다. 나를 여자로 만들어줄, 그리고 한 여자로 보아줄 그런 사람은 죽을 때까지 없을 것이고 있어서도 안 된다. 나 한수아의 어린 시절부터 다짐이자 철칙이고, 죽을 때까지 지속될 나 자신과의 약속이었다.

"자, 새로 온 전학생이다. 자기소개하고 들어가서 저기 맨 뒷자리에 앉거라. 그리고 너 이놈 오늘은 전학생이어서 봐주지만 앞으로의 지각은 절대 용납하지 않는다."

　마치 골칫덩어리가 하나 더 늘었다는 듯 인상을 찌푸리는 담임의 말이 끝나기가 무섭게 계집애들은 엄청난 환호를, 머스마들은 찌릿찌릿 날 갈구는 것을 잊지 않았다. 저것들이 죽으려고!! --^

　나는 고개만 한번 까딱 숙인 후 한마디의 말도 없이 지정된 내 자리로 향했다. 나의 짝인 듯한 아주 커어~다란 검은색 뿔테 안경을 쓴 범생 같은 넘은 내가 자리에 털썩 앉자 재빨리 시선을 책으로 돌리며 날 피했다. 그래, 현명한 선택이다. 나한테 관심 꺼라. 교실에 들어온 이후로 그 어떤 것도 나의 관심을 끌지는 못했다. 난 책상에 쭈욱 뻗어 잠을 청했다. 근육통으로 인해 온몸이 휴식을 애원하고 있었다.

　"야, 진짜 멋있지 않냐? 죽도 멘 것 좀 봐봐. 쟨 내가 찍었다, 찍었어."

　"기지배야, 내가 찜이야. 건들지 마. 정말 죽인다. 저 여성스러우면서도 보이쉬한 얼굴, 모델 같은 몸매."

　"오늘부로 작업 들어간다."

　"어머~ 안 돼. 내가 먼저 말 걸어볼 거야."

　라고 숙덕이는 계집애들과…

　"저 새끼 뭐냐. 난 저렇게 가시내처럼 곱상한 새끼들이 제일 밥맛이다."

　"남자 새끼가 허여멀건 해가지고 비실비실거리는 저런 새끼 진짜 밥맛이다. 지가 뭐라도 된대? ㅋㅋㅋㅋ 꼴에 또 뒤에 죽도 메고 있는 것 봐봐."

"좀 이따 손 좀 봐줘야겠군."

"어쭈~ 오자마자 신고도 안 하고 잠 퍼자네. 저 자식 간댕이 부었고만."

그래, 네놈들 멋대로 지껄여라. 이 몸은 피곤하시다. 반이 술렁이든 말든 난 곧바로 잠에 빠져들었다. 아주아주 달콤하고 꿈같은 잠속으로 GO~

누군가 툭툭 나를 건드린다.

음… ㅡ,.ㅡ zzzz~ 달콤한 잠에서 깨어나 몸을 일으키려 하자 다시 찌르르한 근육통이. ㅡ0ㅡ

"이 새캬!! 안 일어나냐! 감히 전학생 주제에 이 왕대포님께 신고도 안 하고 끝날 때까지 잠만 퍼자?? 아우, 씨발!! 나도 학교 와서 하루 종일 안 자는데 엉?? 이 새캬!! 너 나한테 죽고 잡냐?!"

막 잠에서 깨어나 몽롱한 상태에서 내 눈에 들어온 것은 산만한 덩치에 무시무시한 인상의 한 넘과 그 패거리인 듯한 넘들. 이들은 내 주위를 둘러싼 채 어디서 났는지 30㎝ 자로 날 콕콕 찔러대고 있었다. 자때기다. 참자. ㅇ_ㅇ 왠지… 초롱이가 생각난다. 아니야, 초롱이가 더 낫다.

난 선천적으로 징그럽고 흉한 넘들을 싫어한다. 아니, 몸이 거부한다. 구역질이 나오려 한다. 갑자기 주접 새끼와 지휴 놈, 준휘님을 포함한 패밀리들이 보고 싶어졌다. 새삼 패밀리 놈들의 꽃스러움이 느껴졌다. 초롱이 빼고. 난 아직까지도 나의 팔뚝을 툭툭 찔러대는 자때기만 빤히 바라보며 움직이지 않았다.

"어쭈~ 이 새끼 봐라. 정말 간댕이가 부었네. 그래도 꼼짝 안 한다 이거냐? 낯짝만 반반하면 무서울 거 없다 이거냐?? 이 새끼가 겁대가릴 상실했고만! 엉?? 안 그러냐, 얘들아?"

두꺼비… 두꺼비 닮았다. -_- 나는 그 와중에도 엉뚱한 상상을 하고 있었다. 두꺼비의 말에 주위 넘들이 킥킥거린다.

"대포 또 시작이다. 반반한 애만 들어오면 저 지랄이야."

"지가 못생겨서 그러잖아. 두꺼비같이 생겨 가지고 힘만 무식하게 세잖아. 우리 학교에 인물이 어디 있냐?? 정말 한양고 애들한테는 꼼짝도 못하면서 여기서 폼잡기는. 확 한양고로 전학이나 가버릴까 보다."

"ㅋㅋㅋㅋ 너 같은 년은 거기 못 들어가, 이 기지배야. 그나저나 전학생 다치면 안 되는데. 우리 학교에 흔치 않게 꽃미남 하나 전학 왔는데 대포넘 때문에 못살겠어, 정말."

가스나들의 속삭임에 대포 넘이 찌릿 째려보았고, 가스나들은 언제 그랬냐는 듯이 후닥닥 가방을 싸기에 여념이 없었다.

"저 망할 년들은 좀 반반한 것들 들어오면 호들갑이고만. 남자는 얼굴이 아니야. 자고로 힘이라고, 힘!! 갑바!! 그렇지, 아그들아?"

"그럼그럼. (--)(__)(--)(__)"

그래, 멋대로 지껄여라. 차라리 날 남자로 봐라. 아니, 난 남자야. 너 같은 새끼들 상대할 시간이 아깝다. 신경 꺼야지. 두꺼비 패거리들이 지껄이든 말든 난 묵묵히 가방을 챙겼다. 사실 굳이 챙길 것도 없다. 볼펜과 연습장 하나만 든 가방과 함께 죽도만 덜렁 메고 곧바로 잠들어 버렸으니까. 두꺼비 놈이 계속 뭐라 지껄였지만 나의 머리 속은 한 가지 생각으로 꽉 차 있었다. 지휴 놈이 한턱 쏜댔는데 어떻게 만나지?? 뭐 사달라고 하지?? 아주아주 홀딱 벗겨먹어야지. +_+ 한신이한테 콜이나 한번 때려봐? 이런 깊은 생각에 빠져 있던 중 상당히 열받은 듯한 고함 소리에 깜짝 놀랐다. --^

"씨발! 이 호로 새끼가 내 말을 씹어?! 퉤!! 망할 전학생 넌 오늘 나한테 뒈졌어."

두꺼비 넘이 나의 멱살을 잡나 싶더니 뭔가가 얼굴 쪽으로 날아오는 것 같았다. 뭐지?? --a

"꺄아아아아아아악—!!"

기지배들의 비명 소리가 들리더니 내 얼굴로 날아오는 게 두꺼비 넘의 주먹이란 것을 깨달았을 땐, 난 이미 한 손으로 얼굴을 감싼 채 차가운 교실 돌바닥에 널브러져 있었다.

…나 지금 맞은 거야?? 응애 하고 태어나서 옹녀 쒸와 아저씨를 제외하고 한 번도 맞아본 적 없는 내가 지금 저 하찮고 더티한 두꺼비 넘에게 맞은 거야?? 심장 박동이 거칠게 날뛰어댄다. 깊은 곳에서부터 끓어오르는 알 수 없는 거친 감정이 해방을 원한다. 혈관 속의 피가 가속도를 가하며 나의 머리끝까지 치솟아오른다. 감히… 감히 천하의 구리구리를 쳐??

나는 본능적으로 미칠 듯한 분노를 잠재운 채 조용히 나의 손길만을 기다리는 죽도로 손을 뻗었다. 코피를 흘려대며 돌바닥에 널브러진 순간부터 조금도 움직이지 않은 채 나를 비웃고 있는 듯한 넘들. 특히 두꺼비 넘에게 시선을 고정시킨 채.

"어쭈~ 아직도 정신 못 차리고 갈구냐? 죽도록 나한테 뒈지게 맞아볼텨? 맷집도 없어 보이는 것이 깡만 세가지고는. 칵!! 야, 이 쒸발 늠아! 낯짝만 반반하다고 세상 살 수 있는 게 아냐. 대포님 말씀 잘 알아 처먹었냐!!"

두꺼비 넘의 말이 나를 더욱더 열받게 만든다. 두꺼비 너 오늘 날 잡았어, 씨발. 넌 나한테 뒈졌어. --^ 천천히 몸을 일으켰다. 여전히 내 등 뒤에 조용히 잠자고 있는 죽도에 손을 댄 채 마악 죽도를 빼려는 순간 옹녀 쒸의 진지하면서도 무선 얼굴이 뇌리를 스친다.

"동생 씨!! 너 거기 가서도 말썽 일으키면 아저씨, 나하고 완전히 인연 끊을 줄 알아라. 나한테 반 죽고 나서 말이야. 알겠니, 나의 소중한 동생님? 자나깨나 그 망할 성격 고정 좀 시키라구. 두고 보겠어. 첫 번째도 성격 죽이기, 두 번째도 성격 죽이기, 세 번째도 성격 죽이기. 콱 열받아서 너 성마리아 고교 편입시키려다 말았으니까 조심해. 언제 마음 바뀔지 모른다. 행운을 빌어, 한수아."

울 무서운 옹녀 쒸!! -0- 나를 무력으로써 언제나 굴복시키던 울 옹녀 쒸의 말들이 또다시 나를 움츠러들게 만들었다. 망할. --^ 지 성격은 얼마나 좋다고. 나보다 더 더러우면서. 씨발. 싸이코, 단순, 무뎃뽀, 다혈질 등등. 옹녀 쒸의 성격은 도저히 말로 표현할 수 없을 정도로 복잡했다. 하지만 정확하면서도 간단한 사실은 하나. 정말 무서운 눈이라는 것이었다!! -0-

참자, 구리구리. 한 번만 더 사고 치면 그날로 옹녀 쒸한테 죽음이야. 너 성마리아 고교 가고 싶냐!! 수녀원이나 마찬가지인 그 학교에 가고 싶냐구. 너 또 사고 쳐서 전학 갈래?? 한 번만… 딱 한 번만 참자.

"후우우우우우……."

참는 자에게 복이 있나니. -0- 나는 심호흡을 크게 내쉰 후 미친 듯이 해방을 외치고 있는 죽도에서 손을 떼고선 천천히 교실 문을 향해 걸어갔다.

"이 새끼가 내 말 또 씹네. 아우!!"

그들을 지나쳐 가려던 나의 어깨에 두꺼비 넘의 손이 닿았고 난 굉장한 거부감을 느끼면서 반사적으로 두꺼비의 손을 매섭게 뿌리치며 사정없이 놈을 갈궜다. --^ 나의 강한 필살기 갈굼에 본능적으로 엉거주춤해하는 두꺼비 넘의 귀에 조용히 속삭여 주었다.

"맞아줬음 됐잖아. -_-"

"-0-;;"

"간다."

아직까지 정신을 못 차리고 있는 두꺼비 넘에게 한마디 툭 던진 후 교실을 벗어났다.

"야, 야, 이 새캬! -0- 한 번만 더 그러면 그땐 진짜 죽을 줄 알아!! 오늘 운 좋은 줄 알아라!!"

뒤늦게야 정신을 차렸는지 두꺼비 넘의 고래고래 지르는 고함 소리가 들려온다. 훗, 운 좋은 건 내가 아니라 바로 너야, 두꺼비. 두꺼비 넘의 고함 소리를 뒤로한 채 남자 화장실로 향했다. 나의 등장에 한참 자신들의 일에 열중하던 넘들의 시선이 나에게로 집중되었다.

"뭘 쳐다봐? --^ 하던 물총놀이나 열쉼히들 해라잉. 나 오늘 기분 무지 안 좋으니까."

내 말이 끝나기가 바쁘게 놈들은 후닥닥 다시 물총놀이에 여념이 없다. 새끼들, 그러고도 남자라고. 쯧쯧, 말세야, 말세. 난 절대 저렇게 되지 말아야지. 거울을 보니 입술이 터져 있었다. 다시 한 번 마음 한곳에서 두꺼비 넘을 향한 죽도가 눈물을 뚝뚝. 휴, 하이얀 교복 와이셔츠에까지 이미 메말라 버린 코피가 더덕더덕. 휴~ 더러워라.

대충 매무새 정리를 끝낸 후 교문으로 향했다. 열받았을 땐 언제고 이미 나의 머리 속은 어떻게 지휴 놈을 뜯어먹을까 하는 생각으로 아주 꽈~악 차 있었다. 구리구리 특성 중의 하나가 바로 뛰어난 재생력, 편리한 기억력이라는 점이다. 잊을 것은 잊고 좋은 것만 생각하자. 고로 열받지만 두꺼비 넘에게 맞은 것은 잊고, 지휴 놈의 약속만 생각하자~ 이거지.

그나저나 주접 새끼랑 잘난 패밀리들은 아직 학교일 텐데 이를 어쩌지?? --a 꼴통 공고 들어간 나와는 달리 패밀리들은 그래도 꼴에 인문계라는 곳을 다니고 있었다. 한양고… 라고 했던가. 한번 무작정 쳐들어가 봐?? 그래서 거기서 죽치고 한번 기다려 봐?

한양고 하면 절대 잊혀지지 않고 떠오르는 담벼락의 추억, 무서운 지휴 놈과 잘난 패밀리들의 만남을 생각하니 은근히 가기가 꺼려졌다. 그냥 집에서 데리러 올 때까지 기다릴까? 아니야, 그러다 지휴 놈이 입 싹 씻어버림 어떡해? 아쒸~ ㅜㅜ 어떻게 지휴 놈을 만날까

하는 고민으로 머리가 거의 머리가 터지기 일보 직전에,

"어머머머! 교문 앞에 서 있는 애 너무 귀엽게 생겼다!"

"한양고 교복인데?"

"어머머! 쟤 한양고 한신이잖아. 우리 학교에 웬일이야??"

"혹시 여자 친구 마중 나온 거 아니야? 꺄아아앗! >_< 안 돼!! 우리의 한신이한테 여자 친구가 있다니."

"너무너무 귀엽다. 꽈악 깨물어주고 싶어. 그런데 구리구리가… 뭐야??"

기지배들이 누군가의 등장에 한참 난리법석을 떨고 있을 때까지도 난 심각하게 고민을 하고 있었다. 그래, 주접 구리구리한테 전화를 하는 거야!! 구리구리… 구리구리… 구리구리? 나잖아! −0− 이게 무슨 말이야? 설마… 설마… 폴짝폴짝 뛰어대는 심장을 부여잡고 두려운 눈길로 교문을 바라보았다. 그 후 설마가 사람 잡는다는 말의 의미를 절실히 깨달았다. ㅜOㅜ

내가 언제나 이상한 짓은 하지 말라고 했거늘… 언제나 창피한 짓은 하지 말라고 했거늘… 저 망할 놈의 주접 새끼 박한신!! 네가 왜!! 네가 왜!! 커다란 플래카드를 들고 히죽히죽 웃으며 교문 앞에 서 있냐고요~ ㅜOㅜ 형광색 플래카드엔 아주아주 찐하고 대빵 굵은 검은색 매직으로 대문짝만하게 이렇게 써져 있었다.

내 친구 구리구리!! 컴온 베이베에!! ☞ 나 한신이야. *^^*

이놈의 망할 주접 새끼야. 쪽팔리게 그게 무슨 짓이야. 네 이름까지 당당히 써놓고—이름은 파란색이었음—넌 항상 날 당황하게 만들었지만 이번엔 너무 심했다. 너 때문에 난 지금 쥐구멍에라도 숨고 싶은 생각뿐이다. 제발 그 형광색 플래카드만은 내려줄 수 없겠니. 나의 생에 마지막 부탁이란다. 아니야, 아니야, 지금 이럴 때가 아니야. —0— 저 망할 주접이 날 발견하기 전에 얼른 줄행랑을 쳐야 해! 그래, 그게 좋겠어. 역시 난 긴급한 상황마다 머리가 너무 잘 돌아간단 말야. 주접아~ 네 발로 직접 걸어와 준 것은 고맙지만 난 나의 이미지 관리가 더 중요하단다. ㅜㅜ 못난 친구를 용서하렴. 좀 이따 보자꾸나. .

슬며시 주접 새끼를 외면한 채 아무렇지 않은 듯이 휘파람을 불어대며 폼나게 한 손은 바지 주머니에, 나머지 한 손은 머리를 넘기는 척하면서!! 은근히 얼굴을 가렸다. 그렇게 마악 교문을 거의 통과하려는 찰나!! 그래, 구리구리! 넌 성공한 거야! >_<

"어? 야! 구리구리!! 여기야, 여기!!"

…아주아주 우렁찬 목소리로 밝게 미소 지으며 나를 죽어라 불러대는 한쉰이의 목소리가 들려왔다. 슬쩍 흘겨보니 뭐가 좋다고 손까지 휘이휘이 저어대고 있었다. 발걸음을 빨리했다.

후닥닥닥닥닥닥닥!!

하지만 그 뒤를 이어… 들리는…

후닥닥닥닥닥닥닥닥닥닥닥!!

더 빠른 달음박질 소리가 들리나 싶더니… 누군가 나의 어깨를 화악 잡고 돌려 세웠다.

"야!! 내가 불렀는데 못 들었어? 하마터면 엇갈릴 뻔했구나. 다행이다. ^-^"

뭐가 그리 다행인지 가쁜 숨을 내쉬며 방긋방긋 웃고 있는 주접 새끼 얼굴이 눈에 들어왔다.

"하… 하하하… -0-; 누구세요? 사람 잘못 보신 것 같은데… 그럼 이만……."

"에이~ 농담은. 얼른 가자. 지휴가 너 빨리 데리고 오랬어. 삼십 분 안에 너랑 도착 안 하면 지휴 그 새끼 꼬장 부린단 말야."

얼씨구. 주접 새끼는 나의 쪽팔리는 마음을 아는지 모르는지—전혀 모르는 것 같음—미소를 지우지 않으며 나의 어깨에 손까지 떠억~하니 올렸다.

"구리구리, 얼렁 가자. 헤헤. ^-^"

나는 더 이상의 쪽팔림을 당하지 않기 위해, 또한 한다면 하고 마는 지휴 놈의 성격을 알기에, 그래도 친구라고 눈치없이 헤헤 웃고 있는 주접 새끼의 목숨을 구제해 주기 위해 처절히 고개를 숙였고, 그런 나를 뭐가 그리 신났는지 좋다고 내 손을 꼭 잡고 휘이휘이 흔들어대며 주접 새끼가 어디론가 데려간다. 그런 주접 새끼에게 끌려 가며 잡고 있는 손을 휘이휘이 저으면서도 난 마지막 발악이라도, 아니, 폼이라도 잡으려 했다.

…나 구리구리 아니에요. 단지 이 애랑 아는 사이인 것뿐 정말 구리구리… 아… 니… 에요. TOT

"그런데 어디 가는 거냐? -_-;"

"엉, 지휴한테. ^-^"

"그래, 지휴한테 가는 거 아는데 거기가 어디냐구."

"으응. 지휴 있는 데. ^-^"

"--^ 그러니까 지휴 있는 데가 어디냐고!"

"으응. 지휴… 아악!! -0-"

이 새끼가 누구 약올리나.

"왜 때리냐!! TOT"

"너 간만에 나한테 한번 뒤지게 처맞아볼 테냐, 아니면 좋게 말할 테냐. 마지막으로 묻는다. 지금 어디 가냐?"

"레스토랑. TT"

"진작 그렇게 말할 것이지. 쓰읍. -,.- 어여 앞장서, 그럼."

그런데 주접 새끼, 다행히 내가 맞은 사실은 눈치 못 챘네. 휴우, 다행이다. 언제나 주접 새끼한테 강한 모습만 보였는데 이런 모습을 보여줄 순 없어. 그래!

"그런데 한쉰아."

"엉? *^^*"

한쉰인 언제 울었냐는 듯이 생글생글 웃으며 나에게 얼굴을 가까이 들이댔다.

"얼굴 들이대지 마라. --;"

"구리구리, 미워잉! >_< 맨날 나만 미워해."

"나한테 너 말고 친구가 또 있냐."

“…(ㅡㅡ)(ㅡㅡ)(ㅡㅡ)(ㅡㅡ)”

“봐봐, 없지?? 이뻐할 사람도, 미워할 사람도 너밖에 없어. 그러니까 섭섭해하지 말고 영광이라 생각해.”

한쉰인 한참을 요리저리 생각하더니 인상을 살포시 찡그렸다.

“그런 게 어디 있냐?? 지휴랑 초롱이랑 태훈이랑 길동이랑…….”

“알아, 네가 무슨 말 하려는지. 하지만 걔네들을 몇 번이나 만났다고 벌써 친구냐. 나의 유일한 오래된 친구 넘마저도 오늘 아침까지 신난다고 번데기 만들어놨는데 몇 번만 만난 애들은 더 못 믿지. 안 그럴까? ㅡㅡ^”

나의 말에 주접 새끼 울상을 짓는다. ㅋㅋ 당해봐라, 이놈의 새끼야. 너도 양심이 있다면 아침의 번데기 사건 반성하라고. 너 때문에 쭌휘님한테 흉한 모습 보였단 말야. 내가 유일하게 안 미워하는 놈인데.

“엉? 그리고 태훈이 놈은 나 못 잡아먹어서 독 오른 새끼고 다른 넘들은 나한테 아예 관심도 없고. 그나마 준휘가 나한테 잘해주고. 그래, 말 잘 나왔다. 특히 지휴 그 새끼는 나 망가지는 날만 기다리는 새끼잖아. 뭐?? 괜찮은 새끼?? 씨발. 그 새끼가 괜찮은 새끼면 나는 성인군자다. 낯짝만 반반하면 뭐 하냐ㅡ누군가 썼던 말투인데? ㅡ_ㅡ; ㅡ?? 성격 파탄자에다 싸이콘데. 난 지휴같이 성격 더럽고 무시무시고 그렇게 집착이 강한 넘 첨이다. 그 새끼가 날 친구로 생각하고 있을 것 같아? 엉? 너의 그 잘난 주둥이로 말 좀 해봐라.”

“아니야, 지휴 진짜 괜찮은 새끼야. 지휴 비위만 안 건드리면 정말 성격 짱이야. 잘생겼지, 돈 많지, 의리 죽이지, 쌈 잘하지, 진짜 죽여주는 새끼야. 특히 한번 내뱉은 말은 꼬옥 지켜, 진짜루. ㅇ_ㅇ"

"몰라. 복잡하게 생각하기 싫어. 내가 묻고 싶은 것은 하나야. 너의 그 잘난 F.F 패밀리들이 내가 여자라는 건 아냐?"

나의 물음에 당연하다는 듯이 주접 새끼는 (——)(__)(——)(——) 도리도리… 그럴 줄 알았다. ―_―

"어쩌려고? 내가 망할 계집년이라는 것 영원히 숨기게??"

"아니, 그건 아니야. ―0― 하지만 지금은 여자라는 것 밝히면 저어어~얼대로 안 돼. 네가 네 입으로 직접 나 가스나다!! 라고 말만 안 하면 알 리가 없잖아? ㅇ_ㅇ"

말하는 것까지는 좋은데 내 위아래를 훑어보면서 말하는 네놈의 의도는 뭐꼬?? ―_―^

"죽을래!! ―0―^ 이 세상에 비밀은 없어. 나도 내가 망할 여자라는 게 죽도록 치가 떨리도록 싫다고. 나도 내가 여자란 존재라는 것을 거부한다고. 그런데 어떡해? 신체 구조상 여자인 걸. 족보상도 여자인 걸. 얼마나 갈 거라고 생각하냐?"

"네가 말하지 않는 한."

진지한 눈빛으로 대답하는 망할 네놈의 주둥아리를 빨랫집게로 화악! 찝어버릴까 보다.

"구리구리, 아니, 수아야, 조심하면 되잖아. 엉?? 그리고 너 제일 중요한 화장실도 남자 화장실 잘 들어가잖아, 엉?? 안 돼. 네가 여자라는 것 밝혀지면 우리 패밀리에서 추방이란 말야. 우리 패밀리엔 여자가 있을 수 없어."

"왜?"

"그럼 안 멋있잖아."

"ㅡㅡ^ 죽고 싶냐?? 지금 그걸 이유라고 대는 거냐! 나 구리구리 지금까지 구리구리하게 살았지만 거짓말하는 것 싫다고. 숨기는 것도 싫다고. 내가 만약 너희 패밀리에 든다 하더라도 당당히 들어갈 거야, 숨기는 것 없이. 알겠냐, 박한신??"

"안 돼, 수아야. 절대로 안 된다니까. ㅜㅜ"

이상하게도 주접 새끼의 모습이 진지하고 안쓰러운 것은 무슨 이유일까. ㅡ_ㅡ

"내 이름 절대 부르지 말랬지?? 죽을래?? 걱정 마, 주접아. 내가 누구냐? 지금까지 망할 넘의 그 동네에서 십 년 넘게 버틴 나야. 나 구리구리라고. 어떤 새끼한테도 당한 적 없이 버텨온 나라고. 나 죽도 하나로 버텨왔어. 꼭꼭 숨겨진 신체 구조와 족보만 빼면 나 완전히 남자라고. 걱정 마. 절대 계집애같이 질질 짜대면서 기대진 않을 테니까. 너희 패밀리에 당당히 인정받을 테니까 기다려."

ㅠ_ㅠ 내가 봐도 정말 죽여주는 대사였다. 크으으으으으~ 인간 구리구리 진짜 인간 된 거야.

"가자, 오늘부로 당장 그 잘난 F.F에 당당히 들어갈 테니."

"지휴가!! ㅡ0ㅡ …여자를 소름 끼치도록 싫어해. ㅜㅜ"

"…ㅡ_ㅡa"

나는 천천히 뒤를 돌아보았다.

"네가 여자라는 것이 밝혀진다면 내 죽마고우고 뭐고 다 쓸데없는 거라고. 구리구리, 이렇게라도 널 우리 패밀리에 들어오게 하려는 걸 모르겠냐?? 그래, 네가 원하지 않을지도 몰라. 하지만 지금 내가 존재하고 생활하고 속한 이 작은 공간에 너하고 함께하고 싶다고. 그게 그렇게 안 되는 거냐?? 너도 알잖아, 지휴 성격. 그 새끼 한 번 싫으면 싫은 거야. 지금까지 일곱 명이나 되는 개성 강한 것들이 이렇게 유지되는 것도 다 지휴 때문이라구. 그리고 지금 네가 여자라는 걸 밝힌다 하더라도 소용없어. 지휴만 더 열받게 하는 거라고. 그 새끼 지가 속았다는 것을 알면… 네가 지휴가 소름 끼치도록 싫어하는 계집애란 걸 알면… 너랑 나는 죽어."

방금 전만 해도 징징대던 약한 모습의 주접 새끼는 사라지고 진지한 표정으로 날 주시하고 있었다. 그럼 우린 이미… 공범자인 거야? -0- 아앗!! 안 돼! 난 아무 죄도 없어! >0<

"하지만 한쒼아, 언젠가는 밝혀지게 되어 있어."

"그래. 하지만 그 언젠가까지 버텨보자고. 하루라도 더 살아야 할 것 아니야. 지금 당장 죽는 것보다는 하루라도 더 사는 게 더 낫잖아?? 그리고 그전에 지휴가 우리한테 그랬던 것처럼 너한테도 지휴의 마음이 가게 해야 해. 그 새끼… 의리 하나는 진짜 끝내주거든. 지목숨보다도 소중히 여겨. 그러니까 네가 여자라는 게 밝혀지기 전에 얼른 지휴가 너한테 꼼짝 못하도록 죽도록 친해지는 거야! ㅇ_ㅇ"

…-_- 이게 무슨 날벼락이야. 그 무서운 망할 넘의 지휴 놈과 죽도록 친해지라고?? 그게 유일하게 목숨 부지하는 길이라고? 지휴 놈

을 지그시 떠올려 본다. 가스나들이 울고 갈 정도로 어여쁜 얼굴과 모델같이 쭈욱 빠진 호리호리한 몸매. 하지만 치가 떨리도록 두렵게 만드는 차가움과 집요함. 아직도 그때를 생각하면 몸서리치도록 무섭다. ㅜ^ㅜ 날 이렇게까지 두렵게 만든 넘은 지휴 놈이 옹녀 쒸 이후로 처음이었다.

"지휴 놈… 무서운 새끼지?? -_-;"

"엉!! (--)(__)(--)"

"만약 지휴가 나 여자라는 거 알았을 때 내가 지휴 놈이랑 죽도록 친해져 있음 나 어떻게 되는 거야?? =_="

"그야 지휴는 분통이 터지겠지만 어쩔 수 없겠지. 너나 나나 아싸 하는 거지."

"그럼 만약 지휴 놈이 내가 여자라는 것을 알았을 때까지도 지휴 놈이 지금처럼 날 맘에 들어하지 않는다면? -_-"

"그야 당연히 죽는 거지."

그래, 이눔의 새끼야. 대답 간단해서 차암~ 좋네. -_-;

"후우우우우~ 그래, 네 말대로 하루라도 더 사는 게 좋을 것 같다. 그런데 한신아……."

"엉? ^-^"

나의 최후 결정에 만족스러운 듯이 다시 방긋방긋 웃고 있는 주접 새끼.

"너 나한테 뒈질래!! 친구라고 하나 있는 것이 그런 넘을 괜찮은 새끼라고 거짓말을 해?!"

"으아아아아아아아아악!! >O<!! 잘못했어, 구리구리!"

주접 새끼가 잘못했다고 빌었을 땐 어제 지휴 놈에게서 슬쩍슬쩍 눈썰미로 배운 필살의 목졸림 비법을 주접 새끼에게 시험차 실험해 보기로 마음먹은 후였다.

"훌쩍. 훌쩍. ㅜ^ㅜ"

"뚝!!"

아직까지도 눈물로 그렁그렁한 주접 새끼의 강아지 같은 눈이 안 쓰럽게 나를 바라보았다. 그래도 네가 잘못한 것은 잘못한 거야. 믿 을 거짓말을 해야지. 말도 안 되는 걸로 친구를 속여?!

주접 새끼와 터벅터벅 한참을 걷다 보니 어느덧 무척이나 고급스 러워 보이는 레스토랑 앞에 다다랐다. 쓰읍. ㅡ,.ㅡ 벌써부터 입 안에 침이……. 레스토랑 안에 들어서자마자 뻘건색 나비 넥타이를 멋드 러지게 한 웨이터가 우리를 어디론가 안내한다. 곧 이어 룸 같은 곳 이 보였고 문을 열자 잘난 F.F들이 쭈욱 앉아 있는 게 눈에 들어왔 다. 역시나 이번에도 지휴 놈은 뭐가 그리 잘났는지 아주아주 건방진 폼으로 한쪽 테이블 면을 혼자 다 차지한 채 무표정한 얼굴로 앉아 있었다. 다른 넘들은 다 교복 차림이었는데 유독 지휴 놈만은 사복을 입고 있었다. 베이지색 면바지에 흰색 빈폴 남방을 살짝 안으로 넣어 입은 넘의 모습이 더욱더 귀티나며 투명해 보이는 게 핸섬 자체였고 스프레이로 좌악 세운 갈색의 짧은 머리까지 정말 생긴 거 하나는 죽 여줬다. ㅡ,.ㅡ 몇 번 보지는 못했지만 지금까지 입고 있던 모든 옷마다 항상 무시무시하게 서 있던 다리미의 칼주름. 지휴 놈의 새로운 별명 발견. 그건 바로 공포의 칼주름이야!!

흠흠, 아무리 깔끔하고 잘났어도 네가 광적으로 무서운 놈이라는 건 변하지 않아. -_- 거구 새끼 초롱이도 애들하고 오손도손 앉아 있는데 몸도 얍실한 것이 꼬옥 저러고 넓은 테이블 떠억 하고 혼자 차지하고 앉아서 나 성격 더러운 놈이요 하고 티를 내요, 티를. ㅋㅋ

내 생각이 끝나기도 전에 지휴 놈과 F.F들의 시선이 나에게로 쏠렸다. 물론 준휘 왕자님도! >_< 하지만 쭌휘 왕자님을 보고 흐뭇해할 때가 아니었다. ㅠㅠ 유난스럽게도 지휴 놈의 아니꼬워하는 듯한 눈빛이 나에게 쏠렸기 때문에.

"안녕! ^-^;"

지휴 놈에게 잘 보이기 위해 억지 미소를 입가에 화알짝 띠었다. 아주아주 화아아아아아~알짝. 이 정도면 됐을 거야. 얼른 자리를… 준휘 옆에 앉아야지! 슬며시 슬금슬금 비어 있는 준휘 옆 자리로 가기도 전에… 휘리리리리릭! 이게 뭔 소리여?? -_-

"쭌휘야, 우어어어어엉— 구리구리가 글쎄 훌쩍. ㅜ^ㅜ"

주접 새끼가 선수쳐서 잽싸게 준휘의 품으로 쌩하니 몸을 날리곤 훌쩍댄다. -0- 훌쩍거리며 준휘의 품으로 다이빙하는 주접 새끼 때문에 경악해하는 준휘의 얼굴 표정이 정말 가관이다. 그래, 지겹기도 하겠지. 그래도 착한 울 쭌휘 씨, 경악해하는 표정과는 달리 주접 새끼를 토닥거리며 어디서 났는지 빙그레표 바나나 우유를 주접 새끼의 주둥이에 꼬옥 물려주었고 만족스럽다는 듯이 훌쩍임을 멈추고

쪼옥쪼옥, 아주아주 맛나게 바나나 우유를 빨아댔다. 망할 넘의 쉐끼. 너 때문에 내가 앉을 자리가 없잖아. 어디에 앉지?? -_- 빈자리를 찾기 위해 테이블을 쭈욱 둘러보았다. 하늘도 무심하시지. 왜 하필 지휴 놈과 초롱이 옆 자리만 비어 있냐고요. TOT 망할 거구 쉐끼. 이런 나의 마음을 알아차렸는지 안 그래도 쫘악 찢어져 보이지도 않는 새우눈을 더욱더 가늘게 뜨며 자신의 옆 자리를 먼지나도록 손으로 팡팡 쳐댄다. 어무이~ T^T 지 옆에 앉으라는 신호가 분명했다, 씨발, 그래도 지휴 놈 옆 자리보단 나을 거야.

언제나 강하던 내가 왜 이리도 이 패밀리들 앞에선 한없이 약해지는지 알 수 없는 노릇이다. 초롱이의 옆 자리로 힘없이 걸어갔다. 저 새우눈 옆에 앉으면 숨도 제대로 못 쉴 텐데. TT

"야!! 네 자린 여기야. -_-"

갑자기 내 귀를 파고드는 지휴 놈의 목소리? -_- 그의 손가락이 가리키는 곳은 바로 자신의 옆 자리였다.

"아니, 괜찮아. 난 여기가 편할 것 같아."

"네 자리 여기라고. 빠지직. -_-^"

무서워요, 지휴 씨. TOT 네넘 옆에 앉아줄 테니 제발 인상 좀 그만 쓰라고요.

"그래그래, 다 알아. 내 자리는 거기지. 그럼, 그렇고말고. 자! 나의 자리로 GO~ 하하하하하. -0-;"

"쟤 미쳤나 봐."

-_-… 그런 나의 모습에 얄미운 태훈 놈이 슬며시 지 옆에 앉아

있는 길동이에게 귓속말을 한다. 다 들릴 정도로 커다랗게. 그것도 귓속말이냐, 이놈아!! 쭈뼛쭈뼛 지휴 놈 옆 자리로 가서 현모양처처럼 조심스레 푹신한 의자에 살며시 엉덩이를 들이밀었다.

"누구 맘대로 내 옆에 앉으라든?"

지휴 놈이 그런 날 아니꼽다는 듯이 갈구며 하는 말이었다.

"네가."

나 미쳤나 봐. 말도 안 되는 대답을.

"내 옆에 말고 저기 앉으라고."

그래, 알았어. 알았으니까 제발 고운 얼굴에 인상 좀 푸렴. 지휴 놈이 짜증난다는 듯이 인상을 찌푸리며 다시 손가락질을 해댄다. 지휴 놈의 손가락을 따라가 보았다. 그 자리도 분명 지휴 놈의 옆 자리이긴 옆 자리였다. 하지만 지휴 놈과 같은 테이블 면이 아닌 모서리로 이어진 다른쪽 테이블 면이었다. 그리고 내가 지 옆에 앉는 게 마찬가지로 짜증난다는 듯한 얼굴 표정의 태훈 놈. 이놈의 얍삽 쉐끼야. 나도 네 옆에 앉기 싫다고. 아우~ 진짜로!

나는 지휴 놈을 바라보았다. 허옇고 조목만한 얼굴에 예쁜 눈을 새초롬히 뜨고 있는 지휴 놈. 인정하기 싫지만 지금 이 얄미운 상황에서도 너무 예뻤다. 후우~ 그런데 성격은 왜 그렇게 지랄 같냐고요! −0−^ 지휴 새끼는 완전 똥고집으로 꽉 찬 새끼야. 한쪽에 같이 앉으면 어때서 꼬옥 지 혼자 저 넓은 데 다 차지하려고 그래. 나쁜 넘! 이놈의 쉐끼야, 그렇게 폼 잡다간 나중에 똥벼락 맞는다구!

하지만 약자인 나는 지휴가 지정해 준 곳으로 가서 털썩 앉았다. 아주아주 세게. −_− 오기와 깡다구로 가득 찬 난 태훈 놈을 옆으로 팍팍 밀고는 넓게 자리를 잡았다. 오만상을 찌푸리면서도 아무 말 못하는 태훈님의 모습에 그나마 마음이 좀 풀린다. 너 정도는 커버한다고~

"먹자."

지휴 놈의 말에 드디어 테이블 다리가 부러지도록 차려진 먹음직스런 음식들이 눈에 들어왔고 난 이미 모든 이성이 마비됨과 동시에 본능적으로 움직이던 석기시대의 자연인으로 돌아갔다. 한참을 허겁지겁 먹고 있을 때 나를 태워 버릴 것 같은 뜨거운 시선을 뒤늦게서야 느꼈다. 음식물을 입 안에 가득 집어넣은 채 고개를 들어보니 나를 빤히 바라보는 지휴가 눈에 들어왔다. 오랜만에 가까이에서 본 지휴의 깜찍한 얼굴에 난 넋이 나갔다.

새끼, 진짜 잘생겼네. −ㅁ− 뉘 집 애인지 자식 하나는 잘 낳아놨군. 내가 또 넋을 잃고 있는 사이 지휴의 쉑쉑한 입술이 나른하게 열린다. 속지 말자, 구리구리. 정신 차려! 저 섹시한 입술의 힘에 정신 팔렸다가 큰코다쳤잖아!!

"씨발, 어떤 새끼야? −_−^"

"……??"

신지휴, 뭘 잘못 먹었나. 뭔 말이냐고요~

"하하핫! −0− 지휴야, 무슨 말이니?"

"너 건드린 새끼 말이야. −−^"

"나를 건드리기는… 날 건드린 사람은 아무도 없단다. 정말로 맹세해. ^−^;"

네 눈에만 내가 만만해 보이는 거란다. -_- 날 건드리고 약올릴
놈은 이 세상에서 울 옹녀 쒸랑 너밖에 없다고. 알았냐, 이놈아!

"그럼 터진 니 입술은 네가 혼자 물어뜯은 거냐?"

"엉? @0@"

헉헉. 어떻게 알았지! 분명 시력 2.0인 주접 새끼도 몰랐는데. 화
장실에서 분명히 거울로 확인했을 때 별로 티 안 났었구. 나는 지휴
놈에 대해서 또 하나 깨달은 사실이 있었다. 지휴 놈은 머리만 좋은
것이 아니라, 성격만 더러운 것이 아니라 시력도 무지 좋다는 것
을……. 그럼 저놈의 시력은 3.0?! -0- 그럴 리는 없는데. -_-

"내 말 씹냐?"

상당히 열받은 듯한 지휴 놈의 목소리에 제정신이 후닥닥 돌아왔
다.

"엉??"

"씹으니까 맛있냐? --^"

지휴야, 무서우니까 그만 인상 좀 펴라. 그러다가 네 고운 이마에
주름살 생길까 봐 너무 걱정이 된단다. T^T

"아니, 맛없어. =_="

하던 생각을 접고 나는 얼른 지휴 놈의 물음에 용감히 대답했다.
거의 기어들어 가는 모기만한 목소리로.

"나 열받으면 어떻게 되는지 궁금하지 않냐?"

지휴 놈의 말에 여태껏 우리의 대화에 관심조차 주지 않고 먹는데
여념이 없는 잘난 F.F들이 모든 젓가락질을 멈추고 공포에 질린 눈

동자로 지휴를 바라본다.

"캑!! >0<"

심지어 허겁지겁 먹어대던 초롱이가 음식이 목에 걸렸는지 얼굴이 허옇게 뜬 채 겹쳐져 있는 목살을 잡고 난리가 났다. 미친넘. 그나저나 이놈들이 왜 그래? o_o

"야, 구리구리. 네 입술 누구한테 맞았어? 어떤 새끼가 너 건드렸는지 불어, 얼른!"

빨리도 발견해 주어서 너무나 고맙구나, 주접아. -_-^ 긴장한 듯한 얼굴로 주접 새끼는 나를 마구 보챈다. 주접 새끼의 눈빛이 애절하게 간청하는 듯한 눈빛인 것 같기도 한데? 아니, 잘난 F.F들 모두의 눈빛이 주접 새끼와 같은 눈빛인데. 왠지 그 애절한 눈빛들을 모른 체하고픈 강한 유혹이 일어났다. 나도 지휴 못지않게 못되먹었나 보다. ㅋㅋ F.F들의 긴장한 모습을 보니 왜 이렇게 기분이 좋을까.

쨍그랑—!!

헉?? -0- 이게 무슨 소리야?? 모두의 시선이 소리난 쪽으로 쏠렸다. 꺄아아아아아아아악—!! >0< 지휴 놈이… 무시무시한 지휴 놈이 손에 힘을 너무 주어 쥐고 있던 유리잔이 깨진 것이다. 손에서 다행히 피는 안 나는 것 같다. 얇은 쌍꺼풀이 예쁘게 진 커다란 눈에서 뿜어져 나오는 무시무시함이란. 이미 지휴의 행동은 잘난 패밀리들과 나에게 공포감을 충분히 주었다. 말할게. 말하면 되잖아. 넌 그런 행동 안 해도 충분히 무선 넘이란 것 안단다. 그러니 고정하렴.

"새로 편입된 반에 왕대포라고……."

내 말이 끝나기도 전에,

"왕대포. -_-"

지휴 새끼가 왕대포의 이름을 조용히 중얼거리더니만,

"아쒸! 누가 그렇게 처맞고 다니래!!"

하며 나에게 버럭 소리를 질렀다.

우어어어어어어엉!! 이놈아, 누군 맞고 싶어 맞았냐? 난 내가 창피한 게 더 낫지. 울 옹녀 쒸 무섭단 말야!! ㅜ^ㅜ

"상엽아……."

"응?"

"왕대폰가 똥대폰가 어디 있는지 찾아내서 당장 이리로 데리고 와."

상당히 열받은 듯한 지휴 놈의 말에 모두들 먹던 것을 멈추고 눈만 멀뚱멀뚱 뜬 채 지휴의 눈치만 살피고 있었다. 지휴 놈 정말 화나면 무섭구나. 진짜로 저놈을 조심해야지. 지휴의 말에 상엽이는 곧바로 핸드폰으로 어디론가 전화를 건다.

"나 상엽이야. 너 혹시 한성 공고에 우리 또래 왕대포라고 아냐? …어, 그래? 안다고? 지금 어디 있는지 아냐?? …알았다. 고마워."

이렇게 전화 통화는 끝났다.

"지금 따봉 오락실에서 열심히 땅따먹기 오락 하고 있다는데."

상엽이 지휴 놈을 바라보면서 한 말이었다.

"누가 나랑 같이 갈래?"

지금까지 존재감없던 길동이 느닷없이 한 말이었다.

“내가 갈게.”

오, 마이 갓!! 나의 쭌휘 씨가 한 말이었다!! 지금 상황이 어떻게 되어가고 있는 거야? 둘은 나란히 어깨를 마주한 채 어디론가 사라졌다.

“먹던 것 마저 먹어.”

언제 꼬장 부렸냐는 듯이 아무렇지 않은 얼굴로 다시 음식을 먹기 시작하는 지휴. 먹으라고 또 먹을 줄 알아?! 너 때문에 입맛 다 떨어졌다고!!

“먹으라고. --”

“응, 그래.”

떨떠름한 나와는 달리 다른 것들은 아무렇지 않게 다시 음식을 먹고 있다. 아무래도 이 패밀리에 적응하려면 꽤나 오래 걸릴 것 같은……. 그나저나 지금 이건 뭐지?? 설마… -0- 설마 지휴 놈이 나 걱정해 주는 거야? 까아아아아앗! >ㅁ< 한씬아, 기뻐해 줘. 나 드디어!! 드디어 지휴 놈과 죽도록 친해진 거야. 그것도 삼 일 만에. ㅜ^ㅜ 기쁨으로 마음이 벅차오른다. 정말! 진짜! 참말로! 지휴 놈은 주접 새끼 말대로 괜찮은 넘인지도 모른다는 생각이 든다.

“한신아, 나 화장실 어딘지 모르거든? 화장실 같이 가자.”

나는 벌떡 일어나 한신이를 의자에서 일으켰다.

“싫어. 너 혼자 가. 문 열고 나가서 오른쪽으로 조금만 가면 화장실 보일 거야.”

“같이 가자구. --”

“나 아직 덜 먹었… ㅠ_ㅠ 씨이~ 아직 덜 먹었는데. 구리구리는 맨날 나만 갖고 그래. 훌쩍~”

나의 갈굼에 울상을 지으며 주접 새끼는 젓가락을 놓았다. 주접 새끼와 나 또한 어깨를 나란히 하고—사실은 나의 무력으로. ㅋㅋㅋ—룸을 빠져나와 화장실로 향했다.

“왜 그래, 구리구리? 나 아직 덜 먹었단 말… 캑! >_<”

주접 새끼의 말이 끝나기도 전에 나는 그놈을 와락 껴안았다.

“주접, 아니, 한쎌아~ 나 성공했어!! TOT 삼 일 만에 지휴 놈하고 죽도록 친해진 거야. 봤지, 너도? 나 맞았다고 엄청 화내는 거.”

나의 말에 그제야 눈을 동그랗게 뜨는 주접 새끼.

“가만히 보니까 그러네. 끼얏호! 그럼 우리는 산 거야?? 구리구리, 진짜 성공한 거야? 그것도 삼 일 만에? 우와~ 신기록이다. 지휴 놈 웬만하면 마음 안 여는데. 저 새끼가 사람 자체를 무지 싫어하거든. 한마디로 싸이코지. 그런데 다른 사람도 아닌 내 친구인 네가. 난 영원히 가망없을 줄 알았는데… 우어어어어어엉— TOT 우린 이제 산 거야. 역시 넌 내 자랑스런 친구야. T^T”

…가망이 없을 줄 알았다고?? 이놈이 진짜로 친구 맞나? 콱! 지금 이 자리에서 그냥 내가 죽여 버려? --^ 아니야, 여하튼 지금은 기뻐해야 할 때잖아. 한 번만 봐주자. 주접과 난 둘이 화장실에서 얼싸안고 기쁨의 눈물을 흘렸다.

“자, 얼른 가서 기쁜 마음으로 음식을 먹는 거야, 구리구리. 진짜로 넌 대단해. 난 네가 내 친구라는 게 자랑스러워. 우리도 지휴랑 친구 되는 데 무지 오래 걸렸는데 넌 정말로 대단해. 이제 넌 여자 화장실 가도 돼."

퍼어어어억—!!

"아얏! ㅠ_ㅠ 왜 때려?"

"나 원래 남자 화장실 가잖아. 여자로 보지 말랬지. 주글라거. --"

"그래, 잘못해써. ㅠ_ㅠ 너 여자 아니야."

진작 그럴 것이지. -_-

"이제 기쁜 마음으로 다시 맛있게 먹으러 가는 거야. GO~ 아차!! 그런데 한쒬아, 지휴 많이 화나면 어떻게 돼??"

나의 물음에 주접 새끼는 넌더리난다는 듯 고개를 절레절레 흔들었다.

"우와아아아아아~ @0@ 말도 마. 생각도 하기 싫어. 끔찍해."

"지금 엄청 열받은 것 맞지? ㅇ_ㅇ"

"아니, 지금은 지극히 평범한 거야. 지휴 새끼 진짜 열받으면 물불 안 가리고 다 엎어버려. 세상에 종말이 오지. 암~ 그렇지. 그러니까 웬만하면 그런 상황이 없도록 해야지."

"으응… 그래, 진짜 조심해야겠다. =_=;"

주접 새끼와 나는 다시 한 번 지휴 놈의 무서움을 절실히 깨달으며 서로를 얼싸안은 채 룸으로 가서 문을 활짝 열었다. 문을 열자마자 나의 눈에 들어온 것은 얼마나 밟혀 버렸는지 안 그래도 희박한 얼굴이 형체를 알아볼 수 없을 정도로 화상이 되어버린 왕대포를 무참히 짓밟고 있는 지휴 놈이었다!! @0@

2

꼬이고 꼬이는 신지휴와의 악연

꼬이고 꼬이는 신지휴와의 악연

룸에서 나온 지 이십 분도 안 된 것 같은데 그사이에 오락실 가서 두꺼비 놈을 잡아와 저 꼴로 만드는 데 충분했다라… 진짜 죽여주는 스피드였다.

"야! 너 건드린 게 이 새끼 맞지? −_−"

삐꾸… 야? −_−^ 그건 그렇고 날 건드린 새끼가 이놈인지 확신도 못한 채 반 죽여놓고 그런 말을 물어보면 어쩌냐고요~ 이 단순무뎃뽀야. 다행히 이놈이 맞긴 하지만 아니었으면 어쩌려구. 맞는 게 천만다행이구나. 쯧쯧. 안 그래도 두꺼비 같은 화상이 지금은 뚱뚱 불어서 드래곤 볼에서 나오는 대마왕 괴물같이 화상이 되어버렸네. 십년 묵은 체증이 쑤욱 내려가는 듯한 시원함과 동시에 갑작스레 어울리지 않은 동정심이 나의 마음에 슬그머니 고개를 내민다.

"이 새끼 맞냐고. 내 말 또 씹냐? ㅡㅡ"

지휴 놈의 말에 나는 화들짝 놀랐다.

"응… 맞아."

지휴 놈을 제외한 나머지 잘난 F.F들은 다시 음식만 묵묵히 먹고 있었다. 특히 다시 엄청난 식욕을 되찾은 듯한 초롱이 놈. 초롱아, 너만은 그러면 안 돼. ㅜ^ㅜ 너와 동지라고도 할 수 있는 두꺼비 놈이 저 꼴인데 정말로 너만은 그러면 안 된다구.

그사이 지휴는 다시 대포 놈에게 기다란 다리로 퍽퍽! 무시무시한 발길질을 퍼부어대고 있었다. 꺄아아아아아악! >ㅁ< 이러다 두꺼비 죽어!! >0< 말려야 해! 지휴야! 너와 죽도록 친한 내 입술을 터뜨린 대포 놈은 마땅히 천벌받아도 싸지만 ㅜ^ㅜ 그러면 안 돼!! 나 때문에 네가 살인죄로 감옥이라도 들어간다면… 그래서 너의 아주아주 도도하면서도 눈부신 꽃스러움을 보지 못한다면 난 아마도 죄책감과 너에 대한 걱정 때문에 제명에 못살 거야. ㅜ^ㅜ 그러니 제발 이러지 마, 지휴야! 이러면 이럴수록 나만 힘들어진단다. 제발… 훌쩍. ㅜ^ㅜ 나에 대한 너의 의리는 잘 알겠어. 그러니 그만 하렴. 그러다 대포 놈 죽어. 지휴의 두 배는 족히 되는 듯한 대포 놈을 아주아주 멋진 폼으로 발밑에 깔아뭉개고 있는 지휴 놈을 향해 나는 온 힘을 다하여 간절한 마음으로 와락 몸을 날렸다.

"넌 인생 다 산 줄 알아. 씨발, 별것도 아닌 새끼가 감히!"

"안 돼, 지휴야! 제발! 나에 대한 너의 마음은 잘 알겠지만 이러면 안 돼—!!"

나는 엄청난 실수를 저질러 버렸다. 몇 초만, 아니, 한마디만 더 지휴의 말을 들었어야 했는데. ㅜㅡㅜ 나는 지휴 놈이 말하는 도중에 그를 향해 다이빙을 해버렸다. 놈의 말을 리플레이하자면…

"넌 인생 다 산 줄 알아. 씨발, 별것도 아닌 새끼가 감히!! 나도 못 건드리고 있는 저 삐꾸 새끼를 건드려! 누가 내 밥에 흠집 내놓으래?!"

리플레이 끝!

지휴의 말은 멋대로 착각해 버린 나뿐만 아니라 주접 새끼까지 얼어붙게 만들었다. 지휴 놈은 친구인 날 걱정해서 그렇게 열 낸 게 아니었다. 생각하기도 싫은 담벼락 사건으로 인하여 지휴 놈이 죽여 버리려 했던 내가 지휴 자신과 친구인 주접 새끼의 가장 소중한 죽마고우기에 차마 나한테 손가락 하나 까딱 못한 채 오히려 친구 삼아야 하는 울지도, 웃지도 못할 돌발 상황에 속으로 터질 듯한 울분만 삼켜야 하는 지휴에게 두꺼비 놈은 그놈의 자존심을 상하게 한 게 분명했다.

그렇지 않아도 가뜩이나 열받아 죽기 직전의 지휴 놈이었는데 별것도 아닌 놈이 지가 손도 못 대고 참아야 하는 나에게 이렇게 당당히 흔적을 남겨놓았으니 어지간히 건방지고 도도하신 왕자님께서 얼마나 자존심이 상하셨겠어요~ 그런데 지휴야, 꼭 이렇게까지 열 내야 할 필요가 있는 거니? 내가 그 정도로 싫은 거야? 날 그 정도로 죽이고 싶은 거야? ㅜㅜ

"넌 뭐야. ^"

내 멋대로의 착각으로 인해 이 엉뚱한 행동을 저질러 버린, 그래서 지금 너무나도 꼬옥 지휴 놈의 허리를 안고 있는 나. TOT 그런 나의 행동에 새침스러운 커다란 눈을 더욱더 새초롬히 뜬 채 인상 팍팍 쓰며 나를 내려다보는 지휴 놈. 어무이, 아니, 옹녀 쒸~ 주접아~ 나 이럴 땐 어떻게 해야 하니. T^T

그런데 뭔 놈의 남자 허리가 이토록 가늘지? _; 아니, 가는 듯하면서도 왠지 모르게 든든함과 편안함, 강인함이 느껴지는… 이것이 정녕 남자의 허리를 껴안은 느낌이구나. 참 좋네 ,. 라는 엉뚱한 생각으로 얼굴이 붉게 달아올랐을 때 나는 바닥에 벌렁 나자빠졌다?? 지휴 놈이 나의 손을 매섭게 떼어내 버린 것이다. 그리곤 깨끗하기 그지없는 하이얀 남방을 툴툴 털어댔다.

"야, 너 죽을래? ^ 누가 나 껴안으래!"

"지휴야, 난 그게 아니구……."

뭐라고 해야 하지? 뭐라고 해야 나의 이 또라이 같은 행동을 정당화할 수 있냐구. TT 하지만 이상하게도 잔머리 하나는 끝내주던 내 머리가 꼼짝도 않는다.

"그러니까… 어… 음… 그러니까 말이야……."

"그러니까 뭐? _"

유독 주접 새끼만 고개를 바닥에 처박은 채 들 생각을 하지 않았고 모두들 이 상황을 황당한 표정으로 지켜보고 있었다. 모든 시선이 나에게 집중되어 있었고. 도대체… 뭐라고……. ㅇ_ㅇ!

"쟤 불쌍하잖아."

내 나름대로 훌륭하다고 생각한 말이었지만 어째 반응이… ─_─; 너무 말도 안 되는 변명인가. 제발 누가 이 상황에서 날 좀 구해줘!! ┳＾┳

"그래. 지휴야, 저번처럼 사고 치지 말고 그만 해. 지금 저 새끼 기절했어."

날 구해준 왕자님은 역시나 나의 사랑스런 천사 준휘 씨였고─난 영원히 너만을 따를 거고, 너만을 믿을 거야, 준휘야. 훌쩍. ┳＾┳ ─준휘의 말에 모두들 그래그래 하며 뒤늦게야 동의한다. 패밀리들의 말에 지휴는 바닥에 쓰러져 있는 두꺼비 놈을 발로 툭툭 쳐본다.

"정말 기절했네. ─_─"

무심하게 대포 놈을 바라보던 지휴는 F.F들을 쭈욱 훑어본 후에 나를 가리키며 한다는 말이,

"내가 분명히 말하지만 절대 저 새끼처럼 다니지 마라. 쪽팔려."

지휴야, 그렇게 대놓고 말할 필요까진… ──; 덧붙여,

"밥맛 떨어졌다. 나가자."

휭하고 룸을 나가 버렸다! 잘난 F.F들도 기절한 채 널브러진 대포 놈을 버려두고 하나둘씩 룸을 빠져나갔다. 주접 새끼 또한 영원히 들지 않을 것 같은 고개를 번쩍 들더니 나에게로 다가왔다.

"휴우우우~ 그럼 그렇지. 지휴가 그렇게 금방 마음 줄 지조없는 애가 아니지. 너랑 나랑 진짜 조심해야겠다. 나중에 너 여자인 거 알면 진짜 끝장이야. 너 꼭 남자 화장실 가라."

퍽—!!

"아얏! ㅠ^ㅠ"

이놈이 지금 위로는 못해줄망정 약올리냐!!

"너 죽을래! 지휴까지는 몰라도 너 정도는 아직 거뜬하다. 그리고 너 친구 맞냐?? 누가 이런 망할 싸이코 같은 서클에 나 껴주래? 엉?! 난 속인 적 없어. 너 혼자 한 거잖아. 그리고 지휴 혼자 착각한 거잖아. 난 아무 잘못 없어. 그러니 너 혼자 알아서 해. 나도 너 때문에 열받았어. 너 때문에 지금 내가 뭔 꼴이냐고! 엉?! --^ 이런 서클도, 너도 다 필요없다구. 알아먹었냐?? 다 필요없다고오—!!"

너무나 열받은 나였기에 말이 함부로 튀어나왔고 그런 나의 말에 주접 새끼는 축 처진 커다란 눈에 투명한 이슬이 고인 듯했다. ——a

"구리구리, 정말 미안해. 난 내 친구들이랑 네가 좋은 친구가 되었음 하는 생각에 그랬는데 이렇게 꼬일 줄은 몰랐어. 훌쩍. ㅜ^ㅜ 미안해. 하지만 구리구리, 우린 이미 공범자야. ㅜ^ㅜ"

공범자… 라… 그래, 이미 공범자구나. 울먹거리는 주접 새끼. 내가 너무 심했나? 헤어지기 전까지만 해도 분명 삐쩍 말라서 눈웃음만 실실 치는 귀여운 꼬마였는데 언제 이렇게 커버렸니. 언제 이렇게 변해 버렸니. 지금은 어느새 나보다도 훌쩍 커버린 키와 마른 듯하지만 나보다도 훨씬 넓어 보이는 어깨. 내가 알던 주접의 모습은 따스해 보이는 눈웃음을 제외하곤 눈 씻고 찾아봐도 없었다. 왠지 슬프다는 생각이 든다. 갑자기 교문에서의 여학생들 말이 생각났다. 주접 새끼 얼굴을 뜯어보니 꽤 귀엽게 생겼다. 아기같이 뽀송뽀송한 피부,

밥알같이 조목만한 얼굴에 강아지처럼 눈꼬리가 축 처진 선량해 보이는 커다란 눈과 동그스름한 작은 코와 새빨간 입술. 정말 계집애들이 좋아할 만한 얼굴이었다. 이젠 나만 좋아하고 따르는 주접 새끼는 사라져 버린 것일까. 지금까지 주접 새끼에게 너무 받기만 하고 해준 건 없다는 생각이 들었다. 결과가 어찌 됐든 이 모든 것들이 다 날 생각해서 한 행동이라는 것만은 틀림없는데…….

"후우… 미안해, 한신아. 네 맘도 모르고 말을 너무 막 했다. 네 말대로 우린 이미 공범자네. 그래, 우리 지휴한테 들키지 않도록 노력하자! ㅇ_ㅇ 나 F.F에 끼도록 노력할게. 아니, 인정받도록 노력할게. 아직 들키지 않았잖아. 지휴랑 죽도록 친해질 거야. 나 없으면 안 될 정도로 지휴 마음에 화끈하게 파고들 테니까 걱정 마라. 그리고 꼭 남자 화장실만 갈 테니 염려 붙들어매라구."

정말 1%의 희망도 없는 소리를 주접 새끼한테 나발거린 것 같다. 하지만 이런 희망도 없는 내 말에 주접 새끼는 감동받은 듯 다시 울먹거리려고… 으아아아아아아악!! >0< 제발!! 울먹거리지 마. 나는 더 훌쩍거리기 전에 주접 새끼를 찍찍 끌고 룸을 빠져나왔다. 널브러져 있는 대포 놈이 눈에 거슬리기는 했지만 다 인과응보란다. 그러게 누가 고운 내 얼굴에 흠집 내놓으라든? 여하튼 앞으로 학교 생활은 편히 하겠군.

룸을 나오자마자 계산하고 있는 지휴가 눈에 들어왔다. 단아하면서도 예쁜 지휴의 옆모습에 왠지 모르게 심장이 콩닥콩닥 난리 부르스를 춘다. 괜스레 얼굴이 붉어졌다. 정말 지휴가 멋있기는 하구나.

지휴의 모습에 다시 한 번 넋이 빠졌을 때쯤 나에게로 성큼성큼 다가오는 얍삽이 새끼가 보였다. 저 새끼, 또 무슨 말을 하려고. 난 너만 보면 왠지 불안해. 그러니 제발 나에게 오지 마랏, 이 망할 놈아! 나의 경고를 못 들었는지 얄밉게도 결국 생글생글거리며 코앞까지 다가온 얍삽이 태훈 놈. 내 귀에 슬며시 속삭이는 말이,

"구리구리, 너 지휴 좋아하지? 그래도 지휴는 안 돼. 지휴가 아무리 이뻐도 지휴는 그런 취미 없걸랑. 지휴는 너 같은 변태 아니거덩. 여자들도 소름 끼치도록 싫어하는데 너 같은 남자 새끼를 좋아할 리 있겠냐?? 안타깝지만 포기해라. 대신에 지휴 빼고 다른 애들은 내가 응원해 줄게. 맘에 드는 애 있음 나한테 살짝 말해. 특히 초롱이는 가능성이 많을 거야."

라고 잽싸게 말한 후 씨잉 하고 다른 놈들 뒤를 따라 나가는 것이었다. 얍삽이 태훈 놈! 너! 너!!

"야!! ─O─ 너 내 손에 걸리기만 하면 화악!! 아우우우우!! 너 거기 안 서?!"

나의 괴성에 얍삽한 태훈 놈은 나를 잠깐 돌아보더니 혀를 낼름거리며 한마디 툭 내뱉은 후 잽싸게 문을 쾅 닫고 사라졌다.

"이 삐꾸 같은 새끼야. 어떤 모자란 놈이 서라고 한다고 서냐?? 너 같은 삐꾸들이나 서지 다 안 서, 이 삐꾸야! 메롱!"

"=O=^!

"구리구리, 왜 그래?? 뭐 때문에 태훈이 부르는 건데? 엉?? 태훈이가 뭐라 그랬는데? 태훈이가 너 계집애란 것 눈치 챈 거야? 그래서

지휴한테 이른대?? 그리고 태훈이 서면 어쩌려고? ㅇ_ㅇ”

언제 훌쩍거렸냐는 듯이 커다란 두 눈을 반짝이며 쉴 새 없이 주르르르르~ 주접 새끼의 입에서 수많은 질문들이 쏟아져 나온다.

“한신아…….”

나 또한 속삭이듯이 주접 새끼의 이름을 희미하게 불렀다.

“엉?? ㅇ_ㅇ”

“너만 조심하면 들킬 일은 절대로 없단다. -_-”

“알았어. ㅠㅠ”

그나저나 태훈이 놈, 내 손에 걸리기만 해봐라. --^ 아직도 온몸을 쑤셔대는 근육통만 완치되면 그땐 널 진짜 아작 낼 거다! 갑자기 부르르르~ 몸이 떨려온다. 이 미세한 떨림은… 나의 사랑스런 은삐였다. 누가 나의 사랑스런 은삐를 울리게 했을까. 주머니를 뒤적거리며 사랑스런 나의 은삐를 찾아댔다. 찾았다. (^______^) 헤헤. 어디 보자. 019-214-07XX면… 안 돼애애애애애애! >0< 울 옹녀 쒸였다. 무슨 일로 나에게 호출을?

“누구야? 엉?”

한신아, 넌 뭐가 그리 궁금한 것도 많니.

“옹녀 쒸…….”

건조한 목소리가 내 입에서 흘러나온다. 내 말에 한신이 또한 아무 말도 하지 않았다. 오랜 침묵 끝에 주접 새끼 먼저 더듬더듬 말을 꺼낸다.

“수련이 누나, 여전하지? ^-^;”

"그 성격을 남 주지 않는 이상. --^ 여전할 뿐이겠냐. 훨씬 더 악화되었지. 후우우우우~ 또 무슨 일일까?"

한숨이 절로 나온다.

"뭐 별일이야… 있을까?"

주접 새끼 또한 울 옹녀 쒸가 기억났는지 몸을 한번 부르르 떨더니 으쓱해하며 어색한 미소를 지었다. 한신이 너도 아직 옹녀 쒸에 대한 공포가 가시지 않았구나.

"한신아."

"엉?"

"나 무서워. 흑흑. ㅜㅜ"

나의 말에 주접 새끼는 조심스레 날 안고 토닥거린다.

"너답지 않게 왜 그래? 너도 이제 다 컸는데 뭘. 별일 아닐 거야."

"정말… 그럴까?"

"그럼그럼. (__)(--)(__)(--)"

그런데 너야말로 정말로 많이 컸구나. 헤어지기 전까지만 해도 내 어깨를 겨우 넘던 너였는데 지금은 내가 널 올려다봐야 되는구나. 언제 이렇게 커버린 거니? 가만히 고개를 들어 주접 새끼를 올려다보았다. 오목조목한 얼굴이, 특히 눈꼬리가 선하게 처진 커다란 눈이 따스하게 미소 짓고 있었다. 그때 누군가 내 어깨를 툭툭 건드린다. 망할 태훈 놈이었다. 또 무슨 말을 하려구. 훠어어어이~ 훠어이~ 잡귀는 물러나라.

"벌써 바람피우냐, 변태야? ㅋㅋ 너 지휴 놔두고 바람피우면 안 돼~ ㅋㅋ”

라며 또다시 잽싸게 나에게 속삭이더니 후닥닥~ 난 멍하니 그런 태훈 놈의 뒷모습을 바라볼 뿐이었다. 진짜 어쩜 한 인간이 저렇게 빠를 수 있을까.

“한신아.”

“엉?”

“태훈이 저 새끼 체육대회 때마다 단거리 달리기 반 대표 아니냐?”

그 정도로 태훈 놈은 빨랐다. 한스피드 한다는 내가 입을 다물지 못할 정도로 말이다.

뚜우― 뚜우― 뚜우―

나는 지금 핸드폰 요금이 정액제라서 쫌만 더 쓰면 폰 끊긴다며 피눈물 흘리는 주접 새끼의 애원을 냉정히 무시하곤 당당히 무력으로 핸드폰을 빼앗아 옹녀 쒸의 핸드폰 번호를 꾹꾹 눌렀다. 신호음이 울릴 때마다 나의 심장까지 같이 콩닥거린다.

뚜우― 콩닥― 뚜우뚜우― 콩닥콩닥―

곧 이어 들려오는 옹녀 쒸의 터프한 목소리.

[언 놈이여? --^]

여전하구나. -_-

“나…….”

[언 놈이냐구! --^]

"나라고. ――^"

전화상이라도 한번 개겨보자… 라는 용감무쌍한 생각이 나의 뇌리를 파다닥 스쳐 지나갔다. 진짜 내가 죽으려고 환장을 했나 보다.

[죽고 싶음 장난 계속해라. ――^]

"……."

할 말을 잃었다.

뚝―

=0=!! 잠시 넋을 잃은 사이 옹녀 쒸는 전화를 툭! 끊어버렸고, 나는 급한 마음에 다시 재다이얼을 눌렀다.

뚝―

옹녀 씬 또 전화를 끊어버렸고, 난 또 재다이얼…

뚝―

수십 번을 해도 마찬가지로 옹녀 쒸는 끊어버렸고, 난 계속 재다이얼을 눌렀다. 그래도 전화는 꼬옥 받네. 역시 옹녀 쒸는 싸이코였어. ―_― 옹녀 쒸가 전화를 받자마자 난 잽싸게 외쳤다.

"끊지 마! -0-; 나야, 나! 구리구리라고!!"

[구리구리가 누군데?]

"네 동생……. ㅜㅜ"

[동생? 어떤 동생? 나한테 동생이 있었나?]

"아쒸~ 알았다구. 못생기고 뺀질뺀질하고 거지 같은 네 동생이라구. ㅜ^ㅜ"

[진작 그럴 것이지. 흠흠, 그런데 웬일로 전화질이야, 네가??]

…그걸 나한테 물으면 어째!! -0-^

"네가 내 은삐 호출했잖아."

[내가? 언제?]

"그래애앳! 바로 네가 몇 분 전에. --^"

[그랬었나.]

"지금 나 갖고 노는 거야? --^"

[아니~ 그럴 리가 있겠니? 얼마나 사랑스럽고 못생기고 뺀질뺀질하고 거지 같은 하나뿐인 동생인데~]

"…용건이 뭐야? -_-;;"

[용건?? 언니가 사랑스런 동생한테 호출하는데 꼭 용건이 있어야 하니??]

날마다 거의 반죽이다시피 쥐어패고, 협박하고, 부려먹고, 갖고 놀고, 약올리고, 갈구는 네가 언니냐! --^

"응! 꼬옥 있어야 해. -_-"

[싸가지없는 것 보니까 역시 내 동생 맞구나. 그래, 네 말대로 아주 중요한 용건이 있어서 전화했어. 아주아주~ 기쁜 소식을 전해주려구.]

지금까지 저렇게 말한 것치고 정말 기뻤던 적이 단 한 번도 없었다. 불안하다.

[나 일주일 안에 광주 간다. 아주 눌러앉으려구. ^-^ 어때? 엄청 기쁘지? 꺄아아아앗! >_< 너 지금 너무 기뻐서 눈물나오려고 그러지? 언니가 사랑스런 동생 혼자 놔두려니 도저히 마음이 안 놓이더라구.

역시 넌 나의 보살핌이 있어야 한다고 생각했거든. 그렇지 않니, 사랑스런 동생님아?]

헉! @0@ 그건 날 돌봐주려 오는 게 아니고 죽이러 오는 거라구!

"아니~ 옹녀 쒸, 아니야. 절대로 그건 아니야. 나 혼자서도 잘살 수 있으니까 걱정하지 마. 학비 안 보태줘도 돼. 한신이 있잖아. 옹녀 쒸 네 마음은 알지만 그러지 않아도 돼. 나 진짜로 잘살 수 있어."

제발~ 플리즈~ 올 생각은 하지 말라구. ㅜㅜ

[콱!! ㅡㅡ^ 내가 옹녀 쒸라 하지 말랬지. 확 죽여블… 흠흠. 호호호호호! 음, 뭐 사랑스런 동생 생각이 그렇다면 고려해 보지. 대신에 언~니라고 한번 불러보렴. 그러면 안 내려가지.]

사, 사악한 옹녀 쒸. 뻔히 내가 못할 거라는 것을 알면서. -0-

"그것만은 못하는 거 너도 잘 알잖아. 딴 거 시켜. 그것 빼고 시키는 대로 다 할게."

[그래? 그것만 빼고 다 한다구? 좋아. 사랑스런 동생 부탁이니 이번 한 번만 양보하지. 그럼 음~ 치마 입은 모습 보여줄래?]

…=_=^

"그것 말고 따른 거."

[그럼 미팅 한번 해보지 않을래?? 예쁘게 화장하고 말이야.]

"그거… 말고 따른 거……."

[그럼 그렇지. 넌 역시 내 보살핌이 있어야 해. 나 일주일 안에 광주 내려갈 테니 그렇게 알아. ㅡㅡ^ 그럼 이 언니는 이만 끊는다.]

"야!! 야! 아니, 옹녀 쒸! 옹녀 쒸!! ㅜ0ㅜ"

드디어 일이 터지고 말았다. 이제 겨우 그 마수의 손길에서 벗어났나 싶었는데. ㅜ^ㅜ

끊겨진 핸드폰을 힘없이 주머니에 넣은 후 터벅터벅 잘난 F.F들이 있는 곳으로 향했다. 어제 갔었던 '끼' 라는 호프집. 뭐가 그리 신났는지 껄껄껄 웃어대는 F.F 놈들. --^ 역시나 지가 뭐 대빵이라도 되는 듯이 한쪽 테이블을 다 차지한 채 폼이란 폼은 다 잡고 말없이 술만 퍼마셔 대는 지휴. 더 열받는 건 그 폼이 먹히는 것이다. 아까의 그 염치없는 사건 때문인지—누가 누굴 화악~ 껴안았다지. -_- —다행히도 평소처럼 지 옆에 앉히려고는 하지 않았다. 그나마 갈굼 덜 당할 것 같으니 안심이다. 그래도 나 지금 꿍.장.히. 우.울.해. ㅜㅜ 나는 주접 새끼 옆에 털썩 앉아 주접 새끼 앞에 핸드폰을 아주아주 조심스레 화악~ 던져 주었다.

"아아아아악!! 내 칼라폰. ㅜㅇㅜ 산 지 별로 안 됐는데 그렇게 팍팍 던지면 어떻게 해! 우쒸~ 십 분이나 썼잖아."

진짜 누가 주접 아니랄까 봐 쫀쫀하게 구네. 분명히 몇십 분 전까지 죽마고우네, 친구네 하며 눈물 글썽거리던 놈이 누구였더라. 그깟 칼라폰 십 분 썼다고 저렇게 난리를 치다니. 치사하다, 박한신! 치사해!! 아쒸. ㅠ^ㅠ 오늘 기분도 꿀꿀한데 화악 코가 삐뚤어지도록 마셔 버려? 지금 이 순간부터 나의 자유 시간은 따악 일주일. 그래, 구리구리!! ㅇ_ㅇ 오늘 엄청 취해보는 거야. 오늘 먹고 화악 죽어버리는 거야. 그래, 결심했어! 나는 테이블을 손으로 강하게 내려쳤다.

"여기 웨이러어~"

간만에 혀 좀 꼬아봤다. -0- 한 놈이 잽싸게 우리 쪽 테이블로 튀어왔다. 여시같이 얍삽하게 생긴 것이 태훈 놈 닮았네. -_- 태훈 놈을 쫓아낼 날만을 손꼽아 기다리는 나. 이놈 혹시 태훈 놈… 형? 인정하기 싫었지만 태훈 놈이 훨씬 잘생기긴 했다. 아차, 나 오늘 코가 삐뚤어지도록 취하기로 했지. 취기를 빌려 지휴한테 꼬장이라도 한번 부려봐?

"여기 콜라 열 병만 갖다줘요!"

내 말에 잘난 F.F들이 놀란 표정으로 눈을 동그랗게 뜬 채 날 바라보았다. 지금까지 어떤 것에도 관심없다는 듯이 술만 마셔대던 지휴마저도 드디어 나에게 시선을 던졌다. 잘난 F.F 놈들. 붉게 상기된 것이 적당히 취한 듯했고 지휴 놈 또한 꽤 많이 마신 듯했지만 뽀샤시한 얼굴이 더욱더 뽀샤시해 보일 뿐이었다. 저놈도 독종이야, 독종. 나 못지않은 독종이야. 지금까지 술에 관해선 절대 져본 적도 없는, 취해본 적도 없는 나. 술은 나에게 시원한 결명자와도 같으니 입 안으로 들이부을수록 시야가 선명해지고 정신만 또렷해질 뿐이었다.

술에 관해선 천하무적인 나였지만 유독 한 가지에는 약했으니 그건 바로… 콜라였다. -_-; 콜라 한두 병만 입 안에 들어가면 필름이 끊기는 것은 기본이요, 필름만 끊기면 다행이지. 평소에 유지하던 냉철한 이성의 끄나풀을 놔버리고 눈에 뵈는 게 없는 광견병 걸린 멍멍개가 되어버리는 것이었다.

지금까지 콜라 먹고 취한 건 따악 세 번. 첫 번째는 초등학교 1학년 때 고기 먹다가 체해서 옹녀 쒸와 아저씨가 집 앞 구멍가게로 불이 나도록 뛰어가서 사다준 콜라 한 병을 멋드러지게 원샷했다가 헤롱헤롱 취해서 술주정하며 하루 동안 잠만 퍼잔 후로 난 콜라를 먹으면 취한다는 사실을 알게 되었다. 아저씨 말로는 믿기지 않는 사실이지만 옹녀 쒸는 내가 식물인간이 된 줄 알고 펑펑 울었더란다. ㅡ_ㅡ 두 번째는 초등학교 4학년 때 옹녀 쒸의 무력주의와 독재주의와 말 못할 서러움에 주접 새끼와 함께 작정하고 콜라 두 병을 먹고 제정신이 아닌 체로 탱탱 부은 간을 간직한 채 옹녀 쒸한테 꼬장 부리다가 몸살로 일주일 가까이 침대 신세를 졌던 일. 옹녀 쒸의 무시무시함을 주접 새끼와 절실히 느꼈던 때였다. 그 이후로 옹녀 쒸에게는 절대 복종이었다. ㅜㅜ 세 번째는 중학교 3학년 때 두 번의 뼈저린 경험으로 그리도 콜라를 피했건만 엄청 열받은 사건으로 인해—나를 여자로 본 망할 싸이코에게 이주 동안 스토커당함—콜라 세 병을 원샷하고선 필름이 끊겼다. 하지만 그 다음날 나는 눈물을 머금고 다른 학교로 전학을 가야 했다. 그 재수없는 놈과 친구 놈들까지 총 세 명을 전치 5주로 입원시켰고, 다행히 이중인격자인 연기력 파워~ 짱인 옹녀 쒸의 말발 하에 무사히 자칭 피해자 쪽들과 합의 후 전학으로 끝났다. 아니, 옹녀 쒸의 무작위 매타작으로 나는 한 단계 더 뛰어넘어 장장 한 달 넘게 몸살을 앓아야 했다.

그 후에도 주접 새끼가 있는 이곳으로 내려오기까지 수십 건의 사고를 터뜨려 경찰을 들락날락거렸고, 수원에서 날 모르는 놈들은 간첩이라 할 정도로 모르는 애들이 없었고, 학생들 사이에서는 싸이코 개망나니로 통했다. 결국 옹녀 쒸는 나와 옹녀 쒸가 유일하게 인정한 나의 친구 주접 새끼가 있는 광주로 나를 보낸 것이었다. 그리고 훌쩍 커버린 주접 새끼와 함께 황당한 F.F들, 옹녀 쒸 이후로 나에게 처음으로 두려움이라는 것을 느끼게 한 지휴를 만났다.

"야!! 구리구리, 왜 그래!! 너 콜라 먹음 취하잖아~"

내 어깨를 잡고 흔들며 재빠르게 나에게 속삭이는 주접 새끼 때문에 상념에서 벗어났다. 너도 그때의 그 사건들을 잊지 않았구나.

"씨발. 오늘 죽도록 먹고 뻗어버릴 거야."

"왜 그래? 너 생각 안 나? 너 취하면 누가 말리고, 누가 책임지라구! 뻗는 게 문제냐? 뻗으려면 곱게 뻗든지 너 취하면 멍멍개 되잖아. ㅇ_ㅇ"

걱정스러움이 가득한 눈으로 날 바라보는 한신이. 분명 방금 전까지만 해도 핸드폰 십 분 넘게 썼다고 질질 짜던 놈이었는데. 내가 콜라를 먹으면 어떻게 되는지 나도 안단다. 하지만 이렇게라도 하지 않으면 미쳐 버릴 것 같아. ㅜ^ㅜ 실컷 먹고… 멍멍개가 되어도! 필름 끊겨도! 옹녀 쒸가 광주에 눌러앉는다는 사실을 잊고 싶단 말야! >_< 이런 내 마음을 한신이 너만은 이해하지? 그래, 넌 이해할 거야. 그래서 눈물 그렁그렁한 눈으로 나보다 더 우울해하는 거겠지? -_-; 당하는 것은 난데 왜 네가 더 난리니. 그래, 친구를 걱정하는 마음에서 그러는 거지??

위로한답시고 내 어깨를 쉴 새 없이 토닥이며 술만 홀짝홀짝 퍼마셔 대는 한신이 놈. 위로가 하나도 안 된다. 이놈 새끼! 키만 컸지 정신 상태는 초딩 5학년 때 그대로잖아. 진짜 울 옹녀 쒸의 보살핌을 받아야 할 건 내가 아닌 너 같구나.

"콜라 나왔습니다아앗, 손님!! (^____^)"

눈치없게시리 히죽히죽 웃으며 콜라를 테이블에 내려놓은 웨이러어. -_- 난 기분 더러워 죽겠는데 넌 뭐가 그리 좋으니? --^ 기분도 꿀꿀한데 이놈을 화악~ 아니야, 참아야 해. 인내하는 자에게 복이 있나니… 착하게 살기로 다짐했잖아. 이 웨이러가 무슨 죄가 있겠니. 자신의 임무를 성실히 수행하는 이 웨이러가 말야. 곧 있음 옹녀 쒸도 오는데 또 사고 친 거 알면 넌 그날로 옹녀 쒸한테 살해당해. 쥐도 새도 모르게!! >ㅁ< 후우우우우우~ 콜라나 먹자앗!! 내 옆에서 정신없이 과일 화채의 국물을 떠먹고 있던 초롱이 놈의 숟가락을 화악 냅다 낚아챘다.

"응? 뭐야? -,.- 내 숟가락 줘어어어어~"

이놈아!! -0-; 허연 화채 국물이 입에서 흐르잖아!! 제발 좀 닦아!! >ㅁ< 더러워엇!!

"시~로."

"나 화채 덜 먹었단 말야. 하필이면 왜 내 숟가락이야? 다른 애들 숟가락 가지고 가고 내 숟가락은 얼른 줘어어어~ ㅜ^ㅠ"

덩치는 강호동만한 것이 질질 짜대는 게 영 보기 안 좋다. 그리고 말할 때는 제발 눈 좀 뜨렴.

"숟가락 줘이이이잉~ 훌쩍. ㅜ^ㅜ"

우웨에에에엑~! ㅇㅇㅇ 비계로 가득 찬 거대한 몸을 요리저리 흔들며 징징대는 190㎝의 초롱이 놈. 왜 하필 네 숟가락이냐고 물었지?

그건 바로 삼 일 동안 지켜본 결과 네놈이 제일 만만하기 때문이란다. 그러니 제발 덩치값 좀 하렴. 내가 숟가락을 돌려줄 기미가 전혀 보이지 않자 초롱이는 포기했는지 화채 그릇을 통째로 들고 꿀꺽꿀꺽 마셔댄다. 그래, 그게 네놈다운 방법이야. 너에게 이 깜찍한 숟가락은 안 어울려.

나는 화장지로 숟가락을 빡빡 닦은 다음 힘차게 콜라 뚜껑을 딴 후 병째로 꿀꺽꿀꺽 마셨다. 캬아아아아아아아~ 죽이는데! 톡 쏘는 느낌과 함께 목구멍을 타고 내려가는 시원한 콜라가 답답했던 나의 마음을 뻥 뚫어주었다.

콜라 한 병을 그렇게 거의 마셔갈 때쯤 헤롱헤롱대는 잘난 F.F 놈들이 보였다. 서로 부축해 주며 일어나더니 호프집을 나간다? 얘들아, -0- 그냥 가면 어떡하니? 계산은 하고 가야지. -_- 나 돈 하나도 없는데. 그나저나 울 주접은 잘 있나? 고개를 돌려보니 주접 새끼 또한 헤롱헤롱대다 나와 시선이 마주치자 빨갛게 달아오른 얼굴로 씨익 웃는다. 짜식, 진짜 귀엽게 생겼네. 그때 어디서 튀어나왔는지 얍삽한 태훈 놈이 지도 비틀거리는 주제에 나의 한신이를 부축하며 데리고 나가려 했다.

"안 돼애애애애애애애~ 울 한신이 데리고 가면 안 돼애애."

울 한신이가 좋아하는 빙그레표 바나나 우유 사줘야 한단 말야!! >_< 나의 간절한 말에도 불구하고 태훈 놈은 매정하게도 걸음을 멈추지 않았다. 그때 비틀비틀 태훈이를 따라가던 주접 새끼 나를 향해 홱 돌았다. 역시 한신이 넌 날 잊지 않았구나. ㅜㅜ

　"헤헤~ 꾸이꾸이, 안뇽~ 안뇽~ (^________^) 이에는 우이가 헤어져야 하 시앙… 다으메 또 마아요~!! -0-(헤헤~ 구리구리, 안뇽~ 안뇽~ 이제는 우리가 헤어져야 할 시간… 다음에 또 만나요)"

　나를 향해 손을 절레절레 저으며 씨익 웃더니 마찬가지로 태훈 놈과 비틀거리며 호프집을 나갔다. 나와 지휴 놈만이 덩그러니 테이블에 남아 있었다. F.F들이 나가는데도 지휴 놈은 무표정한 얼굴로 일관하고 있었다. 처음 보았을 때부터 건방지고 오만한… 언제나 완벽하고 깔끔한 저 얼음왕자의 흐트러진 모습이 갑작스레 보고 싶다. 나 진짜 취했나 봐. 미쳤어. 왜 이러지?? 벌컥벌컥 마셔댄 콜라 덕에 심장이 두근거리며 시야가 흐릿하다. 그뿐이면 다행이게… 이상하게 새초롬하게 무표정으로 앉아 있는 지휴 놈이 유난히도 예뻐 보인다. 우와~ 정말 예쁘다! -0- 나의 뜨거운 시선에 고개를 든 지휴. 나와 눈이 마주치자 흠칫한다. 흐흐흐~ 귀여운 것. 괜스레 내 뜨거운 시선에 무안해진 지휴 놈은 고작 꺼낸다는 말이,

　"아쒸~ 죽을래? 뭘 갈궈!"

　지휴야, 그런데 이를 어쩌니. 나 콜라 먹고 취하면 멍멍개 되거든. 눈에 뵈는 것이 없어져서 지금 네가 하나도 무섭지 않단다. 또다시 숟가락으로 콜라 한 병을 따서 병째로 쭈욱 들이키고 난 후 비틀거리며 지휴 놈에게 한 걸음씩 천천히 다가갔다. 이런 나의 행동에 지휴 놈은 긴장한 듯한 눈빛으로 힐끔 나를 바라본다. 귀여운 것. 긴장하기는. 이 엉아가 이뻐해 줄게!!

　후들거리는 다리로 벽에 기댄 후 다시 콜라를 꿀꺽꿀꺽 마시고…

크아아아아아아앗!! 죽이는데! 세상이 돈다, 돌아. @_@ 콜라 한 병을 더 원샷한 난 완전한 멍멍개가 되어 있었다.

멍멍… =_= 멍멍멍……. =_=

나는 힘차게 걸어가 지휴 놈의 옆에 털썩 앉았다. 아니, 지휴의 몸에 내 몸을 던졌다는 표현이 맞는 것 같다. 지휴의 어깨에 비스듬히 몸을 기대고 있으려니 이상하게도 기분이 좋다. 편안하고 따스하면서도 든든한 이 느낌… 좋은 냄새가 난다. 분명 어제 지휴가 벗어주었던 교복 재킷에서 났던 상큼한 그 냄새였다. 헤헤, 너무 좋다~ 그런데 신지휴 이놈… 불안하게 왜 가만히 있지? --;; 분명히 지 몸에 뭔가가 스치기만 해도 지랄하는 놈인데. -_-; 불안하다는 생각이 뇌리에 스치자마자 예상대로 지휴 놈의 반응이 나왔다. 그럼 그렇지. 그 버릇 개 주냐? --^

"아쒸! 죽을래! --^ 얼른 몸뚱어리 안 떼냐!!"

맨날 죽인대~ 치이, 지휴는 살인을 좋아하나 보구나. 그럼 나쁜 사람인데. 지휴 놈은 거세게 몸부림을 쳤지만 나는 더욱더 지휴에게 기댔다. 너무 좋은 걸 어떡해? ㅜㅜ 조금만, 조금만 더 이러고 있으면 안 될까. 지휴에게서 벗어나기가 싫었다. 나 또한 지휴 못지않게 스킨십을 싫어하는데 왜 유독 지금만큼은 지휴의 온기가 미치도록 좋은 걸까. 나 정말 취했나 봐. 내일 깨어나면 분명 지휴의 체취도, 향기도 기억 못하겠지? 이런 생각을 하니 왠지 서글프다. 서글픈 기분에 젖어들 때쯤 난 내 몸이 추락하는 것을 느꼈다.

쿵—!!

……! 신지휴 나쁜 놈. 내가 너한테 온 힘을 다 빼고 기대고 있는데 그렇게 벌떡 일어나면 어떡하냐!!

"씨발. 내가 몸뚱어리 치우랬지. 더러운 몸뚱어리를 어디다 들이밀어. ――^"

지휴는 오만상을 다 찌푸리며 몸을 툭툭 털어댔다. 깔끔 떠는 그 모습에 나는 할 말을 잃었다. 더러운 몸뚱어리… 라. 그래, 너한테 깨끗한 몸뚱어리가 어디 있겠냐! 이 결벽증아! 남자가 너무 깔끔해도 안 된단 말이야. 좀 털털한 면도 있어야지 너무 깔끔 떨고 싸가지없음 나중에 장가 못 간다.

하지만 이상하게도 지휴의 한마디가 나의 마음을 파고든다. 슬퍼… 왜 이러지. 이런 말로 충격받을 이유는 없잖아. 그럴 네가 아니잖아. 나쁜 놈!! 나도 날마다 꼬박꼬박 목욕하고 발 씻고 머리 감고 한단 말야. 왜… 왜… 그걸 모르냐구. 내가 정말 그렇게 구리구리하게 보이는 거야?? 지휴야, 내가 비록 구리구리라 불리지만 그건 외모 때문이 아니라 습성 때문이란다.

"이 새끼들은 가려면 저 새끼도 데리고 가지. 아우씨. ――^"

지휴는 괜스레 죄없는 소파만 발로 뻥뻥 차댄다. 지 것도 아님시롱. 그나저나 저놈 성격 또 도졌다. 나랑 둘이 남은 게 그렇게 억울하면 따라갔음 될 것을 지가 안 따라가고선 괜히 신경질이야. ―_― … 갑자기 지휴 놈이 날 무섭게 쳐다본다. ㅇ_ㅇ; 흠칫!! 한순간 지휴의 눈빛에 쫄았다. 혹시 내 속말까지 들은 거야?? 무서운 놈. ―0― 하지만 나를 쳐다보기만 할 뿐 아무 말도 하지 않았고 참기 힘든 침묵이 흘렀다. 제발~ 제발 누가 이 침묵 좀…….

띠리리리리리! 띠리리리리리!!

지휴의 핸드폰에서 나는 소리였다. 엉뚱한 알람 소리가 지휴 놈과 내 사이의 침묵을 깨뜨렸다.

"지, 지휴야, 알람 울리는데."

얄미운 지휴 놈은 내 말을 듣는지 안 듣는지 시끄럽게 울려대는 알람 소리에 주위 사람들이 쳐다봄에도 불구하고 애꿎은 핸드폰만 뚫어지도록 쳐다본다. 지휴야, 그러다 핸드폰에 구멍나겠다. 알람이나 좀 끄렴. 너는 아무렇지 않을지 몰라도 난 주위 시선에 민감한 편이란 말야. 제발~ 이 호프집 사람들의 시선이 분산되게 알.람. 좀. 꺼. 줘. ㅠ_ㅠ

하지만 나뿐만 아니라 호프집 안의 어떤 사람도 지휴 놈에게 시끄럽게 울려대는 알람 소리 좀 끄라고 하는 사람은 없었다. 십 초가 흐르고… 이십 초가 흐르고… 삼십 초가 흐르고… 드디어 알람 소리가 멈췄다. 휴우… 이제야 조용하네. -_- 그나저나 뭐 저런 싸이코 같은 놈이 다 있어? --+

띠리리리리리리! 띠리리리리리!!

으아아아아아아악! >0< 도대체 망할 놈의 알람을 몇 개나 맞춰놓은 거야!! 또다시 호프집 안을 가득 메우는 시끄러운 띠리리리리 알람 소리. 여전히 지휴는 알람을 끌 생각이 전혀 없는지 꼿꼿이 선 상태에서 지 핸드폰만 죽도록 째려본다. 역시나 호프집 안의 사람들은 지휴를 힐끔힐끔 쳐다보기만 할 뿐 나서서 알람 끄라고 말하는 사람은

끝내 나타나지 않았다. 불쌍한 사람들. 그래, 역시 지휴에게 말할 사람은 나밖에 없어! 난 지휴에게 죽을 결심을 하고… 사실은 이미 멍멍개가 되어버린 나였기에 일말의 두려움도 느낄 수 없었다.

"야, 신지휴!! 알람 좀……."

"씨발!! 나한테 전화하지 말랬지!!"

내 말이 끝나기도 전에 지휴 놈은 거칠게 폴더를 열어젖히며 냅다 거칠게 소리를 질렀고, 나는 화들짝 놀랐다. 조금만 빨리 말했으면 신지휴는 분명 나를 잡아먹고도 남았을 것이다. 그런데 알람이… 아니었던 거야??

"풋… 푸하하하하!!"

나는 웃음을 참을 수 없었다. 지휴의 핸드폰 벨소리가 저렇게나 촌스러운 벨소리였다니. 정말 안 어울리잖아, 언발란스으야. ㅋㅋ 이럴 때 아니면 언제 저 잘난 놈을 비웃어주겠어. 우르르 터져 나오는 웃음소리를 나는 구애받지 않은 채 입밖으로 토해냈고, 그런 나의 웃음소리에 지휴는 다시 날 힘차게 째려봤다. 하지만 지휴야, 이를 어쩌니. 네가 그렇게 날 째려본다 해도 지금은 네가 하나도 무섭지 않단다. 너랑 맞짱도 뜰 수 있어. 그리고 넌 전화 예절을 싸그리 씹어먹었니?? 너 같은 놈 핸드폰 울리게 해줄 사람이 몇이나 있다고. 그렇게 싸가지없이 전화를 받으면 안 되지. 전화를 받을 땐 '여보세요~ 신지휴의 핸드폰입니다' 하고 예의 바르게 말해야 한단다. 나중에 내가 철저히 교육시켜 주지.

"그게 나랑 무슨 상관이냐고!!"

그런데 가만히 보니 지휴의 표정이 말이 아니었다. 내가 지금까지 보았던 표정 중 가장 살벌하고 험악한 표정이었다. 나는 지휴의 통화 내용에 하이에나처럼 조심스레 귀를 기울였다. 아주아주~ 조심스레. 누군가 쫑알쫑알대는 소리 같은데? 왠지… 여자 목소리 같아.

"씨발. 맘에도 없는 소리 지껄이지 마. 재수없어. 앞으로 나한테 전화질 해대지 마. 알았어!! 한 번만 더 전화하면 다 엎어버릴 줄 알아!!"

상당히 열받은 듯하다. 곧 이어 다시 상대편에서 쫑알대는 듯싶더니 탁 끊는 소리가 들렸고 그 소리와 함께 핸드폰 박살나는 장면이 연출되었다. -0- 지휴 놈이… 비싸보이는 핸드폰을… 사정없이 바닥에 집어 던진 것이다. 도대체 누구길래 비싸 보이는 핸드폰이 저 꼴이 되도록 열받은 걸까??

나는 산산조각나 버린 핸드폰을 쳐다봤다. 아까운 핸드폰. 내가 얼마나 갖고 싶어하던 건데~ 훌쩍. 이놈아! 나같이 눈물을 머금고 삐삐 쓰는 놈도 있는데… 나같이 핸드폰 못 사서 한 맺힌 놈도 있는데… 안 쓰려면 나나 주지 부수기는 왜 부수냐고오~ 산산조각나서 A/S도 안 되잖아. 칼라폰에다 이상한 카메라도 달린 것이 보아하니 최신형 같은데. 안타까운 마음으로 한없이 산산조각난 핸드폰을 바라보다 지휴에게 조심스레 시선을 옮겼다. 눈이 붉게 충혈된 듯싶었다. 나만의 착각일까? 손으로 눈을 부비부비 비빈 후 다시 한 번 보았지만 씩씩거리는 지휴의 눈은 분명히 붉게 충혈되어 있었고 미세하게 몸의 떨림까지 보였다. 더러운 몸뚱어리 떼라고 할 땐 언제고 지휴 놈은 내 옆에 털썩 앉았다. -_- 왠지 모르게 그런 지휴의 모습이 나의 마음을 안쓰럽게 한다. 아무 말 없이 지휴는 깨끗한 맥주 잔을 들더니 휴지로 쓱쓱 닦는다. 그래도 정신은 말짱한가 보네, 깔끔 떨 정신은 있는 것 보니. 맥주 잔이 투명하게 빛을 낼 때까지 닦던 지휴 놈은 나에게 불쑥 맥주 잔을 들이민다. 어쩌자고. -_-

"잔이 넘치도록 따라봐. 깨작깨작 따르면 죽을 줄 알아."

그래, 지휴야! 네가 원한다면 병째로라도 줄 수 있단다. 그런데 지휴야, 뭘 따르란 말이냐고오. 술인지, 콜라인지 말을 해야지. 단 몇 초 사이에 수백 수천 가지의 생각들이 뇌리를 스쳤고 난 결국 술이라는 결론을 내렸다. 아니, 내릴 수밖에 없었다. 지금 지휴는 컨디션 제로에 죽도록 취하고 싶어한다는 것을 느낄 수 있었다. 지휴가 나같이 싸이코 같은 특이체질이 아닌 이상 콜라를 먹는다고 할 리는 없고… 술이다! @_@ 아싸~ 구리구리!! 넌 역시 머리 하나는 좋단 말야. 하지만 저 새끼, 아무리 술을 들이부어도 취할 것 같지는 않던데… 과연 취할 수 있을까. 쯧쯧… 술이 세도 문제라니까. 가끔씩은 죽도록 취하고 싶을 때가 있는데. 지휴 너도 참 갑갑하겠구나. 내가 잠시 결단을 내리는 그새를 못 참고 지휴 놈 왈,

"내 말 씹냐? --^"

"엉? 아, 미안. 알았어."

나는 빙긋이 웃으며 콜라와 마찬가지로 소주를 숟가락으로 힘차게 딴 후 지휴가 들고 있는 잔에 열심히 따랐다. 난 원래 병따개라는 것 자체를 혐오한다.

"너 지금 나랑 장난하냐? --"

뭐가 또 불만인지 고운 이마에 주름살이 생기도록 인상 쓰는 지휴의 모습에 난 다시 고민에 잠긴다. 분명 이 떨떠름한 반응은 술이 아니라는 건데… 씨이, 내가 초능력자냐! 뭘 따르라는 건지 말도 안 해주고 무작정 짜증만 내면 어떡하냐고오~ 말이나 해주고 그러면 억울하지라도 않지. 존심 때문에 뭐냐고 물어볼 수도 없는 노릇이고. 잽싸게 테이블을 쭉 훑어보았다. 테이블에 있는 것이라곤 소주와 콜라, 냉수뿐.

아아아아~! -0- 내가 왜 그 생각을 못했지? 지휴는 냉수를 말하고 있는 것이었다. 지휴 놈, 분명히 엄청 열받은 상태니 시원한 냉수라도 먹고 열이라도 식힐까 하는 마음이었을 거야. 짜식! 진작 냉수라고 하지. 워러? 오케오케. ㅋㅋ 곧바로 냉수가 가득한 커다란 컵에다가 나는 얼음까지 송송 빠뜨려 주었다. 그것도 모자라 조금이라도 더 시원하게 하기 위해 젓가락으로 저어주는 것도 잊지 않았다. 그런 나의 모습을 커다란 눈으로 멀뚱멀뚱 바라보는 지휴 놈. 냉수가 넘치지 않게 조심스레 지휴 앞으로 컵을 가져갔다.

"자아~ 내가 시원하게 얼음까지 동동 띄웠어."

고맙지? 죽도록 고맙지, 짜샤? 그러니까 나한테 잘하라고, 이놈아! 그나저나 얼른 받아. 이게 얼마나 무거운데. 지휴 놈은 도통 받을 생각을 안 하고 어이없다는 표정으로 냉수 컵만 바라본다. 얼음을 너무 많이 띄웠나??

"아씨. 삐꾸 같은 새끼 시킨 내 잘못이지."

　포기한 듯한 지휴의 혼잣말에 나는 또 뭔가 잘못되었다는 것을 알았다. 그럼 뭐냐고? 술도 아니고, 냉수도 아니면 도대체 뭐냐고!! 그럼 너한테 콜라라도 따라주리? 엉?? 더 이상 못 참아. --^ 나도 인간이이라고!! 나 구리구리 열받았다고. 알았냐!!

　"야, 신지휴!! 너 진짜 내가 만만한가 본……? --^"

　나는 끝까지 말을 이을 수 없었다. 지휴 놈이… 고귀하신 지휴 놈이…-0- 내가 먹으려고 따놓은 소중한 콜라 한 병을 병째로 꿀꺽꿀꺽 마시는 것이었다. 마시기 전 휴지로 콜라병 주둥이를 닦는 것은 잊지 않았다. 말도 안 돼! @0@ 그럼 콜라였단 말이야? 쉬지도 않고 콜라 한 병을 원샷해 버린 지휴. --; 그나저나 콜라 원샷하기 힘든데 오죽 속이 탔음 저리도 꿀꺽꿀꺽 마셔댈까! 그래도 독한 놈!! 난 원샷한다 해도 숨 몇 번 들이쉬고 다시 마시는데 지휴는 무척이나 갈증이 났다는 듯 군침 돌게도 콜라를 맛나게 마셔댄다. 콜라 광고로 쓰면 무진장 효과가 뛰어날 듯한… 여하튼 도저히 단순한 내 머리로는 이해가 안 되는 행동이었다.

　"구리구리, 넌 엄청 열받으면 어떻게 하냐?"

　엉뚱한 질문을 나에게 던지는 지휴. 그러니까 도대체 뭣 때문에 그렇게 열받았냐고. 말을 해야 내가 알 거 아냐. -0-

　"생각할 게 뭐 있겠어. 그냥 화악 미쳐 버리는 거지. -_-"

　"그렇지. 미쳐 버리는 게 낫지."

　새초롬한 눈빛으로 다시금 나를 바라보는 지휴 놈의 모습에 나는 곧바로 내 입에서 쏟아져 나온 말을 다시 주워담고 싶었다.

"아니, 그러는 것보다는……."

수습하려 했을 때 이미 지휴는 다시 콜라를 벌컥벌컥 마셔대고 있었다. 나는 그 모습을 그저 멍하니 바라볼 뿐이었다. 이러다가 지휴 사고 치는 것 아니야. -_-; 주접 새끼의 말이 불현듯 뇌리를 스친다.

"지휴 새끼 진짜 열받으면 물불 안 가리고 다 엎어버려. 세상에 종말이 오지. 암, 그렇지. 그러니까 웬만하면 그런 상황이 없도록 해야지."

=0=!! 큰일이다. 어쩌지. 어쩌지! (--)(--)(--)(--) 에이 쒸~ 몰라, 나도! 그냥 같이 화악 미쳐 버리는 거야! 새로운 콜라병을 숟가락으로 딴 후 지휴와 덩달아 콜라를 꿀꺽꿀꺽 마셔댔다. 어느새 테이블엔 열 병이 넘는 빈 콜라병이 떼굴떼굴. 얼굴이 화끈거린다. 그리고 굉장히 기분이 꿀꿀하다. 눈꺼풀이 감기려 한다. 하지만 이대로 굴복할 수는 없지. --+ 온몸의 기와 힘을 끌어모아 눈꺼풀로 집중시켰다. 이얏!! O_O 눈에 힘을 주고 지휴를 힐끔 바라봤다. 지휴의 앙증맞은 작은 귀가 석류처럼 빨갛다. 헤롱헤롱대는 나와는 달리 너무나도 침착스러운 지휴의 모습에 더욱더 불안했다. 테이블 쪽으로 몸을 약간 기울인 채 이미 빈 콜라 잔만 물끄러미 바라보는 지휴의 모습이 왜 이리도 내 마음에 가슴 아프게… 안타깝게 하는지. ㅜ^ㅜ 그래애앳!! 앞으로 넌 내가 지켜줄 거야, 그으럼~ 걱정 마, 지휴야. ㅜ^ㅜ 이 한몸 받쳐 너의 꽃스러움을 지켜주겠어!!

“야아아아아~ -0-”

나는 용맹스럽게 지휴 놈을 불렀다. 내 목소리에 나에게 시선을 돌리는 지휴 놈. 굉장히 슬픈 미소를 짓고 있었던 지휴였는데 내 생각과는 달리 지휴 놈의 얼굴은 약간 달아오른 것을 제외하곤 의외로 담담하고 건방진 모습 그대로였다. 아니, 내가 보았던 지휴의 모습 중 가장 예뻐 보이는 순간이었다. 고운 얼굴에 삐딱해 보이는 새초롬한 눈빛과 콜라로 인해 붉어진 입술. 키야아아아아앗~ 진짜 죽여줬다. 지켜주겠다는 내 다짐이 무색해질 정도로.

“왜 불렀나? --”

언제쯤 이놈의 웃는 모습을 볼 수 있을까. 미소를 짓는다면 훨씬 더 예쁠 것 같은데. 또 언제쯤 상냥한 목소리를 들을 수 있을까. 아마도 불가능한 일이 아닐까.

“왜 불렀냐고.”

아쒸~ 인상 좀 그만 쓰지. -_-;

“무슨 일인지는 모르겠지만 신경 쓰지 말라고. 신경 쓰면 쓸수록 더욱더 골치만 아파. 내일 일은 내일 생각하고 지금은 즐거운 일만 생각하는 거야. 안 그러냐?? 나랑 이렇게 둘이 취할 기회도 흔치 않은데 기분 좋게 마시고 놀자고. (^＿＿＿^)”

“난 하나도 안 즐거워. 구리다. -_-”

…-0- 어떻게 그런 말을 아무렇지 않게!

“그, 그래? 하하하하하! -0- 네가 구리다 해도 괜찮아. 난 너랑 이렇게 마시고 즐길 수 있다는 게 즐겁거덩. 딸꾹!! 아쒸~ 콜라를 다섯 병 넘게 먹었더니만 죽겠네. 딸꾹! 하하! -0- 망할 놈의 딸꾹질이 계속 나오네. 헤헤~ 여하튼 넌 안 그러냐? 이야~ 너 콜라 잘 마시더라. 그래, 이번에 먹고 죽어버리게? 화악 미쳐 버리게? 어때? 이얏 호! >_<"

팬스레 무안함을 덜려고 나도 모르게 무진장 오버를 해댔고 그런 내 모습이 흥미롭다는 듯 턱을 괸 채 물끄러미 바라보는 지휴. 하지만 정작 나를 놀라게 한 것은 지휴의 얼굴에 보일락말락한 희미한 미소가 서려 있다는 것이었다. @0@ 정말 보기 힘든 천사의 미소였다. 짜식, 저렇게 웃으면 얼마나 좋아. 비록 아주아주~ 희미한 미소였지만 그 미소에 내 마음까지 밝아졌다.

"먹게. 먹게."

나는 혼자 실실 웃어대며 숟가락으로 콜라 한 병을 더 따서 지휴에게 건네주었다.

"이상한 새끼."

피식 웃으며 콜라병을 건네받는 지휴 놈. 아싸~ 좋다! 지휴야, 우리 정말 죽도록 친해진 것… 맞지?? 다시 미치도록 지휴와 콜라를 마셔댔고 그렇게 미치도록 마셔댄 결과로 테이블 위엔 스무 병이 넘는 빈 병들이 데굴데굴. -_- 우와~ 완전 뽕 간다. 지휴는 괜찮나? 테이블에 처박고 있던 고개를 들어보니 너무나도 얌전히 테이블에 고꾸라져 있는 지휴 놈이 눈에 희미하게 들어왔다.

…하아… 하아… 하핫! 하하하하하핫!! 역시 지휴는 내가 감탄할 정도로 왕자였다. 언제 꺼내서 깔았는지 깔끔한 닥스 손수건을 테이

블에 깔고 그 위에 고꾸라져 있었던 것이다.

"야아~ 지휴야, 이어나. 딸꾹!!"

다시금 나의 기사도 정신이 불타올랐다. 나는 취하기만 하면 이상스런 행동들과 엽기적인 생각들이 많이 난다. 지금은 오직 고귀하신 지휴 공주님을 집까지 고이 모셔다 드려야 한다는 집념이 나의 머리와 이성을 지배했다. 사실 이성은 마비된 지 꽤 되었다. -0- 난생처음 먹어대는 엄청난 양의 콜라 때문에 지휴를 흔든다고 흔들어댔지만 꿈쩍도 안 한다.

"아이쒸~ 찌휴! 신찌휴!! 일어나라니까~ 딸꾹~ 이놈의 휴지 쉐끼!"

맨 정신이 아니었음 내뱉지도 못할 말을 쏟아냈다. 갑자기 벌떡 몸을 일으키는 지휴 놈. -0-;; 진짜로 지휴가 벌떡 일어나자 화들짝 놀란 난 뒤로 발라당 자빠질 뻔했지만 다행히 소파 등받이 덕에 살아남을 수 있었다. 드, 들었나? 아니야, 들었을 리 없어. 하핫! 그래, 들었을 리 없을… @0@? 지휴야, 잘못해써~ 다시는 휴지 쉐끼라고 안 그럴게. ㅜ^ㅜ

지휴 놈 또한 나와 같은 특이체질 중의 하나로 술에는 절대로 취하지 않지만 콜라만 먹으면 헤롱 체질로 알고 있는데 아까는 그나마 얼굴에 붉은 기가 있더니만 지금은 오히려 평소보다 더욱더 투명한 모습이었다.

한마디 말도 없이 천천히 나에게 다가온다. 지휴의 아찔한 얼굴이 점점 내 면상과 가까워진다. 콩닥콩닥!! 헤롱대던 정신이 확 든다. 더 불어 망할 놈의 심장까지 미치도록 뛰어댄다. 지금 바로 몇 센티 떨어지지 않은 내 면상 앞에 뽀샤시한 지휴 놈의 얼굴이 따악 버티고 있었다. 새초롬한 눈빛! 제발~ 제발 그런 눈빛으로 바라보지 말라니까! >_<

"지, 지휴야… 딸꾹… 하하. -0-; 말이 헛 나와 버렸네. 진짜로 휴지라고 부를……!!"

끝까지 말을 이을 수 없었다. =0= 지휴 놈의… 지휴 놈의 섹시한 입술이 나의 입술을 화악! 덮쳤던 것이다. 지휴 놈의 입술의 감촉은 한마디로 죽여줬다. ㅠ0ㅠ 무슨 머스마 새끼 입술이 이리도 솜사탕 같이 달콤하고 부드럽노~ @0@ 지휴 놈의 입술에선 달짝지근한 콜라 맛이 났다. 이놈의 쉐끼!! >_< 혹시 지금까지 나한테 못되게 군 게 다 날 사모해서 그런 거야? 꺄아아아아아아앗!! >_< 안 돼애애앳! 제발… 제발 날 여자로 보지 말아줘. 난 이미 여자이기를 거부한 몸이야! ㅇ(ㅜ^ㅜ)ㅇ 너의 마음은 잘 알겠지만 난 널 받아줄 수 없어. ㅜ^ㅜ 미안해. 하지만 내가 후생에 다시 여자로 태어난다면… 말하기 부끄럽지만 그때도 네가 나를 원한다면 진심 어린 마음으로 너를 받아주겠어! 아니, 그냥 지금 받아줄까? ㅇ_ㅇ; 이런 놈 흔치는 않은데. 아깝다.

하지만 나는 더 이상 잡생각을 할 수 없었다. 나의 입술에 스치듯이 부드럽고 따스한 무언가가 깃털처럼 닿았기 때문이다. 그 아찔한 감촉에 나도 모르게 입술을 벌렸고 그 틈을 타서 지휴의 달콤한 혀가 부드럽게 나의 입술을 벌리면서 파고들었다. …헉헉!! @0@

내 첫키스!! =0=; 달콤한 지휴의 혀가 나의 입 안을 멋지게 휘젓고 다녔다. 그나저나 도대체 이놈은 키스를 얼마나 해본 거야?? 키스 경험이 없는 내가 대단하다고 느낄 정도로 키스 솜씨 하나는 아주아주~ 끝내주는 프로급이었다. =0=; 알 수 없는 이상한 이 느낌은 뭐지? 나는 아무런 반항도 하지 못하고 한 구석에 몰린 채 지휴의 권위적이면서도 황홀한 키스를 받고 있었다. 사실 나도 모르게… 진짜로 본능이었음. ㅜ^ㅜ 지휴의 달콤한 혀를 살짝! 아주 살짝 빨았다. 정말 아주 살짝이었다! -_-; 제발 믿어줘우우우우~

십 초가 흐르고… 이십 초가 흐르고… 이십오 초가 흐르고… 시간이 흐를수록 온몸이 나른해지며 힘이 빠져나갔다. 사실 첫키스도 안 해본 순결한 몸인데 이런 느낌은 생소한 느낌이었고 정신을 못 차릴 정도로… 지금 죽어도 여한이 없을 정도로 지휴의 키스는 나를 황홀하게 했다. -0- 처음 느껴보는 이상한 기분에 몸의 떨림은 멈추지 않았다, 바들바들!!

제발, 제발… 누가 좀 말려줘! 난 여자가 될 수 없어! 여자이기를 거부했어! 이런 기분은 자신을 배신하는 거야! 이 나른한 느낌을… 심장이 터져 버릴 것 같은, 혈관에서 나의 선혈들이 터져 나올 것 같은 이 설레임을, 두근거림을 누가 막아줘!! 아니, 아니야. ㅜㅜ 멈추지 않았음 좋겠어. 이 황홀함이… 나를 새롭게 태어나게 하는 듯한 이 느낌이 영원했음 좋겠어! 하루만… 오늘 하루만 나를 배신하는 거야! 내일 깨어나면서 이 모든 걸 잊는 거야! 아니, 내일 깨어날 때쯤이면 기억하고 싶어도 기억 못하겠지. 슬퍼… 왜? 나도 몰라. 그냥 슬퍼.

하지만 지휴가 이 황홀한 입맞춤을 멈춘다면 죽어버릴 것 같았다. 너무나 슬플 것 같았다. 다시는, 다시는 이 황홀한 느낌을 느낄 수 없을 테니까. 다시는 지휴에게 부드러운 입맞춤을 받을 수 없을 테니까. 정말 지휴의 입맞춤은 너무나 부드러우며 나의 마음을 미치도록 두근거리게 하면서도 편안하게 해주었다. 왠지 이 망할 싸가지란 싸가지는 1%도 남기지 않고 상실한 이 망할 지휴에게 마음을 빼앗겨버린 것 같았다. 안 되는데. 그러면 안 되는데…….

스르륵 감겼던 눈에 더욱더 힘을 주며 조심스레 지휴의 달콤한 입술을 아주 실컷 맛보았다. 지금 이 시간과 이 공간과 이 느낌이 끝나지 않았으면… 이대로 멈춰 버렸으면 했다.

하지만 지휴는 매정하게도 내 입술에서 자신의 입술을 미련없이 떼었다. -0-!! 아쉬워! ㅜ^ㅜ 쫌만 더 해주지. --; 나는… 정말로 변녀인 걸까? ㅜㅜ 하지만 지휴의 입맞춤은 도저히 말로는 표현할 수 없는 것이었다. 내 입술에서 금방 뗀 지휴의 입술은 더욱더 부드러워 보이며 장미꽃잎처럼 빨갛다. 또한 굉장히 윤기나고 매끄러워 보였다. 저건… 저건… 아이~ 몰라! >_< 바로 나의 침이었다!! 왠지 저게 지휴는 내 꺼!! 하고 찜해놓은 것 같았다. 얼굴을 붉히고 있는 나와는 달리 낯빛 하나 변하지 않은 채 무표정으로 한참이나 나를 뚫어지게 바라보던 지휴 놈. 아쒸! 또 하면 어떻게 하지. 그럼… =_= 좋지!!

하지만 지휴는 나의 기대를 저버린 채 스르륵 새초롬한 눈을 기다랗고 숱 많은 눈썹으로 덮어버렸다. 일은 지가 벌려놓고… 그렇게 무책임하게 잠들어 버리면 어떡해!! >_< 소파에 얌전하게 기댄 채 잠들어 버린 지휴의 천사 같은 모습에 나도 모르게 그만 긴장이 풀려 버렸고 나 또한 지휴의 어깨에 얼굴을 파묻고 입가에 씨익~ 미소를 띠운 채 스르륵 눈을 감아버렸다. 될 때로 되라지… 난 몰라!!

"엄마! 제발 날 두고 가지 마!!"

어느새 내 볼에 눈물을 흐른다. 얼굴도 모르는 엄마… 매정하게도 우릴 버리고 가다가 교통사고로 죽었다는 엄마. 언제나 아무렇지 않은 척 엄마 따윈 필요없다는 듯이 꿋꿋하고 당당하게 살아온 나였지만 내심 엄마의 따스한 품이 그리운 것은 어쩔 수 없었다.

지금 엄마가 내 앞에 있다. 저 품에 안기면… 너무나 포근할 것 만 같다. 하지만 너무나 멀어서 엄마의 얼굴이 보이지 않는다. 초등학교 시절 미술 시간에 엄마 얼굴 그리기를 했을 때마다 스케치북에 우스꽝스럽게 그려졌던 엄마의 얼굴들.

난 엄마의 얼굴을 기억 못하기 때문에… 엄마를 그리라고 할 때마다 항상 옹녀 쒸를 그렸고 엄마를 모셔오라 할 때마다 항상 옹녀 쒸를 데려갔다. 하지만 지금 내 눈앞에는 나의 엄마가 있었고 나는 그 얼굴을 보기 위해 엄마를 향해 미친 듯이 뛰었지만 점점 더 멀어질 뿐이었다. 안타깝다. 지금 못 본다면 영원히 못 볼 것 같은 엄마의 얼굴.

"엄마! 가지 마! 엄마 가버리면 난 번데기가… -_-? 번데기??"

넓고 푸른 들판의 어디에선가 모르게 음흉한 소리가 들려온다. 음흉한 속삭임이란,

"야! 눈 딱 감고 이번 한 번만 더 번데기놀이 하자."

"모르겠어. 이건 금방 결정할 게 아니야. 목숨이 달린 문제야."

심각한 목소리. =_=

"아쒸~ 괜찮아. 우리 한 번만 더 하자. 그냥 눈 화악 감고 돌돌 말아버리는 거야. 저번에도 구리구리 번데기 만들었을 때 얼마나 웃겼냐? 배꼽 빠지는 줄 알았잖아. 빠지려는 배꼽 잡느라 죽는 줄 알았네. 죽여줬잖아. 사진이라도 찍어둘걸. 아쉬워 죽겠네. 야아아아~ 진짜 이번이 마지막이라니까."

특히나 음흉한 목소리였다.

"아쒸~ 네가 몰라서 그래. 구리구리가 한번 열받으면 얼마나 무서운지 아냐? 장난 아니야. 지휴만큼은 아니지만 구리구리도 성격 무지 더럽단 말야."

그래, 그나마 넌 이성이 흐뜨러지지는 않았구나.

"아우우~ 소심한 새끼. 그러고도 남자라고 거시기 달고 다니냐? 자신있게 하는 거야. 이번에는 지휴도 같이 돌돌 말아서 쌍둥이 번데기 한번 해볼까?"

"야, 김태훈!! 너 미쳤냐! 지휴를 번데기 만든다고?! 절대로~ 난 안 해. 싫어. 나중에 지휴한테 죽으려고? 절.대.로. 안. 해. 너 혼자 해라. 난 한순간의 재미와 스릴보다 목숨이 더 중요해! -_-"

잠시 대화가 끊긴다.

“하긴 지휴를 번데기 만들었다가는 나중에 진짜 뼈도 못 추리겠다. ㅡ_ㅡ; 그럼 할 수 없지. 후우우우우우우우~”

그래, 이 망할 놈들아. 생각 잘한 거야. ㅜ^ㅜ 하지만 또다시 들려오는 유난히도 음흉한 목소리! =0=

“그러니까 구리구리만 하자고, 한신아~ 엉?”

에끼! 몹쓸 놈 같으니라구!! 감히 안 한다는 한신이를?? 한신이… ㅡㅡ;; …한신이면 나의 주접 새끼? 아우우우우~ 나 깨어나면 너희들 다 뒈졌어!! 정신이 번쩍 들면서 나는 달콤하면서도 안타까웠던 꿈속에서 현실 세계로 돌아왔다. 분명 그나마 이성적으로 생각하는 놈이 주접 새끼였고 주접 새끼를 계속 유혹하던, 지휴까지 번데기 만들자는 간댕이가 토실토실 부은 음흉한 놈은 바로… 그렇게도 내가 벼르고 벼르던 얍삽이 태훈 놈이었다. ㅡㅡ^ 지금 맘 같아서야 벌떡 일어나서 망할 두 놈들을 죽도로 뒈지게 패버리고 싶었지만 사실 무거운 눈꺼풀은 들릴 생각을 안 하고 엎친 데 덮친 격으로 몸까지도 옴짝달싹할 수 없었다. 그사이 더욱더 정신은 맑아지면서 내가 누군가를 껴안고 잠들었다는 것을 알았다. 물론 지금도 꼬옥 껴안고 있고… ㅡ_ㅡ 그나마 자유롭게 움직일 수 있는 손으로 요리저리 더듬더듬 면질의 옷감이 만져진다. ㅡ_ㅡ? 분명 사람은 사람인데? ㅡㅡ^ 면 소재의 옷감 밑으로 마른 듯하면서도 단단하고 따스한 무언가가 느껴졌다. 나는 계속 손으로 더듬더듬 짚어 나갔다.

한참을 더듬거리던 나의 손에 팔딱팔딱 심장 박동이 느껴진다. 내가 꽈악 껴안고 있는 것은 살아 있는 따스한 인간이었다! =0= 도대

 체 누굴까??

　원… 투… 쓰리……!! 온 힘을 눈꺼풀에 집중시킨 힘겨운 노력으로 눈이 번쩍!! 뜨여졌다. 지금 내 포즈는 한마디로 가관이었다. 양 팔다리로 내 옆에 누워 있는 인간을 친친 휘어감고 있었고 그 인간의 어깨까지 떡하니 베고 있었다. 기억을 더듬어본다. …-_-; 완전 無였다. 깨끗한 백지 상태. 아무것도 기억나지 않는다. 조심스레 고개를 들어 심장이 팔딱팔딱 뛰고 있는 그 인간의 얼굴을 보았다. @0@! 오우, 마이 갓!!

　왜! 왜 내가 지휴의 어깨를 베고 자고 있는 거지?? 우리… 같은 침대에서 이렇게 뜨거운 포즈로 잠든 거야?! 지휴 놈의 뽀얀 얼굴이, 아니, 언제 잠에서 깼는지 새초롬한 눈빛으로 날 내려다보고 있었다. 물론 그놈의 표정 변화도 죽여줬다.

　-_- ☞ @_@ ☞ @0@ ☞ --^

　한참을 그렇게 황당하다는 눈빛을 교류하던 지휴 놈과 나. 그나마 우리 둘의 침묵을 깨워준 놈은 얍삽이었다.

　"야!! 구리구리 너 사모하는 마음을 못 참고 그새 지휴를 덮쳐 버렸냐?? 이야~ 의외로 적극적인데. 하지만 그러면 안 되지~"

　저 망할 놈의 주둥이 같으니라구. 얍삽이 새끼는 뭐가 그리 재밌는지 키득키득 웃는다. 씨발! 넌 죽었어! --+ 몸을 일으키려 했지만 빠지지직! =0= 강렬한 전기가 찌지직 통하며 또다시 몸이 쉽사리 움직이지 않는다. 이번마저도 또 얄미운 저 얍삽이 놈을 살려줘야 하는구나. ㅜ^ㅜ

그러한 사실에 여전히 야시시한 포즈를 유지한 채 마음속에서 피눈물을 뚝뚝 흘려댔다. ㅠㅠ 하지만 난 곧 침대에서 몸을 움직일 수 있었다. 너무나 황송스럽게도 지휴 놈이 나를 발로 뻥~ 차준 것이었다. -_-; 사실… 엉덩이 뼈 부러지는 줄 알았다. ㅠㅠ 좀 살살 차면 어디 덧나냐!

"썅! 왜 저 삐꾸가 내 옆에서 퍼자고 있는 거야! -0-^"

그새 침대에서 폴딱 일어나서 옷들의 주름을 쫙쫙 편 후 굉장히 기분 나쁘다는 듯이 말하는 지휴의 모습에 나 또한 기가 찼다.

누구는 좋아서 네 옆에서 잤냐!! 나도 생각이 안 나는데 어쩌라고 오오~ 나도 너같이 싸가지없는 놈 옆에서 잤다는 게 불만이라고, 새캬! (-_-)ㄴ

"찌휴야~ 찌휴야, 글쎄 구리구리가 네 옆에 꼬옥 붙어 자는 것도 모자라서 네 몸도 막 더듬어댔다! 그래서 내가 말렸어. 나 잘했지?"

태훈 놈은 다시 한 번 느끼는 거지만… 얍삽했다. 분명 방금 전에 지휴까지 번데기로 만들자고 말했던 놈이 저놈 맞을까? 믿기 어렵다. 그걸 또 고자질하고 있냐. 나에게 혀를 한번 낼름한 태훈 놈은 지휴에게 마구 붙는다. 그런 태훈 놈을 매정하게도 인상을 팍팍 쓰며 손으로 사정없이 밀어버리는 지휴.

"죽을래. --^ 누가 붙으래."

지휴의 행동에 그나마 속이 시원하다. 훌쩍대는 태훈 놈. 새캬! 네가 아무리 훌쩍대 봤자 네가 나의 주접 새끼보다 더 귀엽겠냐. 하나도 안 귀여워, 임마. --^

"찌휴야, 나는 그냥……. ㅠㅠ"

얍실한 허리에 건방지게 양손을 턱 올리고 인상 쓰면서 태훈 놈에게 하는 지휴 말이… 사실 인정하기 싫지만 아주 쪼끔 멋있었다.

"김태훈, 너 내가 그렇게 얍삽한 짓 좀 하지 말랬지. 남자 새끼가 그러면 안 된다고 몇 번이나 말했냐? 떠벌리고 다니지 좀 말라고. 알았냐? 쪽팔려."

"지, 지휴야, 하지만……. ㅜ^ㅜ"

"시끄러. 그만 해. 마지막으로 다시 한 번 묻는다. 왜 저. 새.끼.가. 징.그.럽.게. 내. 몸.을. 친.친. 감.고. 내. 옆.에.서. 자.고. 있.었.냐.고. ――^"

이 새캬~ 나도 궁금해하던 바다. ――^ 나도 왜 너같이 싸가지란 싸가지는 전부 상실한 네놈 옆에서 그것도 네놈의 몸을 친친 감고 잠을 퍼잤는지 궁금하다고. ――+ 지휴의 말에 태훈 놈은 입을 꼬옥 다물었고 침묵이 흐른다. 그 침묵을 깬 사람은 또 어디를 갔다 왔는지 검은 봉다리를 질끈 든 채 들어온 울 준휘 씨였다.

"너희 둘 다 기억 안 나?"

이상하게도 검은 봉다리가 잘 어울리는 우리의 봉다리 쭌휘 오빠! 나는 긴장감으로 꿀꺽~ 침을 삼켰다. 분명 콜라 먹고 멍멍개 되어서 필름 끊겼을 텐데. 혹시… 준휘 앞에서 실수하지는 않았겠지. 무슨 말이 나올지 두렵다. 옹녀 쒸 때문이야!! >_< 옹녀 쒸 때문에 속상해서 콜라 먹고 취해서는… ㅜ^ㅜ 아쒸! 그렇게 미치도록 콜라를 먹는 게 아니었어!! >_< 구리구리… 이 삐꾸야!!

내 자신을 책망한다 해도 이미 소용없는 일, 엎질러진 물이다. 제발 내가 미친 멍멍개 짓을 하지 않았기를 바란다. 하지만 지금까지 콜라 먹고 필름 끊겼을 때, 온전한 사람인 적은 한 번도 없었는데. 뭔 일이 있었던 것 같은데 기억날 듯 말 듯하는 게 사람 더 미칠 노릇이었다. 지휴 놈과 나는 긴장한 눈빛으로 준휘 씨의 입이 열리기를 기다렸다.

"어제……."

그래, 얼른 자세히 말해 보라구!!

"어제 너랑 구리구리 빼고 모두 술에 취해서 한신이 집에 와서 뻗어버렸었거든. 몇 시간 후에 잠에서 깨어보니 너희 둘이 없길래 다시 호프집으로 왔는데……. -_-"

쭌휘야! 제일 중요한 대목에서 말을 끊으면 어쩌니. 한번 입을 다문 준휘는 더 이상 말하지 않았다. 나 못지않게 단무한─단순무식─지휴 놈. 불 같은 성질 이기지를 못하고,

"한준휘!! 얼른 말 안 해?!"

"말해 주면 뭐 해줄 건데? ○_○"

지휴 놈을 제외한 방 안에 있는 모두가─나도 포함─용감무쌍한 준휘의 태연한 물음에 놀라 입을 다물 수가 없었다. 준휘야~ 제발 정신 차리렴! 지금 너와 말하고 있는 놈은 지휴라구. 신지휴! 너에게 무슨 일이라도 일어난다면 난 어떡하라구~ 제발 그렇게 간 부은 짓 좀 하지 마. ㅜㅜ

의외로 유독 지휴 놈만이 낯빛 하나 변하지 않은 채 커다란 눈으로

준휘 놈을 무심하게 바라보고 있었다. 하지만 그 무심한 눈빛엔 충분한 경고가 서려 있는 걸 난 느꼈다! >_< 지휘가 저 눈빛으로 날 바라보았음 난 이미 쓰러졌다. 그렇다고 절대 내가 겁쟁이라는 말은 아니다. ㅇ_ㅇ!!

"한준휘, 너랑 장난하기 싫다. 나 지금 상당히 기분이 안 좋거든. ――^"

조금의 표정 변화도 없이 저런 말을 어떻게 자연스럽게 내뱉을 수 있을까. 지휘 놈이기에 가능했다. 신지휘, 나도 지금 상당히 기분이 안 좋거든. ―_― 너만 기분 더러운 게 아니고 나도 더럽다고!! 나랑 같이 있고 같이 잤다는 게 그렇게 열받을 일이냐!! 아, 씨발!! 자존심 상하네. 나도 너랑 그랬다는 게 기분 더럽다고오~ 왠지 굉장한 폼을 잡으며 말하는 지휘의 행동에 아주 조금 상처받을 것 같다. 그렇게 나를 싫어하는 걸까. 아니, 신지휘가 진정으로 성질까지 죽여가며 대할 소중한 사람이 있을까. 지휘 놈이 의리와 책임감은 죽인다는 주접 새끼의 말이 바로 이런 것일까. 이런 걸 의미한다면 그건 잘못된 판단이었다. 지휘 놈은 절대로 누구를 배려하고 생각해 줄 놈이 아니었다. 완전 완벽주의, 이기주의, 냉정주의였다. 지금까지 봐왔던 지휘는 완전 구제불능, 독불장군 자체였다. 이런 성깔을 고쳐주고 받아줄 사람이 있을 리가 없지. 그나마 이 잘난 F.F들이 네 성격 받아주는 거야. 제발 그걸 알아라.

지휘의 말에 준휘가 물끄러미 바라본다. ㅇ_ㅇ 준휘야, 제발 부탁이야!! 성질 더러운 저놈 더 열받게 하지 말고 그냥 좋게 말하렴! >_<

난 괜찮아. ㅜ^ㅜ

"짜식. 열받아하지 마. 말할 테니까. 호프집 들어가니까 네가 소파에서 잠들어 있었고, 구리구리가 너한테 기대어서 잠들어 있었던 것뿐이야. 그래서 너랑 구리구리를 한신이 집에 데리고 왔을 뿐이고. 다행히 너희 둘 다 잘 걸어오던데?? 좀 비틀거려서 불안하기는 했지만. 그런데 진짜 콜라 먹고 취하는 별종이 너 말고 또 있을 줄은 몰랐다."

부드럽게 미소 지으며 드디어 말문을 연 준휘. 그것뿐이야? 나 이번엔 아무 사고도 안 치고 잠만 잔 거야?? 하긴 지휴 어깨 베고 잔 게 내 인생 최고의 사건이지.

"그것… 뿐이야? =_="

나는 조심스레 물어보았다. 순진스레 눈을 깜빡이면서 나를 바라보는 준휘.

"정말이야. 그것뿐이야."

지휴 놈과 나는 미심쩍다는 듯이 준휘를 바라봤다. 아쒸~ 뭔가 가물가물한데… 기억은 안 나고 미치고 환장하겠네, 진짜.

"그런데 왜 일어났을 때까지 저 새끼가 내 옆에서 달라붙어서 자고 있냐고. --^"

지휴 놈은 나를 팍팍 갈구면서 다시 물었고 나는 그런 지휴의 눈빛에 찔끔찔끔 고개를 숙였다. 사실 그 점에선 죽어도 할 말이 없다. =_=; 잠버릇은 전혀 없는데 왜 하필 지휴 놈을 그렇게 안고 잤을까. 내가 단단히 미치긴 미쳤었나 봐.

“아아~ 그건 말야…….”

피식 웃으며 말하는 준휘에게 갑자기 사정없이 매달리는 주접 새끼와 태훈 놈. 분명 무슨 짓을 또 벌였구나.

“쭌휘야~ 쭌휘야!! 하하하. -0-; 그냥 쟤네 둘이 껴안고 알아서 잠들었잖아. 그치그치, 한신아? -0-;”

“어?? 어~ 그러어~엄. 너희 둘이 들어오자마자 스스로 방에 들어가서 자던걸. -0-;”

땀까지 삐질삐질 흘려가며 지휘 놈을 향해 어색스레 미소 짓는 두 놈들. 뭔가 숨기고 있다. 수상한 냄새가 난다. 저것들을 정말로 나중에 날 잡아서 콱!!

“쟤네둘이?? 언제? 그게 아니고… 웁!!”

두 잡것들의 말을 정정하려는 준휘 놈의 입을 잽싸게 막는 태훈 놈. 거의 죽을상을 한 채 준휘에게 뭐라고 다급하게 속삭이자 그제야 만족한다는 듯이 씨익 웃는 준휘가 한다는 말이,

“응. ^-^ 정말이야. 너희들이 알아서 들어가서 자던데.”

한쭌휘! -0-^ 너마저 뇌물을 먹고 이럴 줄은 몰랐어. 의외로… 지휘보다 준휘 씨가 더 무서운 놈이 아닐까? --; 아니, 그럴 리는 없지. -_-

“혹시라도 나중에 거짓말이라고 밝혀지면 너희 셋 다 나한테 죽는다.”

나와 마찬가지로 무언가 미심쩍은 듯하지만 더 이상 추궁하지는 않는 지휘.

“그, 그럼!”

태훈 놈과 주접 새끼 잽싸게 끄덕끄덕. (ーー)(__)(ーー)(__)

“아차~ 그런데 구리구리?”

드디어 죽마고우에게 관심을 돌리는 주접 새끼. 내가 저걸 친구라고 믿고 여기까지 올라왔다니. 저 새끼 속을 모르겠다. 아니, 이 잘난 F.F 놈들 다~ 속을 모르겠다. 속에 능구렁이 한 마리씩 품고 있는 게 아닐까?? 진짜 나를 어떻게 생각하는지 헷갈려.

“지휴가 너한테 이상한 짓 안 했어?”

“이상한 짓? 어떤 거? o_o”

“아, 아니야. ^-^;”

알쏭달쏭한 말을 내뱉은 주접 새끼의 뒤를 이어 준휘가 또다시 조용히 미소 지으며 말한다. 그나마 잘난 F.F 중에서 지휴를 덜 무서워하는 놈이 준휘였고 지휴를 두려워하는 마음에 알쏭달쏭한 말만 하는 주접 새끼와는 달리 준휘가 그나마 덜 알쏭달쏭한 말을 했다.

“어~ 지휴 원래 콜라 먹고 엄청 취하면 꼭 나오는 버릇 하나 있거든. 아마 우리들이 지휴의 그 버릇 때문에 이렇게 친구가 됐다고 해도 틀린 말은 아닐걸. 지휴 책임감이 장난이 아니거든.”

지휴 놈 버릇 때문에 이 잘난 F.F 놈들이 친구가 됐다고? 궁금해. 궁금해 미치게써!! >_< 뭘? 준휘의 알쏭한 말에 갑작스레 지휴 놈 얼굴이 빨개졌다. 지휴를 알게 된 이후로 얼굴이 저토록 빨개진 적은 처음이었다.

“시끄러. 그 일에 대해서 한마디라도 떠벌리는 새끼 있으면 죽여 버릴 줄 알아."

"안 했음 되는 거지, 그렇게 열 낼 필요는 없잖아. 설마… 지휴 너……."

상황 파악 못한 태훈 놈. 제발 그 얍삽한 주둥이 좀 다물어주지 않으련? -_-^

"아, 씨발! 주둥이 닥치라구!! 내 말이 말 같지 않냐!! 다 나가! 이 방에서 구리구리 빼고 다 나가!! 얼른 안 나가?! 나가라고!!"

도대체 뭐길래 그 사소한 일 하나에 언제나 차갑고 침착하던 지휴 놈이 얼굴까지 붉히며 열을 내는 것일까. 정말 궁금해! 궁금해 미치겠어! >_< 드디어 성격을 드러낸 지휴 놈. 그는 포악한 모습을 드러낸다. 그 모습에 질겁하며 나를 제외한 모두가 방에서 휭하니 잽싸게 빠져나갔다. 나는 여전히 방바닥에 털썩 주저앉은 채 멍하니 그 모습만 바라보고 있었다. 씩씩거리던 지휴 놈은 놈들이 다 사라지고 나서야 나에게 시선을 돌렸다. …--; 불똥이 튈까 심히 떨린다. ㅜㅜ 어색한 분위기를 조금이라도 없애기 위해 씨익 웃어도 보았지만 감정이 없는 지휴는 꼼짝도 않는다. 지휴 놈의 붉은 입술이 또다시 미치도록 천천히 열린다. 아우씨!! 도대체 또 무슨 말을 하려고. ㅜ^ㅜ 미치겠네. 지금까지 지휴의 매혹적인 망할 입술이 열려서 좋았던 적은 한 번도 없었다.

"너 어제 있었던 일 떠벌리는 날에는 그날로 나한테 죽을 줄 알아."

어제 일은 솔직히 하나도 기억이 나지 않는다. 어차피 필름이 끊길

건 예상했던 일이고 그런 내가 무얼 떠벌리고 다니리? 엉?? --+

"어제 무슨 일이 있었는데? =_="

나는 조심스레 물어보았다. 내 물음에 지휴 놈의 뽀얀 얼굴이 다시 빨개진다. 음~ 그 모습이 인정하지 싫지만 꽤 귀엽다. -_-

"너 나 가지고 노는 거냐? --"

띠거운 듯한 지휴의 말.

"아니. -0- 절대 너 가지고 노는 것 아니야. 진짜로 기억 안 난단 말야."

어제 분명히 무슨 일이 있었던 것 같은데 기억날 듯하면서 가물가물한 것이 미치겠네. 뭐지?? 뭐냐고?? 뭔데 저 냉정한 놈이 저 난리냐고? 아쒸~ 분명 그것만 알면 화아아아악 지휴 놈 약점 잡는 건데. 그 순간 또다시 나의 깜찍한 뇌에서 굿 아이디어를 생각해 냈다. 흐흐흐흐~ 모르면 어떠리. 기억나는 척만 하면 될걸. 그래서 지휴의 약점을 잡고 난 떳떳하게 이곳 생활을 하는 거야. 아우~ 진짜 난 머리 회전이 너무 빨라서 탈이야.

"너 나한테 거짓말했다간 죽는다. 진짜로 아무것도 기억 안 나는 거냐?"

미심쩍어하면서도 왠지 모르게 안심을 하는 듯한 지휴 놈.

"뭐 사실… 약간 생각나는 게 있긴 하지만 뭘 그런 걸 새삼스레 기억하고 있겠냐. 그런 것은 알아도 모른 척하고 덮어주는 거지."

방바닥에서 일어나 옷을 툴툴 털어대며 말했다. 그래, 구리구리 말 한번 잘했다. 내 대사에 내심 흐뭇. (^__^) 하지만 이내 지휴의 얼굴

이 순식간에 굳어졌고 나는 엄청난 말실수를 했다는 것을 뒤늦게야 깨달았다. ㅜOㅜ

"방금 뭐라고 지껄였냐?"

"어?? -0-;"

"분.명. 방.금. 전.까.지. 기.억. 안. 난.다.고. 했.지. -- 그런데 뭐? 날 가지고 놀았다 이거냐? $%()*%^$!!))(*^%$!! 넌 오늘 죽었어!"

순식간에 더욱더 무서운 기운을 뿜는 지휴 놈의 모습에 등줄기에 식은땀이 쫘~악 흐른다! -0- 이그~ 태훈 놈 못지않게 방정인 나의 주댕아. ㅜOㅜ 어쩌다가 그런 실수를. 그냥 사실대로 기억 안 난다고 할걸. ㅜ^ㅜ 괜히 잔머리 굴리려다가 지휴 놈한테 딱 걸렸잖아. ㅜ^ㅜ

나를 향해 지휴 놈이 천천히 다가온다. 오~ 주여, 성모마리아여, 옹녀 쒸여! =0= 제발… 제발 이 위험한 상황에서 저를 벗어나게 하시옵소서. 나에게 천천히 다가오는 지휴 놈의 기세로 보아 진짜로 이번만은 그냥 넘어갈 것 같지 않았다. (__);(--)… (--)(__);;

에라잇~ 이럴 땐 줄행랑이다!! 미안해, 지휴야! >_< 사실은 정말로 아무것도 기억나지 않아! 나는 나에게 마지막 행운이 따르기를 바라며 두 눈 꼬옥 감고 지휴 놈의 뒤에 보이는 출입문을 향해 고개를 숙인 채 온 힘을 집중시킨 후 돌진했다. 살기 위한 나의 마지막 발악이었다. 하지만 애초에 지휴 놈을 상대로 한다는 게 실수였다. ㅠㅠ 감히 무서운 지휴님을 이기려 들다니. 정말로 나를 어떻게 해버릴 것 같은 꽹장히 열받은 듯한 지휴의 모습에 나는 온몸이 긴장감과 두려

움으로 인해 내 몸이 내 몸 같지 않은 상태였다. 그 바람에 갑작스레 온몸에 힘을 주고… 거기다 미쳤다고 눈까지 감고 ㅜ^ㅜ 돌진했으니 후들후들 떨고 있던 두 다리가 꽈배기처럼 꼬여 버렸고, 놀라움으로 눈을 동그래 뜨며 입을 쩌억 벌리고 두 손을 번쩍 든 만세 자세로 나에게 다가오는 지휴 놈을 향해 무서운 속도로 쓰러졌다!! >0< 씨발. 난 정말 오늘 날 잡았다. ㅜ^ㅜ 나를 향해 다가오던 지휴 놈은 본능 반, 반사 신경 반으로 무서운 속도로 쓰러지고 있는 나를 새초롬한 커다란 눈을 더욱더 동그랗게 뜨면서 두 손으로 나를 덥석 받아내면서 쿵! 하고 방바닥으로 나와 추락하였다!!

쿵—!!

그뿐이면 다행이게. ㅜㅜ 진짜 이때만큼 나의 큰 키를 원망한 적은 없었다. 조금만, 조금만 키가 작았어도… ㅜ^ㅜ 지휴 놈의 입술은 피할 수 있었을 텐데. ㅜ0ㅜ 아주 살짝 가볍게 스쳤지만 쓰러짐과 동시에 나의 입술과 지휴 놈의 입술이 눈 깜짝할 사이에 박치기를!! =0= 그토록 덮쳐 버리고픈 지휴 놈의 입술이었건만 이렇게는 아니었다고요~ ㅜ^ㅜ 다행히 쓰러질 때 나는 덮치는 쪽에 속해 있었기에 나는 지휴 놈의 위로 쓰러진 것이었고—그래서 그나마 충격이 적었다. -_-; —지휴 놈은 나의 몸무게와 더불어 딱딱한 바닥에 세게 뒤로 자빠졌으니 어지간히 충격이 컸을 것이라 본다. 그 엄청난 충격으로 지휴 놈은 한순간 정신을 못 차리고 새초롬한 눈을 질끈 감으며 쓰러진 채 움직이지 못했고, 나는 순식간에 살짝 스친 것이었지만 생생히 느껴지는 그렇게도 덮치고픈 지휴 놈의 부드럽고 달콤한

신 지휴와의 악연

입술의 감촉에 넋이 나가 움직이지 못했다. 한마디로 또다시—지휴 놈과 첫 대면 날도 이런 식으로 덮쳤다지?? ^^;; —내가 지휴 놈을 덮친 자세로 지휴 놈을 쿠션 삼아 깔아뭉개고 있었다. 그와 동시에 망할! ㅠㅠ 그렇게 가물가물하던, 기억하고 싶어했던, 미치도록 궁금해했던… 어제 지휴 놈과 미치도록 콜라를 마신 후 벌어졌던 일들과 동시에 지휴 놈의 술(콜라) 버릇&약점이 생각나 버렸다! 세상에나! @0@ 애고, 망칙해라!! >0<

"얘들아, 큰일 났어!! =0= 구리구리가 우리 지휴를 또 덮쳤어!! 얼른 와봐. 지휴 죽었나 봐. 꼼짝도 안 해!"

이 목소리는 하필이도… 제기랄! ㅜ^ㅜ 내가 그렇게 죽이고 싶어했던 얍삽이 태훈 놈의 또랑또랑한 목소리였다! 저 새끼, 지휴 놈이 꺼지라고 단단히 일렀는데도 분명히 지휴와 나의 일거수일투족을 지켜보고 있었던 것이다. 대화 내용도 다 들었을까. --; 여하튼 태훈이 네 이놈!! 넌 지휴 일어나면 다 말해 버릴 거야! 가만… =_=;; 지휴는 고자질하는 새끼 무지 싫어한다고 했는데. 아쒸~ 이르지도 못하겠네. 그렇다면? 지휴 놈이 스스로 알아차리기를 비나이다. 그래서 저 망할 태훈 놈 눈물 콧물 쏙 빠지도록 정신 차리게 하옵소서! 태훈 놈의 고함 소리에 거실 쪽에서 쿵쾅거리는 오랑우탄 일족들의 것인 듯한 발걸음 소리가 우렁차게 가까워지나 싶더니 방문이 활짝 열리며 나머지 F.F들의 모습들이 나타났다. 그 모습들인즉, 노란 병아리 모양의 앞치마를 두른 주접 새끼와 똑같은 앞치마 두른 울 쭌휘 씨. -0-; 뭘 처먹었는지 입가에 무언가를 잔뜩 묻힌 우리의 초롱이. =_=; 여전히 눈을 씻고 찾아봐도 새우 눈구멍만한 눈에서 눈동자는 죽어도 보이지 않았다. TV 보다가 왔는지 체크 사각 팬티 차림에—둘이 커플 팬티였다. --;; —리모콘을 한 손에 불끈 쥔 길동이와 상엽이, 은근히 잘 다져진 잘빠진 몸매에 민망해서 앞을 바라볼 수 없었다. 젊은 남자의 나신을 처음 보는 나로선 얼굴을 붉힐 수밖에. 방문을 활짝 열어젖힌 잘난 F.F들을 향해 나는 화알짝 굿모닝 인사를 해주었다. ^-^;

"얘들아, 안녕? 잘 잤니? (^___^);"

아무도 나의 인사를 받아주는 놈들은 없었다. 모두 눈을 동그랗게 뜨고 입은 쩌억 벌린 채—여전히 보이지 않는 초롱이의 눈동자. =_= —내 밑에 깔려 있는 지휴와 지휴를 올라타고 있는 나를 황당한 표정으로 바라보고 있었다. 바로 이렇게!

-0- ☞ @0@ ☞ —,.—

"구리구리가아아~ 지휴가 마악 싫다는데도 덮쳤어."

태훈 놈의 저 완벽에 가까운 연기력. 내가 언제? =0=

"찌휴야!! ㅜ^ㅜ"

망할 놈의 F.F들은 지휴가 마치 죽기라도 했다는 듯이 눈가에 눈물을 글썽이며 우르르 나와 지휴의 주위를 빙 둘러쌌다. 물론 준휘의 표정 또한 이상하리만치 진지했다. 쭌휘야~ 정말 너만은 믿어줘야 해. ㅇㅜ^ㅜㅇ 난 정말로 지휴를 덮치지 않았단다. 내가 너를 덮치는 일은 있을지 몰라도 목숨 아까운 줄 모르고 지휴 놈을 덮치지는 않는단 말이야. ㅠㅠ

…=_=? 가만히 보니 몇 분이 지났는데도 지휴 놈이 꼼짝도 하지 않는다. 신지휴 너 설마… 뇌진탕은 아니겠지? =0= 바로 나의 몸 밑에서 따스하고 단단한 지휴 놈의 육체가 느껴진다. 죽은 것 같지는 않은데. 나는 잽싸게 나의 밑에 깔려 있는 지휴 놈을 내려다보았다. 숱 많고 앙증맞게 올라간 기다란 속눈썹에 가려진 지휴 놈의 새초롬한 눈이 보이지 않았다. 뽀샤시한 얼굴이 괜스레 창백해 보인다. 심장이 두근거린다. 기절한 걸까? 지휴 놈한테 혹시 나쁜 일이라도 일어나면 어쩌지?? 그런 생각이 들자 갑작스레 마음이 미어지며 안타깝고 애가 탔다. 아니, 슬프다.

네가 아무리 싸가지없고, 건방지고 제멋대로인 망할 놈이란 건 알지만 그래도 속이 다 시원하도록 두꺼비 새끼 패주었는데… 옷깃만 스쳐도 인연이라는데… 네놈과 찐~한 >_< 키스까지 한 사이인데… 지휴야! 앞으로 다시는 싸가지없고, 건방지다고 안 그럴게. 차라리 다시 그 새초롬한 눈을 떠서 내가 네 눈빛에 타서 죽도록 건방지게 찌릿찌릿 나를 갈구렴. 제발. ㅜ^ㅜ 하지만 꼼짝도 하지 않는 지휴. 나는 천천히 F.F 놈들을 향해 고개를 들었다.

"지휴가… 꼼짝도 안 해. =_="

메마른 내 목소리가 방 안으로 무의미하게 울려 퍼진다. 내 말에 모두의 얼굴이 창백하게 질려 아무 말도 못한 채 나를 바라보았다. 이 기회를 놓치지 않은 태훈 놈.

"씨발… 내가 이럴 줄 알았어. 난 처음부터 저 새끼 맘에 안 들었다고. 우리 패밀리가 이 새끼같이 별 볼일 없는 새끼가 들어오는 데냐?? 잘 나간다는 다른 새끼들도 우리 서클 들어오고 싶어 안달났다고! 여기에서 우리들 모르면 간첩일 정도로 학생들의 우상인 우리들인데 저런 새끼 들어오고 나서부터 재수가 없잖아. 아무리 한신이 죽마고우라지만 진짜 별 볼일 없잖아. 자격 미달이라고! 지휴 새끼도 이해가 안 돼. 한신이 친구래도 지휴한테 그런 짓 해놓고도 내쫓지는 못할망정 저런 자격 미달 새끼를 버젓이 우리 F.F에 받아들인다고 하다니. 난 반대였다고! 지휴 새끼 싫다는 말 한마디면 한신이 친구라도 끝나는 건데. 왜 그런 바보 같은 짓을 해서 이 꼴로 누워 있냐고오! 지휴한테 무슨 일 있으면 구리구리 너 살아남지 못할 줄 알아!"

태훈 놈의 분노에 찬 눈동자가 나를 매섭게 노려본다. 태훈 놈이 그렇게도 나를 싫어하는 줄은 몰랐다. 맞는 말이었기에 평소답지 않게 아무 말도 할 수 없었다. 주접에 대한 생각이 뇌리를 스친다. 내가 아는 주접 새끼는 더 이상 없었다. 태훈 놈의 말대로 여기서 잘난 F.F에 들 정도로 훌륭하고 당당하게 생활하고 있는 주접은 더 이상 내가 알던 울보&비실이&바보 주접이 아닌 인기 많고 잘난 그 패밀리의 일원인 박한신이었다. 언제나 반항적이고 사고만 치는 숫기없는 나와는 다르게 한신이는 옛날보다 훨씬 더 성숙해 있었고 당당해져 있었다. 애초부터 있을 수 없는 일이었다. 나에게 한신이 외의 또 다른 친구가 생긴다는 것은… 그때,

"야, 김태훈! 너 방금 뭐랬냐. 내 친구 구리구리가 어째서 어쨌다고? 뭐가 자격 미달이냐고! 네가 구리구리에 대해서 얼마나 안다고. 너 또한 지금 나한테 소중한 친구지만 구리구리 또한 그에 못지않게

나한테 소중한 친구라고! 꼭 그런 식으로 말을 해야겠냐?? 개새끼. 너한테 실망이다. 내 친구 구리구리를 F.F에서 받아들이지 않는다면… 나도 이 F.F에서 빠지겠어.”

=0= 태훈 놈 못지않게 커다란 눈을 매섭게 부라리며 한신이가 엄청난 말을 내뱉은 것 같다. 보잘것없는 나 때문에 ㅜ^ㅜ 내가 항상 지켜주었던 한신이가 지금 나를 지켜주고 있었고 희생하려 한다. 이런 줄도 모르고 항상 철없어 보이던 한신이를 탓하고 나에 대한 한신이의 우정을 의심하다니. 난 정말 머저리 삐꾸다. ㅠㅠ

“그만 해. 그런 말들 쉽게 꺼내고 너희들 다 왜 이래? 그리고 태훈이 네가 이번엔 심했어.”

“그으으으래~ 태훈이가 심했어. 그렇게 말하면 구리구리 상처받잖아. 너는 마음에 안 들지 몰라도 나는 구리구리가 좋단 말이야.”

준휘의 말에 초롱이까지 맞장구쳤다. 깜찍한 것들. ㅜ^ㅜ 이 끝내주는 의리. 태훈 놈만 빼고 진짜 이놈들은 멋진 놈들이었다. ㅜ^ㅜ 심지어 지금 내 눈에는 거구 새끼 초롱이마저도 멋있게 보였다.

“아씨~ 진짜 왜 이래? 이런 적 한 번도 없었는데??”

상엽이 골치 아프다는 듯이 입을 열었고 지금까지 침묵하던 길동이가 나에게 말을 했다.

“다 조용히 하고 우선 구리구리, 지휴 몸에서 내려와라. 그러다 지휴 압사로 죽겠다.”

길동의 말에 나는 아직도 내가 지휴 놈의 몸에서 내려오지 않았다는 것을 알았다. 아차~ 하는 생각에 지휴 몸에서 몸을 일으키려고

하는 순간,

"아, 씨발, 시끄러워. 야, 구리구리!! 얼른 내 몸에서 안 일어나냐! 내가 네 쿠션이냐고! --^ 비실비실한 것이 무겁기는 엄청 무겁네."

이 싸가지없는 목소리는… =0= 지휴 놈이었다. 나는 놀란 눈으로 지휴 놈을 내려다보았고 어느새 새초롬한 눈을 짜증난다는 듯이 살짝 찌푸린 채 막 정신 차린 지휴가 눈에 들어왔다. 이렇게 반가울 수가!

"지휴야~!!"

모두들 지휴의 이름을 동시에 외쳤고, 나는 잽싸게 지휴 놈의 몸에서 내려왔다. 내가 내려가자마자 지휴 놈이 폴짝 일어났다. 그러자 태훈 놈이 잽싸게 지휴의 품 안으로 몸을 날아왔고 그런 태훈 놈을 매정하게도 지휴 놈은 잽싸게 피했다.

"지휴야아아아아아~ㅇㅜ^ㅜㅇ"

"씨발, 엄청 땍땍대네. 아씨!! 붙지 좀 마, 이 새끼야."

억척스럽게 앵기려는 태훈 놈을 지휴 놈이 발로 차버리자 태훈 놈은 깽깽거리며 풀이 푸욱 죽은 채 서 있었다. 하지만 이번만큼은 고소하다는 생각이 들지 않는다. 모두들 지휴를 그 정도로 좋아하고 있었다. 갑자기 지휴 놈이 부러워졌다. 저런 친구들을 여럿이나 두었다는 게. 난 주접 말고는 친구란 게 없는데 지휴 놈은 나보다 성격도 몇 배로 더러운 것이 어떻게 저리도 친구들의 신뢰를 받을까?

"지금 너희들 뭐 한 거야? 누가 친구끼리 싸우래! 앙! 이 새끼들, 내가 모를 줄 알았냐? 내가 분명히 말했지. 너희들이 어디에서 무얼

하건 다 지켜보고 있다고."

지휴 놈은 창백한 얼굴로 언제 누워 있었냐는 듯이 일어나자마자 침대에 기다란 다리 한짝을 턱 올리고 F.F들을 향해 고래고래 소리부터 지른다. 그래, 너 잘났다, 새캬.

"너 안 일어나길래 우린 뭐 잘못된 줄 알았다. 다행이다. 보아하니 아무 이상은 없는 것 같네. 너 걱정하다 잠깐 투닥거린 것이니 너무 신경 쓰지 마."

이번 역시 준휘가 침착하게 말한다.

"지랄한다. 나 걱정해서 그런 거면 얼른 앰블란스 불러서 병원에 나 싣고 갈 것이지 저 새끼가 무거운 몸으로 계속 깔아뭉개도록 놔둔 채 명색이 친구라는 것들끼리 그 지랄 하고 있냐?"

나를 향해 삿대질을 해대며 지휴 놈은 다시 고래고래 소리 지른다. 지휴야, 그래도 앰블란스는 너무했구나. =_= 하지만 나는 느낄 수 있었다. 지휴 놈이 있기에 이 혈기왕성한, 서로 판이하게 다른 개성의 소유자들인 이 망나니들의 우정이 유지되는 거라는 주접 새끼의 말을. 새삼 지휴 놈이 대단하다는 생각과 절대 저놈한테 밑 보이면 안 되겠다는 결심이 확 섰다.

"박한신, 그런 말 함부로 하지 마. 한 번만 더 쉽게 그런 말 함부로 꺼내면 정말로 나한테 죽을 줄 알아. 그리고 김태훈, 우리가 그렇게 잘났냐? 사람은 다 똑같아. 알았냐? 우리 일곱 명, 아니, 구리구리까지 포함해서 여덟 명. 우리들이 특별나게 남들보다 잘나서 만난 게 아니라고. 다 친구 될 운명으로 만난 거라고. 앞으로 그런 쓸데없는 자만심 버려라. 그리고 한신이 친구면 우리한테도 친구다. 물론 구리 구리뿐만이 아니라 너희들의 소중한 친구라면 마찬가지고. 비록 저 새끼가 아무리 멍청하고 삐꾸에다가 덜 떨어졌어도 어쩌냐. 우리가 참아야지. 씨발!! 솔직히 나도 저 새끼 밟아버리고 싶은 것 초인적인 인내심으로 참고 있다고. 나도 참는 것을 네가 왜 못 참아. ――^ 한 번만 더 이렇게 분열 일어나면 너희들 나한테 다 죽을 줄 알아. 알았 냐?! ―_―”

지휴 놈의 열받은 듯한 말에 모두들 고개를 끄덕거렸고, 지휴가 정 신을 차림으로써 이렇게 삼 분 만에 모든 상황은 종료되었다. =_=

“알았음 다 나가.”

“…ㅇ_ㅇ??”

“아쒸~ 다 나가라구!!”

얼떨떨해하던 우리들이었지만 지휴 놈의 고함 소리에 모두들 후닥 닥 불통 뛸까 앞을 다투어 나간다. 물론 준휘는 천천히… ―_―;; 그 기세에 떠밀려 나까지…….

“야! 너는 남아.”

지휴 놈의 한마디에 나는 그 자리에서 몸이 얼어붙어 버렸다! =0= 사실 못들은 체하고 나가 버리려 했지만 =_= 이미 발바닥이 바닥에 강력 본드로 붙어 버린 것처럼 떨어지지가 않는다. ㅠㅠ 또 무슨 말을 하려고 그러냐. 항상 지휴 저 새끼가 부르면 심장이 콩알 만해진다.

“나? ―_―;”

"그래, 너. -_-"

"하하. -0-; 아니야. 아무래도 내가 이 방에 남아야 할 이유는 없는 것 같아. 음, 그러니까… 음… 그래! ㅇ_ㅇ 너 쓰러질 때 머리에 충격이 심했을 텐데 좀 쉬어야 하지 않겠니? 할 말이 있음 나중에 하는 게 좋을 것 같아. 그렇지? ^-^; 그럼 지휴야, 푸~욱 쉬고 나중에 보자."

드디어 살았다 하는 마음에 다시 몸을 돌려 방문을 향해 나아가 막 방 문턱을 지나려 할 때, ㅠㅠ

"그 자리에서 한 발짝만 더 움직여 봐. 나도 내가 어떻게 나오나 무지 궁금하니까."

=0=!! 차라리 그냥 좋게 나가지 말라고 하면 되지 꼭 그렇게 겁을 주어야겠냐!! =_=^ 나는 방을 나가지도 못하고, 그런다고 방에 다시 들어오지도 못한 채 방 문턱에 서 있을 수밖에 없었다. 불쌍한 나의 인생이여~

그렇게 일 분이 지나고 --;; 이 분이 지나고 --;; 삼 분이 지나고 --;; 다리가 저려온다. ㅜ0ㅜ 아무래도 쥐난 거 같아. ㅜ^ㅜ 그 미쳐 버릴 것 같은 고통을 참느라고 불끈 쥔 두 주먹이 바르르 떨려온다. 그 순간 뒤에서 지휴 놈의 못 참고 터져 나오는 듯한 웃음소리가 들렸다. ㅜ^ㅜ 열받게도 그 웃음소리가 너무나 듣기 좋아서 더 서러웠다. 아쒸~ 진짜로 나쁜 새끼. 난 이렇게 고생하고 있는데… 그래, 실컷 웃어라! 나쁜 휴지 새끼야!

"진짜 삐꾸 같은 새끼네. 마지막 기회다. 올래, 말래?"

　분명 지휴는 이 악독한 상황을 즐기고 있었다. ㅜ^ㅜ 지휴 놈의 또 다른 새로운 별명. 악마의 자식!! 남의 고통을 꼭꼭 씹어 즐기는 악마의 자식!

　"오호~ 또 씹겠다 이거냐? 그럼…….."

　"갈 거야! 간다고!! >_<"

　지휴 놈의 말이 끝나기 전에 천장이 떠나가라 소리쳤다. 더 무서운 일을 당하기 전에 말해야지. 절대 지휴가 무서워서 그러는 게 아니야. 이건 작전상 후퇴야. ㅡ_ㅡ;;

　"그럼 얼른 오든지."

　…ㅡㅡ;; 저 간단한 대답. 정말 사람 무안하게 만든다. =_= 쥐난 다리를 티 내지 않으려 무진장 노력하며 아무렇지 않은 듯 지휴 놈 앞으로 휘청휘청 천천히 걸어갔다. 지휴는 침대에 걸터앉아 침대 옆 탁자 위에 한쪽 다리를 터억 올린 채 밥알 같은 얼굴을 손으로 터억 괸 채 나를 바라보고 있었다. 지휴 놈의 새초롬한 눈동자에선 뭐가 그리 즐거운지 웃음기가 묻어나는 듯… 그 모습에 더 열받는다. 지금 나는 쓰러지기 직전이었다. ㅡㅡ+ 아무렇지 않은 듯이 보이려 했지만 쥐난 다리로 걷는 모습이란… 정말 내 자신이 비참해지도록 너무 우스꽝스러웠다. ㅜ^ㅜ

　"너같이 단순하고 웃긴 새낀 처음이다. 한 발자국도 움직이지 말라고 진짜 그대로 있냐, 그것도 다리에 쥐나도록."

　=0=! 다리에 쥐난 거… 눈치 챈 거야?! ㅡㅡ;;

　"할 말이나 해. ㅡ_ㅡ;"

어차피 지휴 놈과 나의 투쟁은 언제나 승산없는 것이었다.

"할 말? ㅇ_ㅇ 음, 할 말… 아아~ 네가 하도 웃겨서 하마터면 깜빡할 뻔했다. 너 아직 나한테 대답하지 않은 거 있지? 오 초의 여유를 줄 테니 응과 아니오 중 하나로 대답해."

무슨 대답? 아쒸~ 알아먹게 좀 말해!

"하나."

정말 모르겠단 말야!! >_< 모르는데 어떻게 대답하라구. ㅜ^ㅜ

"둘."

뭐지, 뭐냐고오~ 아쒸, 미치겠네!! 돌대가리야, 얼른얼른 돌아가라!

"셋."

차라리 날 죽여라. 정말 뭔지 모르겠어. ㅠㅠ

"넷."

아니, 지금 죽기엔 내 청춘이 너무 아까워. =_= 잽싸게 방금 전의 기억을 되감아보기 시작했다.

"다섯!!"

"엉!! >_<"

ㅜ^ㅜ 생각났다! 생각났다고, 새캬! 지휴 놈은 물끄러미 날 바라본다. 이놈의 눈빛은 지금 내 심장까지 꿰뚫고 있는 것처럼 매서웠다.

"엉이라는 대답은 기억한다는 말이지. ㅇ_ㅇ;"

힘없이 고개를 끄덕끄덕. (――)(__)(――)(__) 됐지? 대답했으니까 나 가도 되는 거지?

“그래, 기억난다 이거지? 뭘 기억하는데? ㅡㅡ”

=0=! 제발… 제발 이렇게 빈다. 그만 괴롭히고 좀 살려줘!! 전생에 나한테 무슨 원한이 있다고 그렇게 날 괴롭히니. ㅜ^ㅜ 어떻게… 어떻게 내 입으로… ㅜ^ㅜ 너랑 키스했다는 말을 하냐고!

“저… 그게 ㅡㅡ;; 그러니까 ㅡㅡ;; 음 ㅡㅡ;; 뭐냐하면……. ㅡㅡ;;”

우물쭈물… 꼼지락꼼지락……. (ㅡㅡ);;(__);;(__);;(ㅡㅡ);;

“지금 너 내 인내심 테스트하는 거지? ㅡㅡ”

“아, 아니. =_=;; 도저히 내 입으론 말 못하겠어.”

정말이야! 키스했다는 말은 진짜 못하겠단 말야. ㅠ0ㅠ 뽀뽀도 아닌 키스라는 찐한 그 말을 어떻게 내 입에 담냐고! ㅠ0ㅠ 순간 지휴 놈의 얼굴이 빨갛게 달아오른다. 나는 봤지롱~ ㅡㅡ;;

“너 금방 그 생각 했지!! ㅡ_ㅡ”

“아쒸, 지랄하지 마!! ㅡ0ㅡ; 내가 언제 그 생각 했다고 해!!”

“봐봐~ 너 얼굴 또 빨개졌다. 0_0”

갑작스레 지휴 놈의 빨개진 얼굴을 보니 기분이 엄청 좋다.

“얼굴 안 빨개졌어!! ㅡ_ㅡ;”

어쭈? @_@ 또 열 내네? 절대 흐트러지지 않는 지휴 놈의 모습만 보던 나에게 이런 지휴 놈의 모습은 생소하면서도 신기하고… 재미났다! 이 재미를 계속 느끼고 싶다.

“얼굴이 더 빨개졌는데??”

“아, 씨발… 안 빨개졌다니까.”

“에이~ 계속 빨개지는데? 잘 익은 사과 같아.”

　　지휴 놈의 기분 파악을 못한 채 놀리는 재미에 어느덧 푸욱 빠져 버린 난 뒤늦게야 지휴 놈이 엄청 열받았다는 것을 알았다. ㅠ0ㅠ 지휴 놈이 내 얼굴에 구멍나도록 뚫어지게 갈구며 나를 향해 성큼성큼 다가온다!!

　　"아, 아니 그게 아니고 지휴야……. ㅠ0ㅠ"

　　뒷걸음질치던 내 등에 딱딱한 벽이 와 닿았다. @0@ 죽… 었… 다!! 지휴 놈의 손이 날아온다. 때리려나 봐……!! >ㅁ< 나도 모르게 눈이 질끈 감겼다. 인간 구리구리, 정말 이곳에 온 이후로 진짜 구리구리해졌다.

　　……?? 하지만 내 예상과는 달리 어떠한 아픔도 느끼지 못한 점에 의아해하며 조심스레 실눈을 떠보았다. 지휴 놈의 얼굴이 또다시 바로 코앞에 있었다. @ㅠ@ 제발 네 얼굴 좀 그만 들이밀어라. 네 얼굴 가까이 보고 있으니 코피나오려 해. -ㅠ- 지휴 놈의 손은 나를 때리려 날아온 게 아니라 벽을 짚기 위해 손을 뻗은 것이었다. 하지만 정말 때릴 폼이었단 말야!! 지금 나는 벽과 지휴 놈의 품 사이에서 옴짝달싹못한 채 독 안의 쥐가 되어 있었다.

　　"내가 아니라고 그랬지. --"

　　"그래, 내가 잠시 미쳐서 내 눈에 온 세상이 빨갛게 보였나 봐. 그래, 네 얼굴은 우유처럼 아주아주 뽀샤시해."

　　내 말에 어이없어하는 듯한 지휴 놈. =_=

　　"아휴~ 이걸 그냥 화악 패버릴 수도 없고. 너 한 번만 더 말도 안 되는 소리 하면!! --^"

왜 그랬을까? 순간 말을 하고 있는 지휴 놈의 입술로 나도 모르게 시선이 갔고 미치게도 어제의 그 기억이 생생히 떠오르면서 지휴 놈의 부드럽던 입술 감촉과 촉촉했던 지휴 놈의 입 안과 달콤했던 콜라 맛이 떠오르면서 얼굴이 화악 하고 달아올랐다. =0=

"야… 야!! 너 왜 갑자기 얼굴이 빨……? 아~ 씨발!! 너 죽을래!! 너 또 그 생각 했지!"

지휴 놈은 나처럼 다시금 얼굴이 붉어지면서 손으로 입을 가리더니 나에게서 그제야 좀 떨어졌다.

"이 변태야……. =_="

어디서 그런 용기가 솟아올랐는지.

"뭐?! …너 방금 뭐랬냐."

"응큼한 변태 신지휴. =_= 입에서 손이나 내리고 말하지 그래. 그래, 어제 네가 나한테 키스한 거 기억한다고. 그때 분명히 난 하기 싫었는데 네가 일방적으로 한 거고 난 약자 입장에서 당한 거야. 알겠냐, 신지휴? =_= 다시 말하자면 넌 가해자고 난 피해자라고!!"

오예~ 말 잘했다, 구리구리. 지금까지 지휴에게 했던 말들 중 가장 길면서도 침착하고 논리정연하게 한 말이었다고 본다. 이 정도면 지가 아무리 잘났어도 할 말 없겠지. 푸헤헤헤헤헤. ㅡ,.ㅡ

구리구리~ Win!! 흐뭇한 마음으로 당당히 지휴를 바라보았을 때… 어? 이게 아닌데?? =_=; 지휴 놈의 얼굴은 아직 약간의 붉은 기만 남아 있을 뿐 다시금 그 무표정을 되찾고 건방진 폼으로 팔짱을 낀 채 벽에 비스듬히 기대서 날 내려다보고 있었다.

"주둥이 잘도 나발대네. ㅡ_ㅡ 넌 일방적으로 당한 피해자라 이거지?? ㅡㅡ^"

(ㅡㅡ)(__);;(__)(ㅡㅡ) 난 고개를 끄덕이면서도 내심 다시 불안해지기 시작했다.

"내가 미쳤었어, 그것도 단단히 미쳤었어. 세상에 어떻게 맨 정신이 아니었다 해도 저런 새끼한테도 그 짓을 했다니. 씨발, 쪽팔려."

지휴 놈의 중얼거림에 은근히 기분이 나쁘다. =_=;;

"야, 구리구리. ㅡㅡ^"

지휴 놈이 중얼거림을 멈추고 날 부른다.

"응? ㅡㅡ^"

"내가 기억하고 있는 바로는 그게 아닌데?? 분명히 너도 그걸 즐기며 적극적으로 반응했던 것 같은데? 나야 원래 취해서 이성을 잃고 그랬다고 쳐도 넌 오히려 피할 생각은 안 하고 오히려 적극적으로 반응했잖아. 너야말로 변태 아니냐, 이 변태 삐꾸야. =_="

순식간에 상황 역전… 이었다. @0@

"아, 아니얏!! >_< 난 피해자라구! 난 일방적으로 당한 거야. 내가 언제 그랬어!! =0= 난 그런 적 없어!! 너무 놀라서 그런 거야. 나도 술 취하면 이성이 흐트러진다고! 난 절대 변태 아니야. 네가 날 덮친 거야, 신 변태야. ㅜ^ㅜ"

나의 강한 부정에 지휴 놈의 얼굴이 씰룩씰룩.

"아쒸, 너 계속 발뺌할 거냐! 네가 그때… 내 꺼 빨았잖아. =0=;"

지휴 놈, 나와 마찬가지로 생생히 기억하나 보다. 나는 순식간에 머리 속이 텅 비면서 할 말을 잃었다. 지휴 놈의 말이 사실이었기에. 지휴 놈의 부드럽고 따스한 무언가가 입 안으로 들어왔을 때 뭐가 맛있다고 그리 빨아댔는지. 사실 굉장히 맛있었던 것 같다. --; 평소엔 콜라 쪼끔만 들어가도 팍팍 잘도 끊기던 필름이 이번엔 오히려 너무나 생생하게 뇌리에 남아 있었다. ㅜㅜ 씨발, 진짜 죽겠네. 지휴 놈과 나는 씩씩대며 서로 얼굴은 빨갛게 달아오른 채 한참을 그렇게 서로 노려보며 서 있었다. --^ 이런 지휴 놈과 @_@; 이런 나.

"으아아아아아아악—!!"

무슨 소리지?? 갑자기 방문이 화악 열리며 잘난 F.F들이 우르르 방바닥으로 쏟아졌다. 설마… 설마 다 들은 것은 아니겠지!

아아아아악~ >_< 울 준휘 씨 살려줘. 초롱이가… 초롱이가… =0= 준휘를 깔아뭉개고 있었다. 준휘의 얼굴이 붉다 못해 새하얗게 질리고서야 초롱이 놈은 내려왔고 나와 지휴 놈의 시선에 모두들 삐질삐질 땀을 흘리며 어색스레 씨익 웃는다.

"지휴야… 어? 구리구리, 안녕~"

안녕 못하다, 이것들아. -_-^

"우린 아무것도 못 들었어."

눈치없는 주접 새끼의 말에 지휴의 얼굴이 일그러진다. 저것들도 죽… 었… 다아.

"이 새끼들! 내가 이 방에서 깔짝대지 말랬잖아!! 씨발!! 나가!! 이 방에서 100m 이상 접근하지 마! -0-^"

드디어 광분한 지휴 사정없이 발길질을 해대었고 잘난 F.F 놈들의 처참한 모습을 난 처음으로 볼 수 있었다. =_= 정말 지휴 놈의 발차기는 무시무시하면서도 꽤 봐줄 만했다. 지휴 씨, 파이팅!! 그래, 쫌만 옆으로. 그래! 거긴 바로 태훈 놈이야!! 세게, 아주 세게! 안 돼! 그쪽으로 발길질하지 마! >_< 울 쭌휘 씨랑 주접은 안 돼. 내 머리 속에선 멋대로 생중계 방송이 이루어지고 있었다.

드디어 망할 F.F 놈들이 방에서 사라졌고 또다시 둘만 남겨졌다. 아니, 사라지나 싶었었는데 다시금 방문이 빼꼼이 열리면서 준휘가 나타났다. 준휘… 그나마 내가 마음에 들어하는 놈이지. 은근히 간댕이 무지 부은 놈. 또 무슨 간댕이 부은 짓을 하려구. =_=;; 나까지 긴장된다.

"지휴야. o_o"

"――^??"

"아무 앞에서나 콜라 먹지 말라니까 또 먹었냐? 안됐다. 책임질 놈이 또 하나 생겼네."

잽싸게 말을 한 후 방문이 다시 닫히기가 무섭게 지휴 놈의 발길이 방문에 머무르며 커다란 소리를 내었다. 쫌만 더 늦게 닫았으면 준휘는 지휴 놈의 발길질에 큰 타격을 입고 정신을 잃었을 것이다. 잘 피했어, 준휘야!

"야!!"

"…=_=?"

"어제 일은 없었던 거다. 알았나? 대신에 책임은 진다. 그러니까 떠벌리고 다니는 날엔 죽을 줄 알아라."

책… 임… 진… 다… 고?? 지가 나랑 무슨 사이길래 책임진다고 큰 소리 빵빵이야! 나도 바라던 바다. 너나 떠벌리고 다니지 마! 바트~ 이렇게 좋게 오케이하면 안 되지.

"좋아. 대신 조건이 있어."

"너 금방 뭐랬냐?"

"조건 안 들어주면 소문 낼 거야. =_="

"맘대로. 대신에 밤길 조심해라. =_="

…=_=;!! 들어주기 어려운 조건 아닌데. =_=;;

"분명히 말했다. 떠벌리고 다니면 네 목 따버릴 거라고. ――"

"씨이. ㅜㅜ 어쨌든 네가 먼저 덮치기는 했잖아. 그러니까 들어줘야지. ㅠ^ㅠ"

"아우씨! 그러니까 책임진다고!!"

지 멋대로 할 말을 마친 지휴는 나가기 위해 나에게서 등을 돌렸다. 신 변태~ Win!! 그래, 신지휴 네가 이겼다. 하지만 나 정말로 너한테 궁금한 게 있어. =_=

"저기… 그런데 지휴야."

"――^??"

"저… 초롱이한테도 그랬어? =_="

퍽―!!

씨이~ 아니면 아니라고 말로 할 것이지 내가 애냐, 꿀밤 때리게? ㅜㅜ 머리를 만져 보니 지휴 놈이 준 영광의 흔적으로 혹이 나 있었다.

하긴… 내가 봐도 그건 너무했… 시계를 보니 지각이다. 담탱이가 한 번만 더 지각하면 가만 안 둔다고 했는데. 그냥 확 땡땡이 칠까?? 이왕 혼날 거 화끈하게 오늘 하루 놀고 내일 몰아서 맞는 거야. 그래, 그게 낫겠어. =_= 그나저나 혼자 뭐 하고 놀지?? 돈도 없는데? 그 순간 내 뇌리를 스치고 지나가는 놈들은 F.F 놈들! 과연 이것들도 제대로 학교를 갔을까. 분명 학교 간다는 듯이 한신이의 집을 벗어난 일곱 놈들 중에서 책가방을 소지한 것들은 하나도 없었다. 고로 그놈들도 땡땡이가 분!! 명!! 한데 한신이한테 콜이나 한번 때려볼까?

하지만 곧 얍삽이 태훈 놈이 했던 말이 떠올랐다. 나를 무지무지 싫어하는 태훈 놈. 놈 얼굴 볼 생각을 하니 속이 다 쓰려온다. 정말 그 새끼가 나를 그리도 싫어할 줄은 몰랐다. 하지만 나도 너 못지않게 네가 싫단다. --^ 한신이만 살짝 불러내야지. 우리 귀여운 주접이. 룰루랄라~

전화박스로 한 번에 달음박질을 한 난 한신이의 핸드폰 번호를 꾸욱꾸욱 눌렀다.

[예~ 한신이 폰입니다.]

역시 애교만땅인 목소리가 울려 퍼진다. 어떤 님의 오랜 친구인지 몰라도 전화 예절 하나는 무지 깍듯하네. ㅋㅋ 어떤 놈보다야 백배천배 낫지. 암, 그렇고말고.

"한신아~ 나야! >_< 너의 소중한 친구님이라구!"

[어? 구리구리 뭐야? 수업 시간 아니야??]

"수업은 무슨 수업이야, 지각이길래 학교 안 갔어. 이왕 혼날 거

오늘 하루 화끈하게 놀고 내일 몰아서 혼날라구.”

[그런데?]

새끼, 무안하게 그러면 어쩌냐?? -O-

“아니… 그러니까 ㅜㅜ 놀자구…….”

[그래? 그럼 너도 이리로 와라.]

역시나 착한 나의 주접이었다.

“어딘데? (^___^)”

[우리 맨날 가는 데 있잖아.]

“오전부터 술 퍼먹고 있냐? --+”

[당근 아니지. 술 말고 안주만 시켜놓고 놀고 있어. 너도 얼렁 와.]

“아니, =_= 그냥 안 갈래. 대신 네가 와.”

[왜?]

“야, 박한신. 너 정말 이러기냐? 오 년 만에 상봉한 죽마고우랑 둘이 오붓한 시간을 즐겨야지 꼬옥 그렇게 패거리로 어울려야겠냐?”

[…ㅇ_ㅇ]

“그러니까 오늘은 너랑 나랑 둘이서만 놀자. 맛난 것도 먹고 그동안 쌓인 이야기도 하구. 대신 네가 쏘기.”

[싫어!! 나도 이번 달 용돈 거의 바닥났단 말야!! >_<]

“진짜 이렇게 쫀쫀하게 나올래?? 너 며칠 후에 울 옹녀 쒸 오면 다 일러 버릴 거야. 밥도 안 주고 맨날 굶겼다고. 그럼 울 옹녀 쒸가 너 가만히 안 둘걸?”

[씨이~ 알았어. ㅜㅜ 그럼 우리 집 근처에 놀이터 있잖아. 거기에

있어. 나 지금 나갈 테니까.]

울 옹녀 쒸도 은근히 도움이 된단 말야. 사실 태훈 놈 볼 생각 하니 도저히 가고픈 마음이 들지 않았다. 덩달아 지휴 놈도…….

터벅터벅 놀이터로 향했다. 가다가 슈퍼마켓에 들려 내가 좋아하는 쭈쭈바를 하나 입에 물고, 한 손에는 나의 한신이를 위한 빙그레 표 바나나 우유가 들려 있었다. 꼴에 친구라고 바나나 우유를 보자마자 연상되는 한신이의 얼굴에 도저히 그냥 지나칠 수가 없었다. 쭈쭈바가 거의 나의 입 안으로 빨려 들어갔을 때쯤 나는 놀이터에 도착했다. 한신이가 눈에 들……!!

뭔 일이야? 한신이가… 나의 주접이가! =0= 열 명 가까이 되는 놈들 사이에 둘러싸인 채 한 손으론 코를 감싸고 한 손으론 주먹을 쥔 채 씩씩대고 있었다. 나는 먹던 쭈쭈바를 냉정하게 바닥에 내동댕이치고 잽싸게 그 틈을 파고들어 한신이의 뒤로 잽싸게 섰다. 그래서 지금 상황은 한신이와 나는 서로 등을 댄 채 놈들을 죽일 듯이 노려보고 있었고 그런 우리를 정체 모를 망할 놈들 또한 갈구면서 둘러싸고 있었다. 그나저나 수가 너무 딸린다. --; 잽싸게 한신이한테 속삭였다.

"무슨 일이야? —,.—"

"아쒸, 몰라. 저 새끼들이 내가 타고 싶어하는 그네에서 안 나오잖아~ 그래서 한마디 했더니만 저렇게 발끈하고 지랄이야."

"뭐라고 했는데? =_="

"이것들아!! 그네에서 튕겨 나와라잉~ 그랬지. o_o"

…장하다, 장해. =_=;

"씨발. 이 새끼야, 넌 눈치도 없냐? 네가 얼마나 잘났다고 열 명이나 되는 놈들한테 개기고 지랄이야! 네가 정녕 죽고 싶어 환장했구나."

"몰라. T_T 분명히 첨엔 두 명밖에 안 되었단 말야. 나도 알 건 안다고. 나중에 떼거지로 저것들이, 그것도 여덟 명이나 나타날 줄은 몰랐단 말야. 이럴 때 지휴라도 있었으면. TT"

"야, 그런데 코는 왜 가리고 있냐? -_- 벌써 한 대 맞은 거야? =_="

"아니, 아직 안 맞았어. 그냥… 멋있지 않냐?"

내 이 망할 놈의 주접 새끼를 정녕! 나는 잠시 지금의 상황을 잊고 주접 새끼의 머리통을 한 대 갈겼다.

"아얏! T^T 왜 때려! 폼 안 나게."

"망할 놈의 주둥이를 화악! 개뿔이 멋있냐?! --^"

"전에 지휴가 오 대 일로 맞짱 뜰 때 이렇게 하고 싸웠는데 엄청 멋있었단 말야!"

너랑 지휴랑 똑같냐고 한마디 하려 할 때 쯤,

"야야! 저 새끼들 뭐라고 궁시렁거리냐?"

드디어 그 망할 놈들 중 가장 덩치 큰 새끼가 입을 열었다. 구, 궁시렁?? --+

"지네들끼리 지랄이네. ㅋㅋ 미친 놈들. 누가 친구 아니랄까 봐. 생긴 것도 허여멀건한 것이 완전 쌍둥이다, 쌍둥이야. 그래, 누구를 먼저 죽여놓을까??"

"저 새끼!!저 눈 큰 새끼 먼저 손봐주게. 내가 그네 타고 있는데 저 새끼가 발로 차서 앞으로 고꾸라졌단 말야."

지금 말하고 있는 놈… 초롱이보다 더 작은 눈도 있었구나! -0- 완전 단추 구멍이었다!

"야, 구리구리!! 우리가 살아남을 수 있을까? @_@;;"

"몰라. 아씨, 나 또 사고 치면 안 되는데. 그럼 저 새끼들이 아니라 옹녀 쒸한테 쥐도 새도 모르게 죽임을 당할 거야. ㅠㅠ"

하지만 더 이상 우리는 대화를 계속할 수 없었다. 씨발! 치사빤스 새끼들!! 열 명이 와르르 덤빌 것은 또 뭐야!! 젤 처음 입을 열었던 제일 덩치 큰 새끼가 나에게 먼저 다가왔고 난 사정없이 그놈의 커다란 머리통을 향해 죽도를 내려쳤다. 우르르 한꺼번에 덤비는 새끼들 때문에 정신이 하나도 없었고 쉴 새 없이 재빠르게 죽도를 사방으로 휘둘렀다. 한 놈을 내려치면 또 다른 놈이 덤비고… 지쳐 간다. 우리 주접이… 죽지 않고 잘살아 있을까. 잽싸게 뒤를 돌아보았다. -0-

저 모습은 내가 아는 주접 새끼 한신이가 아니었다. 내가 아는 주접이는… 저런 섬뜩한 표정을 가진 아이가 아니었다. 저렇게 매섭게 주먹을 휘날리고 발길질을 해대는 아이가 아니었다. 정말로… 나의 주접은 변했다. 분명 멋지게 싸워대는 주접이었지만 두 명이서 열 명을 상대하기는 무리였다. 잠시 주접 새끼 걱정에 한눈파는 사이 한 놈의 주먹이 나의 얼굴을 강타했고 나는 아찔함을 느끼며 놀이터 모래바닥에 쓰러졌다. 처음엔 그나마 어느 정도 공격과 방어가 되었지만 수로도, 힘으로도 너무 딸렸다. 나와 마찬가지로 한신이 또한 망할 새끼들한테 맞았다. 아, 씨발!! 천하의 구리구리가 여기와서 엄청 구리구리해지네. 오늘 완전히 죽어버리는 거야, 저 새끼들하고 같이. 맘은 그렇게 모질게 먹었건만 공격은커녕 방어하기도 이제는 벅차다. ㅜㅜ 한신이 또한 마찬가지인 듯싶다.

"구리구리!! 미안하다!!"

"이 새꺄! 그런 소리 하자 마!! 우린 절대 안 져!!"

지금 나의 유일한 바램이었다. 한신이의 악 바친 듯한 소리가 들려왔고 마음이 찡해옴을 느끼며 나 또한 목에 핏줄이 서도록 소리쳤다.

"꼴값을 하네, 꼴값을 해. 생긴 것과는 다르게 좀 센데."

가장 덩치 큰 새끼가 입가의 피를 쓰윽 손등으로 닦으면서 한 말이었다.

"야, 이 새끼들아! 겨우 두 명가지고 이렇게 애먹어서 쓰겠냐! 일 분 안에 이 새끼들 못 해치우면 너희들은 나한테 죽는다."

더욱더 맹렬한 기세로 덤벼대는 새끼들. 어느새 한신이와 난 놀이터 모래바닥에 쓰러졌다. 한순간 한신이와 눈이 마주쳤다. 언제나 강아지같이 선하게 처져 있던 눈이 매섭게 반짝거린다. 몇 대 처맞았는지 팅팅 부은 눈언저리가 파랗다. 얼룩 강아지! 내 얼굴도 저렇게 흉하겠지? 순간 한신이와 필이 화악 통했다. 죽더라도 멋지게!! 폼생폼사.

"이야아아아아아아~!!"

한신이와 난 동시에 고함을 지르며 벌떡 일어나 한 놈만을 향해 돌진했고 온몸을 강타하는 발길질과 주먹질을 느끼면서도 아랑곳하지 않은 채 목표물만 향해 죽도록 온 힘을 다해 팼다. 나는 제일 덩치 큰 주둥이만 나발거리는 새끼, 한신이는 제일 처음 한신이의 이름을 거론했던 단추 구멍 새끼. 다 죽는 거야. 그 순간!!

"대가리에 피도 안 마른 것들이 어디서 쌈질이얏!"

이 목소리는? 저 여인! =0= 짙은 베이지색 바바리를 휘날리며 멋지면서도 당당하게 걸어오는 저 여인. 바로 나의 옹녀 쒸가 아닌가!! 옹녀 쒸의 쫘악 올라간 눈매가 여간 심상치가 않다. 난… 죽… 었… 다. ㅠ0ㅠ

"저년 뭐냐?? 이야~ 쥑이는데?"

그중에서 제일 얍삽하게 생긴 새끼의 말이었다. =_= 너도 죽었… 다. 저 외모에 속아 넘어가지 말아라. 저 아리따운 외모 속에 포악한 성격이 숨어 있나니. 아멘. -_- 아무것도 모르는 주둥이 새끼, 깐죽대면서 옹녀 쒸에게로 다가간다.

"이야~ 아가씨, 쥑이는데!! 와우~"

주둥이 새끼의 말에 나의 옹녀 쒸, 아리따운 꽃미소를 입가에 머금었다. 미친 새끼! 넌 오늘 제삿날이다! 나는 다음에 일어날 상황을 지켜볼 용기가 나지 않아 두 눈을 질끈 감아버렸다.

하나… 두울… 셋!!

"으아아아아아아!! =0="

비명 소리만 들려올 뿐 단 한 마디의 말 소리도 들리지 않았다. 장장 십여 분 동안… 이 정도면 됐겠지?? 슬며시 눈을 떠보았다. o_o;;

마악 남은 한 놈의 멱살을 쥐고 있는 옹녀 쒸가 눈에 들어왔다. 하지만 그놈마저도 이미 정신을 잃은 듯했다. 불쌍한 자식들, 명복을 빈다.

"별거 아니잖아. =_="

마지막 놈을 바닥에 내팽개친 채 눈부신 미소를 입가에 지으며 천천히 한 걸음씩 나에게로 다가오는 옹녀 쒸. ㅠ0ㅠ 무섭… 다. 몸이 바들바들 떨려온다. 차라리, 저놈들한테 죽을걸. ㅠ_ㅠ

"하하하. -0-; 왜 이렇게 빨리 왔냐?"

"왔냐? --^"

"왔어… 요? ㅠㅠ"

"누가 이렇게 개 맞듯이 처맞고 있으래."

"열 명이나 되는데 어떻게 이기냐? ㅠㅠ 그래도 세 명은 죽여놨잖아."

"칵!! 같잖게 세 명가지고 생색내는 거니, 나한테? 둘이서 그깟 열 명 가지고 병신같이 처맞고 있냐구. 하긴 네 옆에 있는 새낀… =_=; 도움이 안 되게 생겼다. 흠흠. 여하튼 아저씨와 내가 그렇게 널 그렇게 가르쳤니?? 그럼 나는 괴물이란 말이냐구. --"

한신이를 슬쩍 같잖다는 듯이 곁눈질하는 옹녀 쒸. 응, 너 괴물 맞잖아. 어떤 여자라도 너처럼 강하고 무식하지는 않아. =_=; 그리고 옹녀 쒸는 아직 한신이를 못 알아보는 듯하다. 정말로 주접 새끼는 많이 변해 있었다. 씨이~! 여하튼 옹녀 쒸 말에 괜스레 자존심 상한다. 물론 어차피 옹녀 쒸에게 저것들은 아무것도 아니었을 테지만. 그나마 한신이와 내가 손봐놓은 덕에 십 분 만에 종료될 수 있었다고 본다.

"한.수.아. 너. 내.가. 분.명. 사.고. 치.지. 말.랬.지. ――"

"그… 그게 아니라!! =0="

그때 옹녀 쒸의 눈이 뒤늦게야 한신이의 얼굴을 요리조리 더듬어 보는 듯한 눈치였다. 한신이 또한 얼굴이 이만저만 난리가 아닌데.

"하하. ^-^;; 옹, 아니, 수련이 누나, 안녕??"

"빼실이 너… 한신이니?! ―0―"

"응. ^^;;"

"세상에… 꺄아아앗!! >_< 그 밤톨만하던 한신이가 이렇게 컸다구?"

순식간에 돌변하는 옹녀 쒸. =_= 정녕 방금 열 명을 순식간에 싹 쓸이한 괴물의 모습이던가. 누구라도 죽여 버릴 것처럼 매섭던 옹녀 쒸의 쫘악 찢어졌던 눈에 웃음기가 가득 묻어나더니 한신이를 덥석 안는다. 하긴 =_= 옹녀 쒸가 한신이를 끔찍이 이뻐하기는 했지. 하지만 아마도 한신이는 옹녀 쒸를 무서워했다는??

@0@!! 새파랗게 질린 한신이의 얼굴을 보니 꽤 괴로운가 보다. =_= 여하튼 너 때문에 위기는 넘겼구나. 고맙다, 주접아. 한참을 그렇게 억세게 한신이를 안고 있던 옹녀 쒸, 다시 눈을 매섭게 부라리더니 아직까지도 정신 못 차리고 있는 놈들에게 다가가서 사정없이 발길질을 퍼부어댄다. ―0―

"감히 내 귀염둥이 동생 얼굴에 손을 대! ――^ 한신아, 어떤 새끼야?? 얼른 한 명만 딱! 골라잡아. 진짜 죽여 버릴 테니까. ――+"

…ㅡㅡ;; 발로도 댔는데. 아마도 이 말까지 하면 저것들 정말로 죽겠지??

"수, 수련 누나, 그만하면 됐어요. ^-^;;"

한신이가 기어들어 가는 목소리로 말하자 그제야 발길질을 멈춘 옹녀 쒸, 언제 그랬냐는 듯이 배시시 웃으며 다가오더니 주접 새끼를 부축해서 일으켰다. 정말 누가 친동생일까.

"나도 걷기 힘든데. ㅇ_ㅇ"

"넌 네 발로 걸어와. ㅡㅡ+"

이건 정말 인간 차별이야. 난 영원히 옹녀 쒸를 용서할 수 없을 거야. 언제는 사랑스런 동생이라면서. ㅠ^ㅠ

"아아얏!! >_<"

퍼억ㅡ!!

"시끄러워! ㅡㅡ^"

온갖 핍박을 받으며 옹녀 쒸의 무식한 손길로 치료를 받고 있을 때 한신이는 이미 치료받고 침대에서 쌔근쌔근 잠들어 있었다.

"야! 옹녀 쒸, 천천히 좀 해. 아프단 말야. ㅜㅜ"

"누가 처맞으랬냐? ㅡㅡ+"

"아쒸. 인상 좀 펴면 안 되냐? 한신이 해줄 땐 좋다고 실실 웃으면서 깃털처럼 부드럽게 해주더니만 정작 친동생인 나한텐 이러기냐?"

"그래? 억울하면 너도 나한테 언니~ 하고 한 번만 불러봐. 그럼 기꺼이 부드러운 손길로 소독해 주지. =_="

씨, 씨이. ㅠ^ㅠ 내가 참고 만다. 내 침묵에 어깨를 한번 으쓱하는 옹녀 쒸.

"그럴 줄 알았다. 못할 거면 나 하는 거에 불만 갖지 마."

쓰라린 상처를 사정없이 퍽퍽 문대는 옹녀 쒸. 아~ 매정하기도 하여라. ㅠ0ㅠ

"으아아아아아아아아악~! 아, 씨발. 살살 하라니까!!"

순간 소독하던 옹녀 쒸의 손길이 멈춘다? =0=

"아니, 아니… 살살 해… 주세요. ㅠㅠ"

"네가 며칠 동안 나한테서 벗어났다고 군기가 풀렸구나. 그래, 다시 한 번 느끼게 해주지."

눈 깜짝할 사이에 옹녀 쒸의 가느다란 손이 나의 목을 거머쥔다. 사, 살려… 줘! ㅠ0ㅠ 구리구리 죽는다!

쨍그랑!! 쨍그랑!! 쨍그랑—!!

접시 깨지는 듯한 요란한 소리에 다행히 옹녀 쒸의 손에서 힘이 슬며시 빠져나갔다. 헉! 살았… 다. @0@

"이건 또 뭐야? ––+"

"베, 벨소리네. 누가 왔나 봐."

"벨소리를 진짜 희한한 걸로 해놨네."

고맙다. 누군지는 몰라도 내 생명의 은인이구나. ㅠㅠ 잽싸게 옹녀 쒸에게서 벗어나기 위해 쪼로록 현관문으로 달려갔다. 그 뒤를 옹녀 쒸도 질세라 잽싸게 따라온다. 나는 누군지 확인하지도 않고 현관문을 벌컥 열어젖히면서 '어서 오십시오. 구리구리 생명의 은인님, 환영합니다. ^-^' 라고 마음속으로 힘차게 외치며 너무나 고마운 마음으로 고개를 드는 순간… =0=! 삐딱하게 서 있는 지휴와 지휴를 둘러싼 F.F들이 눈에 들어왔다.

"누구야? ㅇ_ㅇ"

호기심 어린 눈으로 문 쪽을 바라보는 옹녀 쒸.

쾅—!!

문을 열기가 바쁘게 다시 잽싸게 문을 닫았다.

"야! 너 미쳤어! 문은 다시 왜 닫아?? 손님들 들어오게 해야지."

"아, 안 돼!!"

"맞고 열래, 그냥 열래? --"

"저, 저기 옹녀 쒸, 그게 아니고 사실은 저… 음……."

"네가 정녕 나의 인내심을 테스트하는구나. 네가 못 열겠다면……."

엄청난 힘으로 나를 사정없이 밀친 채 현관문으로 손을 뻗는 옹녀 쒸. 안… 된… 단… 말야. ㅠOㅠ 그새 성격 급한 지휴 새끼는 무식한 티를 낸다.

쾅쾅쾅쾅쾅쾅쾅—!!

현관문이 부서져라 쾅쾅 발로 차대는 놈은 지휴 새끼가 분명했다. 보지 않아도 뻔하다.

"야! 구리구리, 문 안 여냐! 셋 셀 동안에 오픈 안 하면 문짝 부숴버릴 줄 알아!! --^"

"옹녀야! =0="

다급한 마음에 옹녀 쒸를 불렀다.

"내가 그렇게 부르지 말랬지! ――+"

"밖에 있는 새끼들 한신이 친구들인데… 내가 계집애란 것 모른단 말야. ㅠㅠ 절대로오~ 들키면 안 돼. 들키면 나 죽어."

"네가 죽든 말든 나랑 무슨 상관인데?? 누가 속이라든? 그런 거라면 저어어어~얼대로 너 못 도와줘. 문짝 부서지겠다. 얼른 문 열어야지. =_="

세상에… ―0― 동생이 죽는다는데 저리도 태연히 문을 연다고 하다니… 분명 난 친동생이 아닐 거야.

"한신이! 네가 끔찍이 아끼는 한신이도 같이 죽는단 말야. TT"

내 말에 마악 문을 따려는 옹녀 쒸의 손길이 멈추었다. 역시나 그 말은 효과가 있었다. 차라리 주접 새끼 동생으로 삼지 그래.

"그럼 안 되지. =_="

"그러니까 절대로 말하면 안 돼. 알았지??"

쾅쾅대선 소리가 멈추고 갑자기 조용해진다. =_=?? 더 불안하네.

"하나, 둘, 셋 하면 밀어붙혀. 알았냐? 깔끔하게 화악 한 번에 날려 버리는 거야."

지, 지휴 놈의 목소리. =0= 옹녀 쒸 못지않게 단무한 지휴 놈이었다.

"좋아. 대신에 조건이 있어."

"알았어. 맨날 나한테 하는 말만 아니면 다 들어줄게. 그러니 얼른 말 안 하겠다고 나한테 약속하고 문 열자. 이러다 한신이네 집 문짝 부숴진단 말야. T_T”

“약속했다.”

사, 사악한눈! T_T 씨익 웃으면서 옹녀 쒸가 문을 발칵 열어젖힘과 동시에 망할 F.F들의 기합 소리가 들려왔다. 상엽이, 길떵이, 마지막 리스트 초롱이. =_= 옹녀 쒸가 현관문을 오픈하자마자 다정스럽게도 샌드위치처럼 차곡차곡 나의 발언저리에 쌓이는 놈들. =_=; 그 뒤로 건방진 폼으로 눈에 힘이란 힘은 꽉꽉 준 지휴와 얌전한 폼으로 준휘 씨가 들어왔다. 지휴 새끼, 지 옷의 칼주름같이 눈구녕에도 칼주름 집어넣었나 보다. =_= 맨날 갈궈.

“구리구리 너!!”

옹녀 쒸에겐 눈길 한번 주지 않은 채 곧바로 나에게 다가오는 지휴를 힐끔 바라보는 옹녀 쒸의 눈빛이 이상하게도 반짝거린다. 헬프미!! ㅠㅠ 오늘 일진 진짜 더럽다.

“어머~ 친구들인가 보네?”

옹녀 쒸 특유의 꽃미소를 입가에 부드럽게 머금으며 나에게 다가오는 지휴 놈의 앞을 옹녀 쒸가 파고들었다. 그 미소에 나머지 F.F 놈들 멍하니 옹녀 쒸를 쳐다본다. 하긴 옹녀 쒸가 쫌 이쁘긴 하지. =_=; 하지만 준휘 너까지 그렇게 넋 놓고 볼 필요까진 없잖니. T^T

“이 마녀는 뭐야? --”

=0=!! 역시 나를 실망시키지 않는 우리의 싸가지 신지휴였다. 의외로 옹녀 쒸는 아직까지 웃음을 잃지 않았다. 드디어 만만치 않은 적수를 만난 것이었다. 과연 누가 더 강할까. ‘천하무적 단무식 옹녀

쒸 대 천하무적 싸가지 신지휴'. 궁금하도다. =0= 너무 궁금하도다! 난 누구의 편도 들고 싶지 않다. 두 존재 다 미치도록 나를 갈구고 괴롭히는 망할 놈의 존재들이란 건 변하지 않으니까.

"마녀라니. 이렇게 이쁜 누님한테 그럼 안 돼, 지휴야."

언제 앞으로 나왔는지 예의 바른 미소를 입가에 머금으며 준휘가 실실 눈웃음을 친다. 나한테는 저렇게 웃어준 적 없는데 정말 배신감이 물밀듯이 밀려온다.

"쳇. 마녀! 얼른 안 비키냐? --^"

준휘의 말엔 아랑곳하지 않은 채 더욱더 싸가지로 밀고 나가는 지휴. 역시 나를 실망시키지 않는 지휴 놈. 옹녀 쒸를 보고도 냉정한 지휴 놈의 반응을 보아하니 지휴는 정말로 여자를 끔찍이도 싫어하나 보다. 은근히 옹녀 쒸를 보고도 멀쩡한 남정네를 보고 있으려니 마음 한 켠으로 왠지 모르게 마음이 흐뭇하다. 대부분의 남자들은 옹녀 쒸 보면 정신 못 차리는데… 나의 준휘 씨까지도. ㅜ^ㅜ 그런데 이 정도면 옹녀 쒸가 폭발할 때가 되었는데… 슬그머니 옹녀 쒸를 바라보았다. 내가 잘못 본 것일까! 옹녀 쒸의 쫘악 올라간 커다란 눈이 더욱더 반짝거리며 한층 더 눈부신 미소가 입가에 드리워져 있었다. 도대체 또 무슨 일을 벌이려는 것일까.

"어머머머머~ 마녀라니. 누님한테 그런 말 하면 못쓰지. 이 누님은 너희들보다 세 살이나 많단다. 그런 깜찍한 입에서 싸가지없는 말을 내뱉으면 절!대!로 안 된단다."

미소 한번 흐트러뜨리지 않으며 답하는 옹녀 쒸, 역시 대단한 적수다. @0@ 옹녀 쒸의 대답에 눈 하나 깜짝 안 하고 여전히 무표정으로 옹녀 쒸를 내려다보는 지휴 놈. =0= 긴장감이 고조된다. 이 어처구니없는 상황을 나뿐만이 아니라 모두들 입을 쫘악 벌린 채 누구도 말리지 못하고 지켜보고 있었다. 옹녀 쒸의 신장 176㎝. 그런 옹녀 쒸를 고개 숙여 거만하게 내려다보는 지휴 놈의 키는 도대체 얼마나 될까. 지휴 놈의 침묵이 더욱더 미치게 만든다. 저 새끼도 적수를 알아본 것일까? =_= 지휴에게 살며시 다가간 옹녀 쒸, 가늘고 기다란 손으로 지휴의 턱을 살며시 짚었다. =0= 오, 옹녀 쒸 미, 미쳤어! 더 이상… 더 이상의 스킨십은 안 돼!! >0<

"어머~ 무슨 남자 피부가 이렇게 하얗고 곱니. 비단결 같네. 곱상한 얼굴 보니 여자애들 꽤나 울렸겠는걸? 키도 크고 스타일도 깔끔하고 멋진 게 따악 내 스타일인걸?? 어때, 싸가지?? 이 누님이랑 사귈래? ^^"

싸, 싸가지! 저런 엄청난 말을 아무렇지 않게 내뱉다니. 옹녀 쒸, 미쳤어! 아니, 내가 잠시 잊었던 사실이 있었다. 꽃미남 밝힘증이 유난히도 심한 옹녀 쒸라는 것을. 그런 옹녀 쒸가 지휴를 보고 곱게 넘길 리가 없다. 따악 옹녀 쒸의 먹잇감이었다. 하지만 옹녀 쒸! 그렇게 호락호락한 지휴 놈이 아니야. 이번엔 옹녀 쒸도 단단히 걸린 거야. 포기하는 게 좋을걸? 그 새끼는 안 돼! 옹녀 쒸의 대담한 말에 모두들 부러운 듯이 지휴 놈을 바라보고. 그때까지 가만히 있던 지휴 놈은 자신의 턱에 닿은 옹녀 쒸 손을 매정하게 쳐냈다.

"마녀, 역겨운 화장품 냄새 나는 손으로 만지지 마. 기분 더러워."

옹녀 쒸의 손이 닿았던 턱을 소매로 한번 쓰윽 닦은 지휴 놈은 옹녀 쒸를 무심하게 한번 바라보더니 나에게로 다시 다가온다. 그런 지휴를 황당한 모습으로 쳐다보는 옹녀 쒸~ 천하무적 싸가지 신지휴~ Win!! 그 무서운 옹녀 쒸를 한 방 먹인 이 망할 놈아. πoπ 씨발, 제발 나 좀 가만히 내버려 둬!

"너. 분.명. 내.가. 셋. 셀. 동.안. 열.라.고. 했.지. ――^ 어떻게 죽여줄까?"

"지, 지휴야. =0=;"

갑자기 지휴 놈이 손을 뻗어 나의 턱을 들어 올렸다?? 그것도 모자라 내 코앞으로 지 얼굴까지 또 들이민다. @π@ 지휴 놈의 뽀샤시한 얼굴을 다시 가까이서 보려니 다시금 얼굴로 피가 화악 몰린다.

"씨발, 또 어떤 새끼야! 또 어떤 새끼가 네 낯짝에다 이 지랄 해놨어! 아쒸, 열받네. 내가 쪽팔리다고 맞고 다니지 말랬지. ――"

새끼가 시력은 엄청 좋네. 아니, 지휴는 원래 시력이 좋았지. 그래, 네 밥에다가 또다시 상처 내놔서 미안하다, 새캬! =_= 내 얼굴에 난 상처를 발견하자마자 다시 애꿎은 가구들에게 무시무시한 발길질만 펑펑 퍼부어대며 난리치는 지휴 새끼. 그런 지휴 놈의 반응에 놀란 우리들은 어느새 소파에 나란히 쪼르륵 참새마냥 사이좋게 앉아 있었다. 유독 옹녀 쒸만이 느긋하게 팔짱을 끼고 벽에 기댄 채 흥미로운 눈빛으로 지휴 놈을 바라보고 있었고. ―_-

"누군지 얼른 말해. 안 불면 네가 죽는다. ――"

도대체 나보고 어쩌라고오~ 그래, 말할게. 말하면 되잖아. 이놈을 만난 후로 나 구리구리 언제나 매번 구리구리해지고, 비참해지고, 쫄아버린다. TT 이 망할 놈의 페이스에 휘말려 버린다. ㅠ_ㅠ

"놀이터에서 한신이랑 있다가 거기 있는 새끼들하고 시비가 붙었어. 근데 괜찮아. 그 새끼들 지금까지도 정신 못 차리고 뻗어 있을 거야. 옹녀 쒸가……."

순간 지휴 놈의 뒤에 서 있는 옹녀 쒸의 눈빛이 매섭게 변한다. 아마도… 옹녀 쒸가 열 명을 K.O 시킨 일을 불어버리면 날 죽여 버리겠다는 무언의 암시겠지. =_=

"그 새끼들 나랑 한신이랑 반 죽여놨거덩. ^-^;;"

진짜 비참해진다. 지휴 놈한테 비참해지고 TT 옹녀 쒸한테 비참해지고. 아~ 진짜 살기 싫다.

"반 죽여놨다고? 그럼 반은 살아 있단 말이네. =_="

지휴 놈이 갑자기 발길을 돌려 현관문으로 향한다.

"야! 신지휴!! 어디 가는 거야?!"

길떵이의 물음에 무심하게 쓰윽 뒤돌아보며 한다는 말이……. =_=;

"남은 반 죽여놓게. =_="

신지휴… 놈은 정말 무서운 놈이었다. =0= 곧 이어 쾅! 하며 현관문이 부서질 듯이 닫혔다.

"아씨! 지휴 새끼 또 사고 치면 어쩌려구. 미치겠네. 야! 구리구리 너 맞고 다니지 마라. 넌 그냥 맞으면 끝이지만 그거 때문에 지휴 놈이 벌려놓은 사고 수습하려고 우리들이 더 고생한단 말야. 내일 보

자. 치료 잘하고 부탁이니 앞으로는 제발! 제~발! 맞지 마라. 지휴 새끼 하여간 지 친구들이 한대라도 맞는 꼴은 못 본다니까.”

친구는 무슨 개뿔이 친구냐. ――+ 난 그 새끼 밥일 뿐이라구!! 길동이의 말이 끝남과 동시에 잘난 F.F 놈들은 우르르 현관문을 열고 지휴 놈의 뒤를 따라 나갔다. 얍삽이 태훈 새끼는 나가기 전 날 갈구는 것을 잊지 않는다. 진짜 재수없는 새끼다. (ー_ー)ㄴ 하지만 유독 준휘 씨만은 꼼짝 안 한다. =_=? 현관문을 나가려다 얍삽이 태훈 놈이 다시 들어와 나가기 싫다는 준휘를 질질 끌고 나간다.

“싫어. 나 안 갈 거야. 지휴 혼자 가도 충분하잖아. 뭘 걱정된다고 따라가는 거야?”

“야, 한준휘! 누가 지휴 도와주러 가냐? 지휴 사고 치기 전에 예방하러 가는 거지. 얼른 안 따라와? 그나마 네가 지휴 감당할 수 있잖아!!”

태훈 놈에게 질질 끌려가면서 옹녀 쒸에게 꽃미소를 휘날리며 인사하는 것을 잊지 않는 준휘 씨.

“누님, 내일 봐요.”

준휘의 말에 옹녀 쒸는 생긋 웃었고, 그 모습에 준휘의 입가에 다시금 부드러운 미소가 서렸다. 새로운 준휘의 모습이었다. 불길하다. 이건 분명!! 옹녀 쒸한테 애꿎은 남정네 한 명이 또 넘어간 것이다. 한마디로 옹녀 쒸에게 한눈에 반해 버린 준휘라고 해야겠지?? 내일 보기는… 개뿔이 내일이다. 한준휘!! 절대 안 돼!

3

얼떨결에 생긴 서방이라는 놈

얼떨결에 생긴 서방이라는 놈

―…개집애엿잖아

"안 돼! =0= 걘 저어어어~얼대 안 돼!!"

지금 옹녀 쒸는 나에게 말도 안 되는 부탁을 한다.

아니, 부탁이 아니라 명령이겠지. =_=

"한수아, 너 내 조건 하나 들어주기로 나랑 약속했지? 이게 바로 내 조건이야."

"그런 말도 안 되는 조건이 어디 있냐!! 말이 되는 소리를 해야 들어주든지 말든지 하지!"

"여자가 남자 해주라는데 그게 왜 말이 안 되는 거야?"

"아쒸!! 남자도 남자 나름이지. 걘… -_- 남자 아니야."

"남자 아니면 계집애냐??"

"아, 아니. --;"

"너 혹시… 네가 그 새끼 좋아하니까 나 안 해주려는 거 아니야?"

=0= 아쒸~ 정말 미치고 환장할 노릇이다.

"뭐라고?! =0= 말도 안 되는 소리 하지 마! 내가 그 새끼를? 내가 그 새끼를 얼마나 치가 떨리도록 싫어하는데! 내가 그럴 리가 없잖아. 내가 계집애냐!! 해준다구! 해주면 될 거 아냐!"

…=0=; 내가 금방 뭐랬지??

"꺄아아아아앗!! >_< 좋아. 분명 해준다고 너 주둥이로 말했다. 딴 말하기 없기!"

또 넘어갔다. ㅜㅜ

"옹녀 쒸, 진짜 그 새끼는 안 돼. ㅜㅜ 너도 봤잖아. 너 보고도 눈썹 하나 깜짝 안 하고 오히려 마녀라고 했잖아. 그 새끼는 여자 보기를 돌도 아니고 땡보다 더 소름 끼쳐라 해."

"상관없어. 그래서 더 끌리는 거야. 다른 골빈 새끼들이랑 다르게 나한테 튕기는 것도 귀엽던걸?? 키 크겠다, 몸매 쭉 빠졌겠다, 얼굴 죽이겠다, 스타일 좋겠다, 완전 내 스타일이야. 내가 알아서 할 거니까 넌 지켜보고만 있어. 방해하지 말라고."

"옹녀 쒸, 지휴 그 새끼는 정말로 꼼짝도 안 할 거야. ㅜㅜ 다 널 생각해서 하는 말이야."

"시꾸라. --+ 내가 한다면 하는 거야. 고 깜찍한 것이 넘어오든 안 넘어오든 내 소관이니 더 이상 그 일에 대해서 거론하지 마. 알았냐? --+"

깜찍은 무슨… 끔찍이다, 끔찍! --^ 정말 옹녀 쒸 또한 지휴 놈의 외모에 홀딱 넘어가 버렸다. 하긴 -_- 다시 한 번 지휴 놈의 모습을 가만히 더듬어보니… 새끼!! 잘나긴 겁나게 잘났다!! 얄미운 새끼 같으니라구. 빌어먹을! 잊자. 구리구리! 넌 그냥 이대로 가만히만 있음 돼. 옹녀 쒸도 한번 된통 당해봐야 해. 지 외모만 믿고 콧대는 하늘 높은 줄 모르고 솟아 올라가지고. 이번에 지휴 놈을 계기로 정신 한 번 차려야 해! 한마디로 옹녀 쒸는!! 나쁜 년이었다. 조금은 섭섭하다. 친동생인 나한테 정말 전혀 따스하게 대해준 적이 한 번도 없다. 어렸을 적부터 오히려 친동생인 나는 찬밥덩어리, 한신이라고만 하면 죽어라고 이뻐했던 옹녀 쒸. 한신이가 질겁할 정도로 한신이를 봤다 하면 가지고 놀기 다섯 시간은 기본이었다. 지금도 한신이는 옹녀 쒸의 '옹' 자만 들어도 질겁을 한다.

지금도 지휴 새끼 해달라고 그렇게 난리칠 때는 언제고 잠들어 있는 한신이 새끼가 약간 뒤척이자 화들짝 놀라며 한신이에게 다가가는 옹녀 쒸. =_= 그래, 한신이 너 다 가져라, 나쁜 눈아. ㅜㅜ 도저히 보기 꼴사나워 방에서 나와 버렸다. 그래도 옹녀 쒸는 한신이 돌보느라 정신이 없다. 한 번쯤은… 적어도 한 번쯤은 따스함이란 걸 느껴보고 싶다. 제길! 이런 비참한 생각을 하다니. 쳇!! 정말 비참하다.

한수아, 정신 차려! 나약해지면 안 돼!! 엄마처럼 나약한 여자가 되면 안 돼! 넌 여자이기를 거부했잖아!! 넌 여자가 아니야!! 그런 건, 따스함을 바라는 건, 대가를 바라는 건 계집애들이나 하는 짓이야!! 흔들리지 마!

착잡한 심정으로 욕실에 들어와 온몸을 적셨다. 시원한 물이 맨살에 닿자 그나마 마음이 풀린다. 투명한 물방울들이 온몸을 타고 흐른다. 한신이네 욕실은 전신 거울이 달려 있었다. 이 새끼 혹시? —_— 샤워할 때마다 지 모습 보고 도취되는 왕자병 아니여? 여하튼 실오라기 하나 걸치지 않는 내 알몸을 여지없이 비치고 있는 저 거울을 깨버리고 싶은 충동에 온몸이 바들바들 떨린다. 조심스레 가슴을 감싸 안았다. 절대로 변녀 아님. =_=; 언제나 헐렁한 옷으로 그나마 커버가 되지만 감싸고 있는 손에서 넘칠 만큼 너무 큰 가슴. 죽도록 싫다. 이런 거추장스러운 여자의 상징!! 미치도록 싫다. 강해지고 싶다. 더욱더… 지금보다 더욱더!! 이런 가녀린 몸이 싫다. 좀 더 우람하고 강인한 몸으로 만들어야 해!

샤워기에서 쏟아져 나오는 차가운 물로 흠뻑 젖은 내 모습이 거울에 적나라하게 비추어졌고 그 모습을 자세히 살펴보았다. 얼굴이 너무 갸름하고 턱이 너무 조그맣다. 목이 너무 길고 가녀리다. 어깨선이 너무 가늘고 좁다. 가슴이 너무 크고 빵빵하다. 허리가 너무 가늘다. 가늘고 기다란 다리가 싫다. 뽀얀 피부가 싫다. 미치도록… 싫다. 아저씨로부터 검도를 배울 때 그렇게도 혹독히 배웠건만 아직까지도 이 망할 놈의 온몸을 감싸는 여성스러운 곡선이 싫다. 손가락을 쫘악 펴보았다. 운동하면 굵어진다는 손가락. 하지만 굵어지기는커녕 손가락은 여전했다.

쾅—!!

온몸을 타고 흐르는 분노에 나도 모르게 전신 거울을 손으로 강하게 내려쳤다. 왜…내가 왜 이래야 하지? 손으로 전신 거울을 짚은 채 한없이 고개를 밑으로 떨구었다. 하이얀 욕실 바닥으로 차가운 물줄기가 강하게 쏟아져 내린다.

"후우우우우우우우……."

내 몸과 거울을 타고 흘러내리는 투명한 물방울에 내 모든 여성을 흘려보내고 싶다. 천천히 고개를 들었다. 하얗고 갸름한 얼굴에 쌍꺼풀 없이 옆으로 기다란 매서운 눈매에 한가운데 오뚝 솟은 코와 약간은 도톰한 듯한 빨간 입술의 소녀가 거울을 통해 나를 노려보고 있었다. 앞으로 더 이상 이런 모습은 없을 거야. 난 소녀가 아니야. 난 여자가 아니야. 손으로 물기에 젖은 머리를 쓸어 올렸다. 차가운 감촉과 함께 매끄러운 감촉이 손바닥을 통해 느껴졌다. 샤워기 꼭지를 더욱더 왼쪽으로 돌렸다. 온몸을 얼려 버릴 것 같은 차가운 물들이 더욱더 강하게 내 몸을 때렸고 그 섬뜩함에 더욱더 몸이 바들바들 떨렸다. 입술이 바르르 떨린다. 투명했던 얼굴이, 붉었던 입술이 시간이 흐를수록 창백해지며 핏기를 잃어간다. 몸이 제대로 움직이지 않는다. 훗. 한수아 이까짓 것 별거 아니잖아. 이것도 못 이겨낸다면 넌 아무것도 할 수 없어. 나약한 계집애일 뿐이라구.

서서히 몸이 얼어가는 듯하다. 몸은 더 이상 내 명령을 거부하듯이 꼼짝하지 않지만 마음만은 홀가분하다.

쾅―!!

……? 인기척에 뒤돌아보니 지휴 놈이 커다란 눈을 더욱더 크게 뜨고는 욕실 문을 연 채 서 있었다!! 갑작스런 지휴의 침입에 너무 놀

란 나머지 샤워기에서 쏟아지는 얼음같이 차가운 물을 온몸으로 맞고 있던 것도 잊고 나는 멍하니 서 있었다. =0= 벌거벗었다는 인식도… 하지 못했다. 그렇게 그저 멍하니 이미 감각을 잃어버린 몸으로 파리한 입술을 바르르 떨며 멍하니 지휴를 바라보았다. 그렇게 서로 한참 동안 넋을 잃은 채 바라보고 있었다.

우당탕탕탕탕—!!

그 순간 바닥이 무너질 정도로 굉장한 소리를 내며 욕실을 향해 달려오는 굉장한 것들이 있었으니… =_= 다름 아닌 잘난 F.F 놈들이었다.

"찌휴야아아아아아~!! 구리구리 때 밀고 있대애애애애애애~! =0= 욕실 들어가면 안 돼애애애애애애애~!!"

거의 괴성을 지르다시피 말을 하는 태훈 놈의 목소리. 참 빨리도 알려주는구나. -_-; 망할 태훈 놈의 목소리에 그제야 온몸을 관통하는 살을 에는 듯한 한기와 함께 순간적으로 밑을 내려다본 후에야 내가 알몸이라는 것을 깨달았다! =0= 당황스러움에 얼른 다시 지휴 놈에게로 고개를 들었다. 커다란 눈동자가 거만하게 내 몸을 쭈욱 훑었다. 얼굴이 화악 달아오르는 것을 느끼며 재빨리 두 손으로 중요 부위부터 가렸지만 TT 한 손으로 가리기엔 역시나 망할 놈의 가슴이 문제였다. 씨발… 완전히 새 됐어. TT

막 열린 욕실 문 사이로 F.F 놈들이 보이는 순간! 지휴 외에 다른 놈들에게도 내 알몸을 보여야 한다는 끔찍하면서도 수치스러운 생각이 드는 순간!! 고맙게도 지휴 놈이 욕실 문을 세차게 쾅!! 닫아주었다.

"아아아아아악!! >O<"

태훈 놈의 비명 소리가 들려온다. 막 욕실에 제일 먼저 도착했던 태훈 놈은 지휴가 문을 닫는 바람에 문짝에 부딪힌 것이다. 재수없는 새끼. 쌤통이다. =_=

쿵쿵쿵쿵쿵쿵—!!

아직도 정신 못 차린 얍삽이 새끼, 또다시 욕실 문을 힘차게 두들겨 댄다.

"찌휴야!! 문 열고 얼른 나와! -0- 그 안에 구리구리 때 밀고 있다니까!! -0-;"

이놈아! 카~악! 때는 무슨! 내가 이래 봬도 때 하나는 죽도록 안 나온다. =_=

"씨발. 김태훈, 시끄러!! 샤워할 거니까 신경 끄고 얼른 꺼져!"

나에게서 시선을 떼지 않은 채 고함만 외쳐 대는 지휴 놈. 미친… 너도 나가라, 새캬! 도대체 너는 왜 안 나가는 거냐고!! ㅜㅜ

"찌휴야!! 안 돼애애애애앳!! 욕실에 구리구리가…….”

"씨발, 진짜 시끄럽네. 씻고 나간다고! 한 번만 더 주둥이 나발대면 누구든 손에 잡히는 대로 죽여 버릴 줄 알아! --^"

그러자 쿵쿵거리던 소리도 더 이상 들리지 않고 조용해졌다. 나는 안타깝게 지휴 놈의 옆에 걸려 있는 내 옷을 바라보며 침만 꿀꺽 삼켰다. 하지만 겉으론 아무렇지 않은 척 두 손으로 몸을 가린 채 무심히 지휴를 바라보고 있었다. 저 옷을… 저 옷을 얼른 내 손 안에 거머 쥐어야 할 텐데……. =_=; 네가 정녕 미쳤구나. =0= 나랑 씻고 나가다니… 씻긴 씻어야겠구나. =_=;; 그토록 깔끔 떨어대던 지휴 놈의 하이얀 남방과 바지의 군데군데에 붉은 선혈이 묻어 있었다. 도대체… 무슨 일이 있었던 거야?!

"나… 나가주지 않으련? -_-;"

힘겹게 꺼낸 내 목소리가 가늘게 떨리고 있었다. 지휴 놈, 내 말엔 대꾸도 없이 뻔뻔스럽게 빤히 바라본다. 또 씹혔다. ㅠㅠ 내 말을 씹든 말든 상관하지 않겠지만… 제발 나가주렴. ㅠ0ㅠ 지휴 놈의 뜨거운 눈빛에 더욱더 몸의 떨림이 심해졌다. 얼음같이 차가운 물줄기가 여지없이 내 몸을 내리치는데도 아까완 달리 뜨거운 무언가가 내 몸의 이곳저곳을 휘젓고 다녔다. 지휴는 꼼짝할 생각도 하지 않는다. 씨발! 미치겠고만. --^ 계집애라는 사실을 완전히… 들켰다. 그때 지휴 놈이 나에게 성큼성큼 다가온다. =0=? 그리곤 내 앞에 다가와 고작 한다는 첫마디가…

"…계집애였잖아."

=0=! 그 한마디에 온몸을 휘젓고 다니던 뜨거운 무언가가 순식간에 치밀어 오르는 분노로 탈바꿈했다.

"그래, 나 계집애다. 망할 계집애라고!! 벗은 내 몸뚱어리 실컷 봤으면 그만 나가라고!"

내 분노 어린 말에는 들은 체도 안 하고 지휴 놈 버럭 소리를 질렀다. 깜짝이야! ㅠ0ㅠ

"너 미쳤냐! 죽고 싶어서 환장했냐고!!"

"…ㅇ_ㅇ??"

지휴는 옆에 걸려 있던 커다란 수건으로 내 몸을 감싸더니 나를 화악 끌어당겼다. =0= 순식간에 일어난 일이었다. 그리곤 잽싸게 샤워기의 꼭지를 잠근다. 지휴 놈의 분노 어린 차가운 눈동자가 바로 코앞에 있었다. 커다란 수건에 감싸인 채 나는 지휴 놈을 두려운 눈빛으로 바라보았고 내 어깨를 잡고 있는 지휴 놈의 손에 굉장한 힘이 들어갔다.

"이렇게 차가운 물로 너 한참 동안 맞고 있었지? 죽고 싶어 환장했냐? 너 꼬락서니가 지금 어떤 줄 아냐? 엄청 보기 흉해. 추하다고. 새파랗게 질려서 입술은 바들바들 떨고 있다고. 누구 맘대로 죽으려고. 잘 들어. 네 목숨은 이제부터 내 거야. 날 속였어. 한신이까지 한통속이 되어서 날 농락한 거라고. 날 가지고 논 거라고!!"

"신지휴, 속일 생각은……."

"변명하지 마. 더 죽여 버리고 싶으니까. 지금 너랑 한신이 죽여 버리고 싶은 것 간신히 참고 있으니까."

…할 말이 없었다. 그저 고개를 떨군 채 앞으로 내 목숨이 지 꺼라고 시건방 떨어대는 지휴 놈의 말에 앞날이 캄캄할 따름이었다. 덧붙여서 어느 누구에게도 보인 적 없는 알몸을 지휴에게 완벽히 보였다는 생각에 쥐구멍에라도 숨어들고픈 마음뿐이었다. ㅜㅜ 왜… 왜 하필 내 몸뚱어리를 본 새끼가 지휴 놈이었는지 하늘을 원망하고 있었다. ㅜㅜㅜ 지휴 놈, 방금 전까지 안타깝게 바라보았던 내 옷을 내 손에 거칠게 덥석 쥐어주더니 뒤돌아 버렸다.

"…=_=?"

"보기 싫으니까 얼른 옷 입고 꺼져. 나 씻어야 되니까."

좌악 깔린 지휴 놈의 목소리가 더욱더 무섭게 만들었다. 사실 내 알몸을 보고 아무렇지도 않는 지휴 놈의 모습에 은근히 자존심이 상했다. 한마디도 못한 채 지휴 놈의 말대로 조심스레 손에 쥐어진 옷을 걸쳤다. 그때까지 지휴 놈은 절대로 뒤를 돌아보지 않았다. 새끼, 뒤돌아보면 칵!! 죽여 버릴려고 했는데 절대로… 안 보네. =_=;;

지휴 놈은 내가 채 욕실 문을 나서지 않았는데도 벌써부터 옷을 훌렁훌렁 벗고 있었다. 마치 끔찍한 무언가라도 미련없이 버려 버리는 것처럼. 저 새끼, ㅡㅡ+ 내가 계집애란 걸 알면서도 저렇게 벗어버리다니!! 얼핏 본 지휴 놈의 벗은 상체가 눈앞에 어른거리면서 얼굴이 화끈 달아오른다. 구리구리, 너 미쳤냐? 왜 그래? 정신 차려. 너답지 않아!

하지만 마른 듯하면서도 강해보이는 쫙 빠진 지휴의 상체가 눈앞에 아른거리면서 심장이 미친 듯이 뜀박질을 해댄다.

그나저나 이젠 어쩌지? 저 무시무시한 새끼한테 들켜 버렸으니 내 앞날은 어떻게 되는 거지? 땅이 꺼져라 한숨을 푸욱 내쉬며 앞날에 대한 걱정으로 가득 찬 난 지휴 놈의 중얼거림을 듣지 못했다.

"…책임져야 해."

몸의 물기도 닦지 않은 채 지휴 놈이 쥐어준 옷을 떨리는 손길로 대충대충 몸에 걸친 후 욕실에서 나왔다. 머리카락에서 차가운 물방울이 뚝뚝 떨어져 거실 바닥을 적시고 있었다. 내가 욕실에서 나오자마자 두 새끼가 서로 뒤질세라 허겁지겁 나에게 달려왔다. 보지 않아도 뻔했다. 혹시라도 지휴 놈과 나 사이에 무슨 일이라도 벌어졌을까 봐 안절부절못했을 얍삽이 태훈 놈. =_= 이놈은 날 변태로 생각한다. 그리고는 지휴가 모든 걸 알아버렸을까 봐 안절부절못하는 주접 새끼 한신이. =_=

"야, 구리구리!! 너 울 지휴한테 허튼짓 안 했지? 지휴한테 이상한 짓이라도 했어봐. 이 변태 새끼, 내가 가만 안 둘 거야!"

내가 나오자마자 태훈 놈이 쉴 새 없이 짜증나게 옆에서 지껄였지만 하나도 귀에 들어오지 않았다. --^ 네 멋대로 지껄이고 상상해라! 한신이의 강아지같이 선한 눈동자가 잔뜩 긴장을 머금은 채 나를 바라본다.

"일어… 났네. -_-"

"수, 아니, 구리구리!"

한신이가 끝내 말을 잇지는 않았지만 무슨 말을 하려는지 안다. 지휴한테 내가 계집애란 걸 들켰냐고 물어보려 했지? 나 또한 입 밖으론 아무 말도 꺼내지 않은 채 그저 주접 새끼를 바라보며 허탈한 웃음을 날려 보냈다. 한신아, 미안해. 나 들켰다. 아니, 계집애란 것만 들킨 게 아니라… 내 알몸까지 속속들이 다 들켜 버렸어. ㅠ0ㅠ 아마도 지휴가 욕실에서 나오면 너랑 나랑 목숨 보존키 힘들 것 같아. 난 최선을 다했어. ㅜㅜ 허탈한 내 미소에 주접 새끼의 얼굴이 울상이 되었다.

"야, 박한신! 왜 그래? 왜 울려고 그래? 엉? 왜 그러냐고!"

영문을 모르는 태훈 놈 한신이를 보챈다. 이유는… 지휴가 나오면 저절로 알게 될 거야.

"죽… 었다. T_T"

한신이의 중얼거림이 더욱더 나를 머쓱하게 만들었다. 한신이의 뒤에서 천천히 걸어오는 옹녀 쒸가 눈에 들어왔다.

"어머~ 벌써 샤워 마친 거니?"

너무나 천연덕스러운 옹녀의 말에 화가 치밀어 올랐다. 분명 내가 샤워한다는 걸 알고 있었을 텐데 지휴가 욕실로 들어오도록 방치하다니. 한수련! 정말로 이 빌어먹을! 하나뿐인 혈육이라면서 언제나 저 지랄이다. 물론 문을 잠그지 않은 내 잘못도 있지만…….

"덕분에 아주 자아아아아~알했어. =_="

굳어진 나의 얼굴을 태연하게 바라보는 옹녀 쒸.

"너 샤워하고 있다는 걸 깜빡했지 뭐니. 지휴가 옷에다 잔뜩 피 묻히고 들어왔길래 얼른 들어가서 씻으라고 말한 후에야 네가 샤워하고 있다는 게 생각났지 뭐니~ 미안하구나. 그러게 샤워할 테니 아무도 못 들어오게 해달라고 부탁했으면 이런 일은 없잖아. 지휴가 씻는다고 얼른 씻고 나가라고 하든?"

남의 속 타는 마음도 모른 채 쉴 새 없이 달싹거리는 옹녀 쒸의 앵두같이 빨간 조그만 입술을 화악~!! 뽑아버리고 싶다. 더 이상 아무 말도 하기 싫다. 오늘처럼 한수련이란 년과 같은 피를 타고났다는 게 원망스러웠던 적이 없었다.

"지휴하고 오순도순 같이 샤워하고 나오지 왜 벌써 나왔니?"

옹녀 쒸의 말에 모두들 입을 벌린 채 황당한 표정을 짓고 있었다. =0=

"누님, 아무리 남자라지만 그건 좀… 그리고 지휴가 좀 특이체질이라서……."

뜸들이면서 입을 연 준휘의 말이 끝나기도 전에 굉장히 열받은 듯한 주접 새끼가 옹녀 쒸를 잡아끌었다. 주접 새끼의 저런 표정은 처음이었다. 한없이 선량해 보이던 애기 같은 모습이 아니었다. 굉장히 화난 듯한 한신이의 얼굴은 딱딱하게 굳어 있었다. 처음으로 한신이도 다 큰 남자구나 하고 느꼈다. 그렇게 천하무적 단무한 옹녀 쒸였는데 지금 꼼짝도 못하고 한신이한테 손목을 잡힌 채 질질 끌려가고 있다. 저 모습… 평생토록 기억하고 싶다. 지금 나는 저 모습이 믿겨지지 않을 따름이었다.

"어머머머!! 한신이 너 왜 이래?? 어디 가는 거냐구! 이것 좀 놓고 가. 손목 아프……!!"

"씨#%… 시끄러워요! --^"

…=0= 세상에 그렇게도 옹녀 쒸를 무서워하던 한신이가 그런 말을… -0- 내일은 분명 해가 서쪽에서 뜨리라. 곧 이어 옹녀 쒸와 한신이가 들어간 작은 방의 문은 쾅! 소리를 내며 닫힌 후 좀처럼 열릴 생각을 하지 않았다. =_= 도대체 무슨 일이 일어나려고. 혹시 지금 저 작은 방에서 끔찍한 일이 벌어지고 있지 않을까? 한신이가 옹녀 쒸한테 죽도록 맞는 그런… =_=; 옹녀 쒸의 고함 소리가 나는 듯싶더니… 순식간에 조용해졌다. 박한신… 명복을 빈다. -_- 나는 소파

에 털썩 앉았다. 남 생각 할 때가 아니었다. ㅠㅠ 곧 있음 지휴 새끼도 나올 텐데 어쩌지? 아직까지도 지휴 놈의 손이 닿았던 어깨가 데인 듯이 뜨겁다. 준휘가 빙그레 미소를 지으며 내 옆에 앉았다.

"씻었으니까 기분 상쾌하겠네. ^-^ 지휴 옷에 피 묻어 있는 것 때문에 지금 걱정되어서 그러는 거지?"

눈치없는 쭌휘 씨. 난 지금 지휴 놈의 옷에 묻혀진 피를 걱정하는 게 아니고 내 목숨을 걱정하고 있는 거라구. ㅠㅠ 이런 내 마음을 아는지 모르는지 부드러운 미소를 입가에서 거두지 않은 채 준휘가 계속 말을 이었다. 처음 느낀 건데 나의 쭌휘 씨는 눈치가 전혀 없었다. =_= 준휘가 내 알몸을 봤어도 그랬을까? 지휴 놈이 봤던 것처럼 당황스럽진 않았을 거야. =_= 차라리… 차라리 준휘가 보았다면.

"그거 지휴 피 아니야. 놀이터 가니까 너랑 한신이 때린 새끼들이 마악 정신 차려서 가려고 하더라. 그 새끼들 지휴가 한 방씩 때리니까 꼼짝도 못하던데. 지휴 옷에 묻은 피, 그 새끼들 피야. 지휴 새끼 한번 열받으면 못 말리잖아. 이성을 잃어버린다구. 그나마 우리들이 다 달라붙어서 떼어놓은 거야. 그래도 너희들 대단하더라. 열 명을 둘이서 그 정도로 만들어놓았다는 게 말야. 지휴가 그 새끼들 죽여놓기 전에도 얼굴들이 장난이 아니던데. 지휴야 간단한 일이었겠지만, 둘이서 열 명 상대하기는… 여하튼 대단하다, 구리구리. ^-^ 다시 봤다."

그걸 바로… 옹녀 쒸의 파워라고 한단다. =_=;

"다른 애들은?"

"지금 안방에서 텔레비전 보면서 과자 먹고 있어."

이런 엄청난 일이 터질 때에 그렇게 한가하게… 부럽구나. T_T

그때 태훈 놈까지 내 옆에 털썩 앉는다. 으으으~ 불길해. 이 새끼 또 엄청 땍땍될 텐데. =_=;

"너 구리구리! 지휴한테 가까이 다가가지 마. --^"

"김태훈, 내가 지휴를 잡아먹기라도 한다는 거냐? --^"

"응. =_="

"=0=!! 씨발, 웃기는 소리 하지 마. 내가 그 새낄 왜 잡아먹어? 허여멀건한 것이 맛대가리도 없게 생겼는데."

"너… 변태잖아. =_="

"죽을래 ? 김태훈 너 보자보자 하니까 전부터 함부로 주둥이 나발 거리는데!"

도저히 참을 수 없었다. 지휴한테 계집애라는 것까지 들켰는데 더 이상 무서울 것이 없다. 소파에서 벌떡 일어나 태훈 놈을 매섭게 쏘아보았다. 태훈 놈 또한 지지 않고 벌떡 일어나서 나를 쏘아보았다.

"내가 그랬잖아. 나. 너. 맘.에. 안. 든.다.고!!"

태훈이는 나에게 인식이라도 시키려는 듯이 한 자 한 자 힘주어 말했다.

"야, 이 새캬! 너만 그런 줄 아냐?? 나도 너 같은 새끼 맘에 안 들어. 불만이라고!"

"그래?? 잘됐네. 그럼 내 눈앞에 안 보이면 될 거 아냐. 어차피 네가 우리들 사이에 끼어든 거잖아. 난 네가 들어오는 것 반대였다고!!

그러니까 네가 다시 사라져 주면 끝이야!"

"야, 김태훈! 너 도대체 왜 그러냐? 구리구리가 뭘 잘못했다고?"

"한준휘, 시끄러. 어리버리한 네가 뭘 알아! 네가 싫어하는 새끼가 어디 있냐?? 구리구리가 뭘 잘못했냐고? 내 마음에 안 들어. 그게 이유야. 맘에 드는 구석이 한 군데도 없다고. 그 새끼 모든 게 다 나한테는 밥맛이라고!"

머리끝까지 치밀어 오르는 화를 이기지 못한 채 난 나도 모르게 태훈 놈에게 손을 뻗었고 어느새 내 손엔 태훈 놈의 멱살이 잡혀 있었다. 그리고 어느샌가 태훈 놈 또한 내 멱살을 잡고 있었다. 그렇게 멱살을 잡은 채 서로를 죽일 듯이 노려보았다.

"야! 너희들 왜 이래! 이 손 못 놔?! 지휴 나오면 어쩌려고 그래!"

쾅—!!

거세게 문 열리는 소리가 났다. 지휴가 마악 샤워를 마치고 수건으로 물기로 촉촉해진 머리를 털면서 나왔던 것이다. 그리고 곧 지휴 놈의 눈길이 내 멱살을 잡고 있는 태훈 놈의 손에 머물렀다.

"김태훈, 지금 당장 그 손 떼라."

지휴의 말에 태훈 놈은 황당한 표정으로 지휴 놈을 바라보았다.

"지휴야!! 나 이 새끼 도저히 가만히 못 놔둬!"

"지금 당장 그 손 떼라고."

태훈 놈의 말엔 들은 척도 안 하면서 지휴가 말했다. 지휴 놈은 내 말만 씹는 게 아니었다. 영광스럽게도 모두의 말을 공평히 씹는 아주 아주 공정한 놈이었다. =_=

"신지휴!! 난 이 새끼 못 받아들인다고 했잖아. 우리가 잘났고 못났고를 떠나서 이 새끼가 맘에 안 든다고. 이번만은 그냥 넘어가 주라. 너도 이 새끼 별로 맘에 안 들어하잖아. 너한테 개긴 새끼잖아. 지휴 너답지 않게 왜 이래!!"

"손. 떼.라.고."

다시 씹힌 태훈 놈의 말. 어쩜 저리도 무심한 표정으로 친구의 말을 간단히 씹을까. 신지휴 네가 정녕 존경스럽구나. 지휴의 말에 내 멱살을 잡고 있던 손을 놓은 태훈 놈이었지만 얼굴은 상당히 불만이 많은 듯 딱딱하게 굳어 있었다.

"분명히 말하는데 저 새끼 목숨은 앞으로 내 꺼고 내가 책임질 거다. 나 외엔 저 새끼 죽이지도, 살리지도, 손대지도 못해, 알았냐?!"

"왜? 왜 그래야 하는데?? 내가 저 새끼 맘에 안 드는데도?? 저 새끼 내가 죽도록 싫다는데도?? 구리구리 저 새끼보다도 너랑 오랜 우정 가진 내가 저 새끼 꼴 절대 못 본다는데도?? 그래도 앞으로 계속 저 꼴 보라고??"

"시끄러. 두 번 말 안 해."

지휴의 말에 태훈 놈이 몸을 부들부들 떨었다. 그 정도로 참고 있단 말이겠지. 태훈 놈, 차마 지휴한테 반항하지는 못하고 그저 거칠게 한번 쏘아본 후 애꿎은 벽만 주먹으로 거세게 내려치더니 나가 버렸다. 그나마 침착함을 유지하는 준휘가 입을 열었다.

"지휴야, 너 도대체 왜 그래? 태훈이가 말실수한 것은 사실이지만 그렇게까지 할 필요는 없었잖아. 그러기에 앞서 태훈이는 네 친구야.

그리고 앞으로 네가 구리구리 책임진다는 말은 뭐고 구리구리 목숨이 네 꺼라는 말은 무슨 말이냐?”

정말 아주아주 공정한 지휴 놈. 이번에도 아주아주 공정하게 준휘의 말도 씹은 채 엉뚱한 말을 꺼냈다.

“한신이 새끼 데려와.”

“한신이는 왜?”

“데려오라고.”

“후우우우우… 그래, 네 속을 누가 알겠냐? 너 원래 어떤 놈인지 충분히 알지만 우리들 너한테 소중한 친구라는 것 명심해라.”

라고 말을 내뱉은 후 옹녀 쒸와 한신이가 사라진 작은 방으로 향했다. 도대체 어떻게 돌아가는 거야?? 괜스레 나 때문에 이 잘난 F.F 사이에 분열이 일어난 듯해 죄스러움이 밀려왔다. 준휘가 사라진 틈을 타 슬며시 지휴를 힐끔 바라보았다. 하지만 눈이 마주치자마자 당황스러워하는 나와는 달리 조금의 동요 없이 나를 빤히 바라보는 지휴 놈의 무심한 눈빛에 나는 얼굴을 붉히며 이번에도 비굴하게 ㅠㅠ 고개를 돌려 버렸다. 아직까지 나를 향한 지휴 놈의 시선이 느껴졌다. 태연함을 가장하고는 있었지만 더욱더 얼굴이 뜨거워지며 속은 안절부절못함을 넘어서 긴장감으로 타죽기 직전이었다. 누가 나 좀 살려 줘어어어어~ ㅜㅇㅜ 신지휴는 정말 알 수 없는 놈이다. 왜 지금 당장 내가 계집애라는 사실을 이 자리에서 말하지 않은 것일까?? =_= 새초롬하고 곱상한 외모와는 판이하게 다른 무시무시하고 괴팍한 성격, 소름 끼치도록 무섭다가도, 차갑다가도, 이기적이면서도, 안하무인,

외고집, 독불장군 같으면서도, 빈틈없는 것 같으면서도, 따스하면서
도, 외로워하는 것 같으면서도, 의리있는 것 같으면서도, 단순하면서
도 무식하고… 괜찮은 새끼 같으면서도 정말 싸가지 없는 몹쓸 새끼
같은 놈놈. 정말 네 정체는 무엇이냐? 정체를 밝혀랏! 아니, 이 모든
게 다 너의 모습이냐? 아씨, 정말 모르겠다. 지금 네 머리 속은 무슨
생각을 하고 있는 거냐구!! >_<

한신이가 다가오는 소리가 들렸고 지휴의 시선이 나에게서 떨어져
한신이에게로 향했다는 것을 느꼈다. 그 틈을 타 잽싸게 나의 한신이
를 바라보았다. 한신아… 미안하구나, 나 때문에… =_=;

울상을 짓고 있을 것만 같았던 한신이었건만 나의 예상을 깨고 의
외로 담담한 표정의 한신이가 지휴를 바라보고 있었다. …자포자기
인가? o_o 저 새끼도 내 친구지만 도통 모를 새끼다. 한없이 철없
는 애 같으면서도 어떨 땐 굉장히 강해보이고, 아니, 이 잘난 F.F 놈
들 다 연구해 볼 만한 가치가 있는 놈들이었다. 한신이에게로 지휴
놈이 천천히 다가간다. 불안… 한… 데? =_=

퍼억—!!

꺄아아아아아악~!! >0< 지휴 놈이 한신이의 얼굴을 향해 강한 펀
치를 날렸고 그와 동시에 한신이가 거실 바닥에 풀썩 쓰러졌다. 지휴
놈 발길질만 하는 줄 알았는데 주먹도 사용할 줄 아는구나. =_=; 발
길질 못지않게 주먹질 또한 잽싸면서도 강했다. 지휴 놈의 강한 펀치
에 한참을 정신을 못 차리는 듯하던 한신이는 몇 초 후에야 정신이
든 듯 고개를 세차게 흔들더니 손등으로 입술을 쓱 닦으며 천천히

몸을 일으켰다. 하지만 입술을 닦은 한신이의 손등엔… 새빨간 피가!
하, 한신앗! @0@ 내가 튀어나가기도 전에 튀어나간 사람이 있었으
니… 다름 아닌 옹녀 쒸였다.

"어머머머머머!! 피잖아!! 너희들 지금 무슨 짓이야? 친구들끼리
쌈빡질이나 하고 너희들 애도 아니고 다 큰 것들이 이 지랄이야??
엉?!"

한신이의 피를 보곤 놀란 듯한 옹녀 쒸가 냅다 지휴에게 소리쳤다.
그래도 사냥감보단 한신이가 더 소중한가 보구나. 그런 옹녀 쒸를 무
심하게 한번 바라보면서 한다는 지휴 놈의 말이…

"마녀, 시끄러. 꺼져."

오오오오오오~ 싸가지를 초월한 신지휴!

"지휴야, 누님한테 무슨 말을 그렇게 심하게 해?"

역시나 기사도 정신이 뛰어난 준휘의 말이었지만 그 말 또한 지휴
놈은 간단히 씹어버렸다. 옹녀 쒸의 초승달같이 가느다란 눈썹이 커
다란 눈꼬리와 함께 화악 치켜 올라갔다. 분명 옹녀 쒸도 상당히 열
받았다는 신호인데. 아쒸… 뭐야. ㅜㅜ 가면 갈수록 일이 꼬여간다.
하지만 나는 가만히 지켜볼 수밖에 없었다. 고래인 지휴&옹녀 씨 싸
움에 새우인 내 등이 터질 수도 있으니 조심해야겠다.

"마… 녀? 꺼… 져? 너 시방 나한테 뭐랬냐! =_="

열받았을 때 나타나는 옹녀 쒸의 특징 중의 하나인 사투리. 옹녀
쒸 진짜 열받았다. 옹녀 쒸, 지휴 놈을 매섭게 꼬라보더니 천천히 몸
을 일으켰다. 그때 한신이가 옹녀 쒸의 손목을 덥석 잡았다. 저 새끼,

지휴한테 한 대 처맞더니만 미쳤나? =0=; 담담하게 옹녀 쒸를 바라

보며 한신이가 하는 말.

"누나, 나 괜찮아요."

"하지만 한신아, 너……."

"아쒸, 괜찮다구요!"

강한 한신의 대답에 옹녀 쒸는 눈썹을 씰룩씰룩 하다 포기한 듯이

한숨을 푸욱 내쉰다. 이거 도대체… 어떻게 되는 거야?? 갑자기 옹녀

쒸 왜 저리 약해졌지?? (＿＿);(＿＿);(－－)(＿＿); 천하의 옹녀 쒸가

한신이 말을?? 뭐야.

그렇게 옹녀 쒸를 단번에 제압한 한신이가 지휴 놈을 바라보면서

조용히 한마디 내뱉었다.

"미안하다, 지휴야. 속일 생각은 없었다."

그런 한신이를 지휴 놈이 바라보며 한다는 말이.

"운 좋은 줄 알아라. 친구만 아니었으면 죽었다."

체념한 듯이 준휘는 소파에 털썩 앉아서 이 상황에 아예 관심을 꺼

버렸다.

"구리구리!"

…흠칫. =_=;

" 튀어나와."

한마디 내뱉은 후 지휴 또한 나가 버렸다. 아쒸~ 따라간단 말 안

했는데. =_=; 대답도 안 들은 채 자기 말만 하고 나가 버리냐. －_－^

…하면서도 나는 벌써 지휴 놈을 따라가고 있었다. ㅠㅠ

도대체 어디까지 가는 거냐, 신지휴. --^ 집을 나선 지휴는 아무 말 없이 어디론가 계속 걸어갔다. 계단을 내려가고 아파트를 벗어나서 계속 걸었다. =_= 지휴는 베리베리 롱다리에다가 보폭까지 무지 넓어서 그 뒤를 바짝 쫓아가려니 숨이 턱까지 차 올랐다. =0=; 하지만 절대로!! 지휴의 걸음이 빠른 것은 아니었다. 그렇다고 저어어어~얼대로 내 다리가 숏다리인 것도 아니었다. 그런데 표범처럼 사뿐사뿐 느긋하게 걸어가는 지휴 놈의 뒤를 따르는 난 왜 이리도 벅차냐고. ㅠㅠ 도저히 알 수 없었다.

한참을 걸어가던 지휴가 멈춘 곳은 아파트 단지의 한적한 벤치였다. 한신이가 사는 아파트 단지. 의외로 관리가 철저했다. 깔끔하고 조용하면서도 산뜻한 공원 같은 곳이었다. 게다가 인적도 드문 곳. 지휴 놈은 벤치에 털썩 앉았다. 물론 한쪽 다리는 턱 무릎에 올리고 손은 양 벤치에 걸친 채… 아무리 봐도 건방진 놈. --+ 사람 맘은 있는 대로 찌르고 휘저어놓고 저리도 태연하게 앉아 있다니. 너로 인해 마음 졸인 나&망할 태훈 놈&짠한 한신이&단무 옹녀 쐬&울 준휘 씨한테 미안하지도 않냐?

"야! 이리 와. =_="

지휴 놈 나를 향해 한 손가락을 까딱까딱. 저 길고 가느다란 손가락을 화악 부러뜨려 버리고 싶다. 하지만 아무런 반항 없이 지휴 옆에 다리를 쫘악 벌린 채 털썩 주저앉았다. 이런 내 모습을 지휴 놈은 물끄러미 바라보았지만 난 개의치 않고 먼 산만 바라보며 딴청을 부렸다. 튀어나오라는 지휴의 말에 정말로 얼떨결에 튀어나와 버려서 남방 하나만 걸친 내 몸을 한기 어린 바람이 매정하게 강타했다. 물기도 제대로 닦지 않은 머리카락에 고드름이 맺힐까 두려웠다. 한마디로 엄청 추웠다. -_-; 나도 모르게 몸을 한번 바르르 떨었다. 정말로 본능이었다. 그런 내 모습에 지휴 놈이 불쑥 한마디를 내던졌다.

"춥냐?"

추우면 네가 옷이라도 벗어줄겨? -_-^ 사실⋯ 눈물날 정도로 추웠지만 나약함을 보이긴 싫었다. 그런 건 계집애들이나 하는 짓이었다. 나는 여자 아닌 여자이기에 거짓말을 했다.

"하나도 안 추워. =_="

"그럴 줄 알았다."

나쁜 새끼. ㅠㅠ 사실은 추운데. 하지만 추위 앞에서 절대 굴복할 수 없다.

"야, 구리구리!"

"⋯=_="

"대답 안 하냐?!"

"⋯=_="

"죽고 싶냐? =_=^"

"⋯아니. ㅜㅜ"

아씨⋯ 진짜 이 새끼 앞에서는 왜 자꾸 무너지는 걸까.

"너 이름이 뭐냐?"

"구리구리."

⋯-_- 내 말을 들은 지휴의 곱디고운 얼굴에 곧바로 임금 왕자가

새겨지며 빠지직…….

"…한수아."

웃어라. 웃으려면 실컷 웃어라. 나 역시 나한테 절대 안 어울리는 이름인 줄 알아. 안다고!! −_−^ 네가 비웃는다 해도 난 전혀 개의치 않아. 모두 그랬으니까. 하지만 내 귀에 웃음소리는 들리지 않았고 아니, 오히려 뜻밖의 소리가 들렸다.

"이쁘네."

내가 분명… 잘못 들었을 거야. =_=; 아니면 저 새끼가 지금 나를 농락하고 있든지.

"뭐라고? =_= 너 지금 나 놀리는 거냐?"

"씨발! 속고만 살았냐! 이쁘다고!!"

순식간에 얼굴이 화악 달아올랐다. 저 새끼 지금 분명 미쳤다. 구리구리~ 정신 차려! >_< 호랑이 굴에 들어가도 정신만 바짝 차리면 살아남는다고!!

"야, 한수아!!"

"내 이름 부르지 마. 난 인정하지 않는 이름이야. 난 구리구리일 뿐이야."

난 호적에 한수아란 여자 아이로 올려져 있다. 하지만 난 여자가 아니다. 여자이기를 거부했기에 난 한수아가 될 수 없었다. 내 이름을 부르는 새끼들… 다 죽도록 무참히 짓밟아났다. 유일하게 그 이름을 부르는 사람은 간 큰 옹녀 쐬뿐이었다.

"내 맘대로 부를 거야."

제멋대로인 지휴 놈의 대답에 울화통이 치밀어 올랐지만 지휴 놈의 성격을 알기에 잠자코 있을 수밖에 없었다. 그래, 네 멋대로 해라. 천하무적 싸가지 신지휴 널 누가 말리겠냐. 이로써 한수아란 내 이름을 부르는 사람이 한 명 더 늘게 되었다. 씨발. 그런데 이 새끼는 죽도록 무참히 짓밟을 수 없다. =_= 그러다 자칫하면… 내가 죽도록 짓밟히니까. ㅠ_ㅠ

"야, 한수아!! 넌 내 꺼다. 알았냐??"

저 새끼 미쳤나? =0= 나는 지휴의 말에 황당하다는 표정으로 바라보았다.

"너 미쳤냐?"

"시끄러. --"

맨날 시끄럽대. 네 귀에 시끄럽지 않은 소리는 도대체 뭐냐, 뭐여? --^ 하지만 나는 정말 입을 꾸욱 다물었다.

"쳇, 재수가 없으려니 이상한 새끼한테 목덜미 잡혔잖아. O_O"

=_=?? …=_=^ …재수? …목덜미? 참을 수 없다. 나 구리구리 더 이상 비참해지지 않으리라. 나는 과감히 벤치에서 벌떡 몸을 일으켰다.

"야, 신지휴!! 너만 재수없냐?? 나도 엄~청 재수없어. 씨발! 몸뚱어리 들킨 건 난데 네가 왜 재수없냐? 엉?? 그리고 왜 내가 네 꺼냐? 왜 네 꺼냐고!! 미친 소리 하네. 귀 쫑긋 세우고 똑바로 들어라. 난 내 꺼야. 어느 누구의 것도 아닌 내 꺼라고. 내가 언제 네 목덜미 잡았냐? 잡으래도 안 잡아. 너 같은 새끼한테 나 책임지란 말 한 적 없다고! 알았냐? =_=^"

　장하다, 구리구리. 넌 된 거야. ㅇㅜ^ㅜㅇ 이 한마디로써 넌 지금까지의 치욕을 다 씻어버린 거야. 지금 저 새끼 손에 죽는다 해도 넌 떳떳하게 명예 회복한 거야. 목숨 내놓고 한 내 말이 끝나자마자 지휴 새끼는 배꼽을 잡고 웃는다. 하지만 그 웃음소리는 너무나 호탕하고 시원스러웠다. 그래서 더 무안하고 열받았다. =_=^

　"왜… 왜 웃냐? --"

　"시끄러."

　-0-^ 신지휴 저 새끼는 '시끄러'란 말밖에 모른다. 무서운 놈!! 독종!! =0= 그리고 곧 나는 다시 벤치에 털썩 앉았다. 지휴 새끼가 내 손목을 잡고 강하게 벤치에 다시 앉힌 것이다. 다시 나약해진 구리구리. 내가 오래 간다 했다. TT

　"야, 한수아, 그러게 누가 나한테 보이라든?? 눈 버리고 인생 망친 건 난데 네가 왜 지랄이냐? 나한테 다 보여놓고 다른 새끼한테 시집가려고 그랬냐?"

　미, 미친 새끼!! =0=^

　"넌 노크도 모르냐! 똑똑!! 노크도 몰라?? 욕실이나 화장실 들어가기 전에 똑똑 노크하는 것도 모르냐고! 노크도 안 하고 들어온 새끼가 누군데 나한테 뒤집어씌우는 거야?!"

　"내가 들어간다는데 누가 나한테 태클을 걸어."

　@0@ 그래, 신지휴 너 짱이닷! 너 짱 먹어랏!

　"샤워할 땐 문을 잠그고 해야 할 것 아냐. 너 때문에 평생 독신주의 깨져서 열받아 죽겠는데 자꾸 화나게 내 말에 리플 달래? ――”

평… 생… 독… 신… 주… 의. 이놈아!! 너만 독신주의냐! 나도 독신주의라고! =0=^

“리플레이 안 해. 귓구멍 열고 잘 들어, 이 또라이야. 넌 앞으로 내가 책임지고 네 목숨은 내 꺼고 내 새끼다. 알았냐?”

새… 새끼? =_=

“…새끼가 뭐냐? ―_―”

“아쒸~ 이 무식한 새캬!! 내 새끼손가락이라구! 한 번만 더 물어봐, 죽여줄 테니.”

새끼손가락이라 하면? =_=… ―0―!!

“싫어! 내가 미쳤게 네 새끼손가락 하냐?? 내가 왜 네 여자 친구를 해야 해? 절대 싫어어어어엇! 난 계집애가 아니라고. 여자이기를 거부한다고! 절대 못해!! 난 남자라고!!”

그런 건 계집애들이나 가능한 거지 난 아냐!!

“또 날 속이려고 그러냐? 볼 것 다 보여놓고 남자라고 하면 내가 믿겠냐? 네가 여자이기를 거부하든 말든 내 알 바 아냐. 나도 계집애 소름 끼치도록 싫어해. 나 너 여자로 안 봐. 보이지도 않는다고. 알았냐?? 네가 요즘 계집애들 같았으면 차라리 화악 죽여 버린다고! 아니니까 그러는 거야. 그리고 제발 착각하지 마, 한수아. 내가 말하는 새끼의 의미는 너한테는 내가 평생 모실 서방이고 나한텐 네가 평생 책임져야 할 망할 놈의 거추장스런 존재라는 뜻이라고. 구제해 주니까 고마운 줄은 모르고 자꾸 개기냐? 진짜 죽고 싶음 자꾸 개겨라. ――”

지휴 놈 인상이 순식간에 다시 굳어졌다. 며칠 동안 같이 지내본 결과 신지휴는 한다면 한다는 새끼다. 죽기는 싫은데 그런 계집애 같은 짓거리는 하기 싫어. 하지만 결국 나는 지휴 놈 앞에서 또다시 와르르 무너졌다. 살기 위해서. 하지만 난 최선을 다했어. ㅠㅠ

고로 난 침묵했다. 내 침묵에 전혀 개의치 않는 지휴 놈은 다시 입을 열었다.

"네가 내 새끼라고 나한테 앵길 생각 하지 마. 그런 것은 딱 질색이니까. 알았냐?"

"그런 짓 하라 해도 안 해. 안 한다고! 내가 언제 널 내 서방 삼는다든? =0= 내가 언제 너 새끼 시켜주라든?!"

"나한테 보여준 게 내 새끼 시켜주란 거나 마찬가지잖아. 나도 그런 거추장스러운 것 싫어. 그런데 어쩌냐고. 이미 다 봐버렸는데!"

…=0= 지휴 놈이 의리 하나는, 책임감 하나는 죽인다는 놈들의 말이 이런 걸 두고 한 말이었나 보다. 나는 지휴 놈을 멍하니~ 바라보았다. 지휴 놈은 여전히 건방진 폼으로 나를 불만인 눈빛으로 바라본다. 나도 불만이다!!

"신지휴, 너 뭔가 상당히 착각하고 있는 것 같은데 네가 무슨 조선시대 사람이냐?? 지금은 문명이 발달한 현대야. 엉? 몸뚱어리 봤다고 책임져야 하는 그런 조선시대 아니라고. 여자 알몸 첨 보냐. 텔레비전, 영화, 잡지 등등 여자 몸뚱어리 볼 기회 많다고!! 한창 호기심 왕성할 네 정도 나이의 남자라면 나보다 더 빵빵한 여자들 몸뚱어리 질리도록 실컷 봤을 거 아니냐고!! 새삼스럽게 내 몸뚱어리 봤다고 날 책임질 이유는 없잖아. 그런 이유면 넌 지금까지 본 영화 배우나 포르노 배우들 다 네가 책임졌냐? 다 네 마누라냐고!!"

아씨… 숨도 쉬지 않고 말을 내뱉었더니 숨가쁘다.

"시, 시끄러! 머리 아프니까 주둥아리 닥쳐!!"

ㅇ_ㅇ? 지휴 놈 갑자기 얼굴을 붉히더니 또 나한테 시끄럽다고 입 닥치란다. 설마…

"신지휴 너 설마… 그 나이 되도록 지금까지 한 번도 여자 알몸 안 봤다고 하지는 않겠지. -_-;"

"씨발! 시끄럽다니까!! -0-^"

지휴 놈 괜스레 더 열 낸다. 분명 저 반응은 한 번도 안 봤다는 얘기인데. 요즈음 시대에, 그것도 혈기 왕성하여 못 봐서 안달할 저 나이에 저런 순뎅이가 있다니. -0- 생긴 것과는 다르게 완전 쑥맥이란 말이잖아!! 분명 그때 뽀뽀 솜씨로 봐선 수많은 가스나들 죽이고도 남을 놈이었는데 저걸 믿어야 해, 말아야 해. 그렇다면… ㅇ_ㅇ

"신지휴 너 혹시… 호모냐? -0-;"

"시끄러!! 난 정상적인 한국의 남아라고. 이상한 건 내가 아니라 요즘 새끼들이야!! 사내대장부가 쓸데없는 계집애들 몸뚱아린 왜 보냐, 불쾌하게? 내 여자도 아닌 계집애들은 볼 필요도 없고 봐서도 안 돼. 너도 명심해. 쓸데없이 남의 몸뚱어리 보고 다니지 마."

내가 변태냐!! 남의 몸뚱어리를 보기는 왜 봐! -0-^

"너……."

내가 입을 열자마자 지휴 놈 벤치에서 벌떡 일어나더니 크고 새초롬한 눈으로 나를 화악 쏘아봤다.

"한수아, 더 이상 내 말에 리플 달지 마라. 너도 다른 계집애들하고 똑같이 쫑알쫑알 땍땍대지 말라고. 딱 질색이니까. 분명히 말했다, 넌 내 꺼라고. 너 같은 새끼를 평생 동안 책임져야 할 걸 생각하면 화악 땅바닥에 머리 박고 뒈져 버리고 싶다고. 다 벗은 걸 들켜서 운 좋은 줄 알아라. 아니었으면 화악 그 자리에서 계집애고 뭐고 쫓아버렸으니까."

라고 지 할 말은 다 했다는 듯이 휭하니~ 벤치에 나만 남겨놓고 가버렸다. 나쁜 새끼! 라며 한마디 해주고 싶었지만 차마 그럴 수 없었다. 내 무릎엔 지휴 놈이 이 자리를 뜨기 전에 훼~엑 던져 주고 간 아직까지도 지휴 놈의 온기가 남아 있는 재킷이 덮어져 있었기 때문에…….

지휴 놈 진짜 책임감 하나는 죽여주나 보다. 지휴 놈의 온기가 곧 내 몸속 깊숙이 파고들었고 그 따스함에 알 수 없는 이상한 감정이 솟아올랐다. 뭔지는 나도 모른다. 처음 느껴보는 표현할 수 없는 새로운 감정이기에 그저 당황스럽고 어색할 뿐이었다. 졸지에 빌어먹을 서방 하나 생겨 버렸다. 거만하고 싸가지가 왕바가지인… 멋진 서방. -_- …망할, 도저히 적응이 안 된다. 아오씨! 아무리 용써봐도 망할 놈의 돌머리는 꼼짝도 하지 않는다.

…그냥 돌아가야지. =_= 지휴 놈의 하이얀 재킷에 남아 있던 따스한 온기도 찬바람에 의해 식어버린 지 오래였다. 구리구리!! 너무 복잡하게 생각하지 말자. 내 방식대로 하는 거야. 내일 일은 내일 생

각한다. 굿! (=_=)V 지금 당장 딱히 무슨 일이 벌어지는 것은 아니잖아. 그래, 이제 그만 한신이네 집으로 고우우우! 왕단순. -_-;; 힘차게 벤치를 벗어나 앞을 향해 당당히 발걸음을 옮겼다.

-_-; …어디로 가야 하지?? 한신이네 집이 몇 동이었지?? 한신이네 집은 아파트 정문에서 직선으로 서 있는 세 동 중 왼쪽이지. =_=; 또 잊어버렸다. 망할 놈의 방향치 같으니라구. 꼭 이럴 때까지 속을 썩히네. 그래! o_o 아파트 정문!! 거기선 한신이네 집을 찾을 수 있지! …아파트 정문은 어떻게 가지? -_- 완전 새 됐다. 지휴 새끼! =_=^ 좋게 그냥 한신이네 집에서 말할 것을 여기까지 끌고 나와서 이렇게 날 내팽개쳐! 책임감은 무슨 개뿔이 책임감이냐!! 아씨, ㅠ_ㅠ 그나저나 날도 어두워졌는데 배도 고프고, 춥고… 여긴 어딜까? 한신이네 아파트 단지인 것만은 분명한데 사람 열받게 뭔 놈의 단지가 이리도 넓어. --+ 다리도 아프다. 양말도 안 신고 쓰레빠만 찍찍 끌고 나와서 발가락도 시리다. ㅠㅜ 옆에 있는 벤치에 그냥 털썩 앉아 발가락을 꼼지락거렸다. 이상하게 한신이 새끼보다도, 옹녀 쒸보다도… 지휴 새끼가 떠오른다. 평생 동안 날 책임진다는 말에 벌써부터 은근히 기대하고 있는 걸까?? 나를 찾아내길… 데리러 오길… 다른 누군가에게서 그런 말을 듣기는 처음이다. 하다 못해 유일한 혈육인 옹녀 쒸마저도 못 잡아먹어서 안달인데 지휴 새끼 심정 이해가 간다.

지휴 정도면 이쁘고 여성스럽고 애교 만땅인 여자 친구 구하는 것은 금방일 텐데, 아니, 가만히 있어도 껌딱지처럼 달라붙을 텐데 괜히 욕실 문 한번 잘못 열었다가 눈 버리고 덤탱이로 나같이 애교도 없고 여자이기를 거부하는 키만 멀대같이 큰 선머슴 같은 앨 책임져야 하니. 그러게 노크 예절 좀 배우지 그랬냐. 그나마 지휴가 벗어주고 간 재킷 덕에 약간의 추위를 피할 수 있었다. 그래도 춥다. 혹시나 하는 마음에 재킷 주머니를 뒤져 보았지만 십 원짜리 하나 나오지 않았다. 이 새끼 그지 아니여? 어떻게 주머니에 땡전 한푼 없냐. =_=; 한신이한테 콜도 못 때리잖아. 빌어먹을. 오늘 집에 들어가긴 글렀군. −_−^ 에라이~ 모르겠다. 이왕 이렇게 된 거 밤하늘이나 구경하지 뭐. 좀 춥긴 하지만 이렇게 여유로이 밤하늘을 보긴 오랜만인걸??

어느새 날이 어두워져 있었다. 밤 공기가 더욱더 차가워졌지만 나는 개의치 않고 밤하늘 보는 데만 열중했다. 어두운 밤하늘에 흐뜨러지듯이 뿌려진 별들이 그나마 나를 위로해 주고 있었다. 별 하나… 별 둘… 별 셋……. 헤헤, 엄마가 보고 싶을 때면 미치도록 슬플 때면 언제나 별들을 셌었는데. 그러다 나도 모르게 잠들었지, 지금… 처…럼.

쿠울~ zzzz~

눈뜨기가 싫었다. 쌀쌀했던 밤 공기가 꽤 따스해져 있었다. 이렇게 포근하고 따스하게 내가 잠든 것을 보니까. 떠지지 않는 눈에 기란 기는 싸그리 모아 번쩍 눈을 떴다! o_o 아직도 어두운 걸 보니 밤이군. =_= 흐릿했던 시야가 또렷해지면서 나는 등짝에서 따스하면서도 왠지 모르게 내 마음을 포근히 감싸주는 온기를 느꼈다. 슬며시 뒤를 돌아보았다. …=0= 등짝에 사람이 붙어 있었다. …지휴 놈…

이었다. -0- 왜 저 새끼가 내 등 뒤에, 아니, 아니지. =_= 내가 왜 이 새끼 품에 있는 거냐오오!! -0- 한쪽 다린 벤치에 터억 올리고 다른 한쪽 다린 땅바닥에 길게 쭈욱 뻗은 채 벤치에 비스듬히 돌려 앉아 있는 지휴의 품속에서 난 잠들었던 것이다. 분명 잠들었을 땐 벤치 등받이에 기대어서 잠들었는데 언제 벤치 등받이가 내 옆으로 왔냐고오~

그뿐이면 다행이었다. 나는 지휴 놈의 손까지 꼬옥 붙잡고 잠들어 있었고… 물론 지금도 지휴 놈의 손을 뭐라도 되는 것처럼 꼬옥 잡고 있었다. 슬며시 고개를 들어 위를 쳐다보니 지휴의 새초롬한 얼굴이 나를 내려다보고 있었다. -0- 정신이 퍼뜩 들면서 화들짝 놀라며 지휴 놈의 품에서 튕기듯이 튀어나왔다. 그런 나를 지휴 놈이 커다란 눈으로 빤히 바라본다. 새끼, 무안하게.

"이제 깼냐? 어떻게 쥐어패도 깨어날 생각을 안 하냐? 계집애가 아무 데서나 잘도 퍼자네. =_="

저놈의 자슥!! -_-+ 무방비 상태로 곤히 잠들어 있는 날 쥐어팼다고!!

"아쒸, 계집애라 하지 말라고!! 난 계집애가 아니라고 몇 번 말해!! 그리고 내가 어디서 퍼자든 말든 네가 무슨 상관이야!!"

"시끄러. 너 바람막이, 등받이 해주느라고 온몸에 쥐났는데 고맙다는 말은커녕 오히려 네가 큰소리치냐?"

"누, 누가 해주랬냐? -0-;"

"벤치에서 퍼자다 동사 될 뻔한 거 몸소 찾아서 깨웠더니 갑자기 잡아당기면서 내 품으로 파고든 게 누군데! 무슨 가스나가 그렇게 무식하게 힘만 세냐? …다른 계집애들이랑 다르긴 다르지. 그것도 한참 다르지. -_-”

“시, 시끄러! =0=”

헉! -0- 내가 금방 뭐랬지!

“서방님한테 고운 말 써라. =_=”

“누가 내 서방이야!! 난 절대 받아들일 수 없어!!”

“나는 뭐 좋은 줄 알아? 그러니까 씻을 때 문 좀 꼭꼭 잠그라고!!”

이놈아!! =0=^ 내가 보여줬냐? 네가 노크도 안 하고 들어와서 본 거지!!

“안 돼! 아무리 생각해도 난 절대 그 사실 못 받아들여!!”

“시끄러. 난 책임져야 해. 한 번만 더 반항하면 사시미로 네 목구멍 따버린다. 자꾸 서방님한테 말대꾸해라.”

사시미……!! 신지휴 저 새끼 사시미 엄청 좋아한다. 네가 제일 좋아하는 신종 무기냐!!

“서방님으로 잘 모실래, 사시미로 목구멍 따일래. -_-”

죽기는 싫은데 -_-; 지휴 놈의 새초롬한 눈빛에 나는 또다시 여지없이 무너져 내렸다. ㅠㅠ 우선 내 목구멍부터 살리자. =_=;;

“서방이고 나발이고 모시면 될 거 아녀! =0=^”

“너 방금 뭐랬냐? -_-”

“…=0= 아, 아니 받아들이기 힘든 사실이지만 노력해 보겠다는 말이었어.”

금방 미간을 씰룩거리는 지휴 놈의 표정에 다시 나는 무너졌고,

"내 앞에서는 말 곱게 써라. 한 번만 더 쌍스러운 소리 하면."

…꿀꺽. =_=;

"더 이상 너 안 볼 거다."

쳇! −_−^ 안 보려면 말아라. 그럼 좋지. 그러게 누가 나 책임지래?? 내가 고운 말을 쓰든 상스러운 말을 쓰든 뭔 상관이냐?? 그러기 전에 너의 왕싸가지 먼저 고쳐라. (=_=)ㄴ 똥 묻은 멍멍 새끼, 재 묻은 멍멍 새끼한테 뭐라 한다더니 지금 완전 그 꼴이네.

"너 금방 좋아했지? 내가 너 안 본다는 것은 곧 네가 이 세상에 존재하지 않는다는 뜻이야. 알았냐?? 인생 더 살고 싶음 내 앞에서 고운 말 써라. =_="

쓰읍! T_T 제대로 걸렸다. 신지휴 저 새끼 지금 말도 안 되는 걸 요구한다. 내 입에서 나오는 소리 중 거의 90%가 욕인데 그러려면 차라리 벙어리랑 사귀지 그러냐!!

"대답 안 하냐?"

"…=_=;"

쉽사리 대답을 할 수 없었다. 이래 봬도 거짓말은 못하는 나라서…….

"한수아, 너 뭐 되냐? 깡만 세가지고. 나한테 보여놓고 자꾸 그렇게 고집부릴 거냐?"

뭐… 뭐 저런 새끼가 다 있어?! 지휴 새끼, 천천히 벤치에서 일어나 나에게 다가온다. 지휴 놈이 다가옴에 따라 나도 모르게 자꾸 뒷

걸음질쳤고, 이내 아파트 단지의 벽에 부딪쳤다. 더 이상 옴짝달싹 못하는 내 얼굴 앞으로 지휴 새끼 얼굴을 화악 들이민다. 쩝. 볼 때마다 느끼는 건데 누구 서방인지 몰라도 잘생겼네. =_=; 빌어먹을. 나 완전 미쳤다. 망할 놈의 머리에선 이미 지휴 놈을 서방이라 단정 지어버린 것 같다. 이성은 절대로 허락하지 않았는데 이미 마음은 서방이라고 인정해 버린 것 같다.

"불만이냐? 서방님 말하시는데 불만이냐고! 눈에 힘 안 빼?!"

힘 …빼면 될 거 아냐. ㅜㅜ

"난 내 새끼손가락이 나대는 꼴도, 거친 말 쓰는 꼴도 못 봐. 다른 놈이랑 나누는 것도 싫어. 내 꺼 하나 정도는 책임지고 돌볼 줄 안다고. 알았냐? 내 눈에서 벗어날 짓 하지 마."

지휴 놈이 한 자 한 자 또박또박 힘주어 말했고 그 말이 끝날 때까지 나는 아무런 말도 못했다.

"한 번만 더 맞고 다니거나 다른 새끼 흔적 남겨오면 너까지 같이 죽여 버린다. 나한테 개겨도 죽일 거고 다른 새끼들 말 들어도 죽여 버린다. 넌 내 말만 들으면 돼. 너한텐 오직 나만이 존재하는 거다. 야, 명심해."

어쭈! 네가 나한테 절대지존이라 이거지!!

"니 깡 센 거 자랑하냐? 자꾸 그렇게 말 씹어라."

"알았어. -_-"

"핸드폰 줘봐."

"그런 거 안 키우는데. -_-"

내 말에 한순간 멍한 지휴 놈.

"아우~ 진짜 넌 제대로 된 게 뭐냐!! 너 혹시 조선시대에서 타임머신이라도 타고 왔냐!!"

이 새캬!! 조선시대 사람은 핸드폰 없는 내가 아니고 몸뚱어리 한 번 봤다고 평생 책임지겠다며 지랄하는 너야. 바로 너라고!

짜증이란 짜증을 마구 내며 바지 주머니를 뒤적뒤적하더니 뭔가를 꺼내 한참을 꼼지락거리더니 나에게 무언가 불쑥 내민다. 하얀색의 조그마한 핸드폰이었다. 지휴 놈의 손바닥에서 깜찍하면서도 아리따운 핸드폰이 나 잡아줘~ 하고 나를 유혹하고 있었다. 꿀꺽~ 내가 그렇게도 갖고 싶어하던 핸드폰. =_= 카메라 같은 것도 달려 있네. 안 돼!! >_< 나에겐 사랑스런 은삐가 있잖아. 넌 은삐를 버리면 안 돼!!

"안 받냐?"

지휴 놈의 손바닥에서 핸드폰을 덥석 집었다. 미안해, 은삐야. 하지만 널 영원히 잊지는 않을 거야.

"통화키만 누르면 곧바로 나한테 연결되는 거니까 짜증나는 새끼 있으면 전화해서 이름만 대. 원하는 대로 죽여줄 테니까."

"그런 새끼 없는데. o_o"

"시끄러. 내 말에 리플 달지 마. 무슨 일 있으면 그 번호로 콜 때리라고. 말귀 더럽게 못 알아먹네. 다른 데 콜 때리면 핸드폰 부숴 버린다."

이눔의 새캬! 너나 말 곱게 써! -_-+ 그새 나의 마음을 알아차렸는지 지휴 놈 왈.

"불만이냐? 한수아 너 다른 새끼한테도 나한테 보여준 거 보여주면 그땐 인생 다 산 줄 알아. 앞으로 샤워할 때나 옷 갈아입을 때 문 좀 꼭꼭 잠그라고."

역시나 이번에도 지 할 말만 다 한 지휴 놈은 혼자 가버린다. 이 새끼!! 또 내팽개치고 가려고! 흥!! 어림도 없다! 이번엔 절대 안 놓쳐! 지휴 놈이 준 핸드폰을 주머니에 꼬옥 넣은 후 놓칠세라 그 뒤를 잽싸게… 하지만 여유로운 듯 따라갔다. 아무리 그래도 깡이 있지 촐랑촐랑 따라갈 수는 없어! -_-

당당히 자신있게 걸어가는 지휴 놈의 뒷모습이 왠지 든든해 보인다. 앞으로 내 모든 고난과 바람을 막아줄 듯이 듬직해 보인다. 갑바 있는 몸뚱어리는 아니었지만 무시 못할 힘이 느껴진다. 구리구리 나 약해지지 말자! 남자란 족속들의 말 믿지 말라구. 너만이 너를 지켜줄 수 있고 보호할 수 있어. 다른 누군가에게 기대지도, 의지하지도 마. 지금까지 혼자서도 잘해왔잖아.

걸어가던 지휴 놈이 갑자기 멈추어 서서 하마터면 지휴 놈 등에 부딪칠 뻔했다.

"아씨, 갑자기 서면 어떡해!! 네 등에 부딪쳐서 쌍코피날 뻔했잖아. -0-^"

섰으면 용건이나 말할 것이지 뒤도 안 돌아보고 그냥 멀뚱하게 서 있었다.

"뭐 해? 얼른 가! 춥단 말야!"

"…라구. =_="

"…뭐? -_-"

저 새끼가 뭐래. 뭔 말인지 못 알아먹은 나 또한 지휴 놈의 멋진 뒷모습만 멀뚱히 바라보고 있었다.

"…손 잡으라고. 너 또 길 잃어먹음 귀찮게 또 찾으러 다녀야 되잖아."

짜증나고, 귀찮다는 듯이 버럭 소리를 지른 지휴 놈이었지만 이미 난 코끝이 찡해질 정도로 마음이 따스해졌다. 이 새끼한텐 조금이나마 의지해도 될까라는 말도 안 되는 생각이 들었다. 거만하고 싸가지 없는 저 차가운 행동 속에 깃들여진 배려하는 마음에 더욱더 지휴 놈한테 아무 생각 없이 기대고픈 강한 유혹이 일어났다.

나를 향해 내민 하이얀 손이 무척 예뻤다. 남자 손 같지 않게 가늘고 길게 쭈욱 뻗은 고운 손. 정갈하게 잘려진 손톱까지… 정말 예뻤다. 지휴 새끼는 안 이쁜 데가 없는 것 같다. 진짜 저 지랄 같은 성격만 고치면 딱인데.

한순간 머뭇거렸지만 이내 지휴 놈의 손을 덥석 잡았다. 내일 일은 내일 생각하자. 지금은 그냥 지휴 놈의 손을 말없이 잡고 싶었다. 나 같은 사고뭉치에다 골칫덩어리를 평생토록 책임지겠다는 빌어먹을 서방이라는 놈의 손을 잡고 싶었다. 고생 한번 해보지 않은 듯 부드러운 촉감이 죽여줬다.

"야!! 징그럽게 확 잡지 마. 끝에만 살짝 잡으라고!! 누가 그렇게 확 잡으래! 죽고 싶냐!"

지휴 놈은 버럭 소리를 지른다. 어쩐지 잘 나간다 했다. 저놈의 싸가지 또 도졌다.

"잡아도 지랄이냐?"

"한수아, 내 앞에서 쌍스러운 말 쓰지 말랬지. 죽고 싶냐?!"

"내가 쌍스러운 말을 쓰든 말든!)(*&^%$#@%!!"

어느새 원점으로 돌아가고 있었다. 똑같은 말만 계속 반복하며 지휴 놈이랑 손 꼭 잡고 투닥거리다 보니 어느새 한신이 집 앞이었다. 집 앞에 도착하자마자 지휴 놈은 매정하게도 내 손을 파악 뿌리친다. 잡으라고 할 땐 언제고. -_-^ 괜스레 무방비 상태에 덩그러니 놓여진 내 손이 무안하다.

"잘 봐놨지?"

"뭘? ㅇ_ㅇ"

"한신이네 집까지 오는 길 잘 봐놨냐고."

"아니."

"뭐? 이 삐꾸야! 너 어디가 이쁘다고 내가 끈적스럽게 네 손 잡고 여기까지 데리고 오냐!! 다신 잃어버리지 않게 길 익히라고 그런 건데 진짜 머리에 또다시 똥만 가득 찬 새끼 평생 책임지려니까 죽겠네!"

"네가 언제 길 봐놓으랬어!! 손만 잡으랬잖아!! 그리고 네가 내 머리 뚜껑 열어봤냐?? 엉? 또다시 똥이 찼는지, 오줌이 찼는지, 물이 찼는지 네가 열어서 봤냐고!"

씩씩대며 지휴 놈을 노려보았다. 그런 날 지휴는 침착하지만 삐딱

하게 서서 비웃듯이 나에게 시선을 내리꽂는다. 그 모습이 더 무섭다. ㅜㅜ

"한수아, 너 깡 세다. 나한테 개기지 말라고 한 지가 삼십 분도 안 됐는데 그새 잊어먹고 하늘 같은 서방한테 큰소리 빵빵치냐!! 기억력이 그 따위니까 네 머리에 또다시 떵만 찼다는 거지. 아무도 없는 이른 새벽에 집 앞에서 죽어볼 테냐??"

자, 잔인한 새끼! ㅠ_ㅠ 그래, 이 새캬!! 내 머리에 떵만 찼다. 그래서 네가 보태준 거 있냐!! 새끼가 눈 하나 깜짝 안 하고 잔인한 말을 와르르 쏟아내고만 있었다. =_=

순간 현관문이 거칠게 열렸다. 아씨~ 깜짝이야. -0- 한신이었다. 자다 일어났는지 손등으로 눈을 비비며 내 쪽으로 걸어왔다. 꼭 아기 토끼 같네. 커다란 눈동자가 잠이 덜 깼는지 몽롱하게 풀려 있었다.

"너네 뭐야? 새벽에 그렇게 고래고래 소리 지르면 이웃한테 폐 끼치는 거잖아."

"시끄러!"

지휴가 소리를 지르자 한신이 새끼는 놀라서 흠칫한다.

"어떤 새끼들이 새벽에 시끄럽게 소리 지르고 지랄이야!! =_=^"

덩달아 한신이네 옆집 현관문이 육중히 열리면서 이십 대 중반의 건장한 대머리 독수리 젊은이가 나왔다. 마구 인상을 쓰고 있는 것을 보니 자다가 일어난 것 같았다. 하지만 대머리 독수리 젊은이는 단 한 마디 말도 하지 못하고 사라졌다. 왜냐하면 한껏 인상 쓰며 나오려는 대머리 독수리 젊은이네 현관문이 채 열리기도 전에 지휴 놈이 기다란 다리로 뻥～ 하고 고맙게도 문을 닫아줬기 때문이다. 아주아주 정말정말 예의 바른 지휴 놈이었다. 불쌍한 대머리 독수리 젊은인 그렇게 모습을 감추었다.

"봐봐, 시끄럽게 하니까 다 깨잖아. 구리구리!! 얼른 들어가서 자자. 낼은 학교 가야지. 낼도 학교 안 가면 더 혼나잖아. 지휴 너도 얼른 들어와서 자고 가. 하암～ 잠 온다. =_= 남의 동네 와서 시끄럽게 하지 말구."

한신이가 지휴 놈의 손목을 잡아끌려 했지만 한신이의 손이 닿자마자 마찬가지로 매정하게 뿌리쳤다. 하지만 흔히 있는 일이라는 듯이 한신이는 전혀 개의치 않았다. 나 같으면 기분 더러웠을 텐데. =_=;

"싫음 마～ 구리구리 들어가자!!"

한신이의 손에 이끌려 마악 집으로 끌려 들어가려 할 때 지휴 놈은 한신이의 손에서 내 손목을 냅다 낚아채더니 자기 쪽으로 화악 끌어당겼다. 이 새끼 왜 이래? -_-;

"수아한테 손대지 마. o_o"

지휴 놈의 입에서 한수아란 나의 이름이 자연스레 흘러나오자 주접 새끼는 상당히 놀란 듯하다. 사실 엄청 놀란 것 같다.

"왜? -0-;"

"내가 한수아 서방이니까 나만 손댈 수 있어. o_o"

저, 저 새끼!! TOT 그렇게 대놓고 말하면 어쩌냐.

"내가 언제 널 내 서방 삼는다 했어?!"

부끄러운 마음에 나도 모르게 버럭 소리를 질러 버렸다.

"시끄러, 개기지 말랬지."

아씨~ ㅜㅜ 정말 이런 나약한 모습 보이기는 싫었는데 신지휴 이 새끼 앞에선 한없이 무너져 버린다. 쪽도 못 쓰고 정말로 주둥이 꼬옥 다물었다.

"지휴야, 축하한다. 하지만 나까지 그렇게 라이벌로 보지 마. 난 저 새끼 저어어어~얼대로 여자로 안 봐. 진짜 구리구리랑 난 친구일 뿐이야."

한술 더 뜨는 주접 새끼.

"야, 박한신!! 너 미쳤냐?! =0="

"구리구리!! 너 진짜 봉 잡았다. 지휴 노리는 애들 엄청 많은데 고생 좀 하겠다."

기가 막혀 더 이상 말이 안 나온다.

"친구든 뭐든 수아한테 손대지 마. 알았냐? 나 간다."

누군가의 입에서, 그것도 지휴 놈의 입에서 자연스럽게 수아란 내 이름이 흘러나오자 왠지 기분이 이상야릇 생소했다. 내 이름이 한수아구나라는 생각까지 들 정도였다. 나와 한신이 놈을 뒤로한 채 역시나 할 말은 다 했다는 듯 여유있게 폼이란 폼은 다 잡으면서 엘리베이터 안으로 유유히 사라져 가는 지휴 놈. 엘리베이터 문이 닫히고 주접 새끼와 함께 마악 집 안으로 들어가려 할 때,

"한수아!!"

누군가 내 이름을 아주아주 쪽팔리게도 큰 소리로 불러대고 있었다. 돌아보니, 아씨! 저 새끼 아직도 안 갔네. 지휴 새끼였다. 엘리베이터 문이 스르륵 완전히 열리면서 지휴 놈의 모습이 드러났다.

"낼 학교 끝나자마자 우리 학교 앞으로 튀어와서 콜 때려라!"

싫다, 이 새캬! (-_-)ㄴ… 라고 말해 주고 싶었지만 이미 엘리베이터 문은 닫히고 지휴 놈의 모습은 사라진 후였다.

"포기해, 구리구리. 지휴가 하라면 해야 돼. =_="

나는 한신이의 손에 이끌려 집으로 들어갔다. 정말 미치고 환장할 노릇이었다. 혼자만의 생각으로 한참 동안 허우적거릴 때 따가운 시선이 느껴졌다. 한신이 새끼가 손으로 턱을 괸 채 물끄러미 나를 바라보고 있었다.

"뭘 봐? -_-+"

한신이 새끼. =0= 기분 나쁘게도 씨익 웃는다.

"넌 지금 웃음이 나오냐!! 엉!! 네 소중한 친구는 지금 머리 터질 지경인데 넌 웃음이 나오냐구!"

"왜 그래, 구리구리. 파티해도 부족할 지경인데 그렇게 흥분하지 마."

아우우우우우우우우우~ 한신이 이 새끼 때문에 더 열받는다.

"파티는 무슨 얼어죽을 파티냐?? 앞으로 지옥 같은 삶을 살 친구를 위로는 못해줄망정 파티? 너 내 고운 심장에 염장 지르냐!"

"구리구리, 지금 우린 살아 있잖아. 네가 지휴랑 죽도록 친해진 것도 아닌데 이렇게 버젓이 살아 있다구. 그러니까 파티해야 할 일 아

　하긴… 살았긴 살았구나. =_=; 한신이 말 듣고 보니 또 맞는 말 같다. 진짜 욕실에서 들키지 않고 다른 곳에서 몸뚱어리에다 옷을 걸친 채 들켰다면 정말 지휴 손에 벌써 아작났을 거다. 한신이 새끼는 내 어깨에다 손을 터억 올렸다.

　"야, 구리구리, 너무 상심하지 마. 넌 목숨만 건진 게 아니고 최고의 남자를 손에 넣은 거야. 지휴가 얼마나 인기가 많은 줄 아냐?? 여학교마다 지휴 팬클럽이 거의 다 있어. 너는 모든 여학생들의 우상을 차지한 거야. 넌 앞으로 인생 핀 거라구. 얼굴 잘생겼지, 돈 많지, 능력있지, 똑똑하지, 일편단심 민들레지, 쌈 잘하지, 여기서 웬만한 새끼는 너 못 건드릴 거다. 어때? 이제야 네가 잡은 행운이 실감이 나냐?"

　나는 말이 끝나기가 무섭게 한신이 머리통을 쥐어박았다.

　"자꾸 염장 지를 거야?! 누가 그렇게 잘난 새끼 필요하대? 난 다 필요 없다고!! 그렇게 잘난 새끼면 네가 가져라! =_=^"

　한신이 새끼 울상을 지으며 쥐어박힌 머리만을 감싸쥔 채 조용히 나만 바라볼 뿐이었다.

　"빌어먹을. 진짜로 머리 터지겠네. 여기 와서 진짜 완전 미치겠네. 인간 구리구리 완전 구리구리 됐구만. 키스를 당하지를 않나, 망할 서방이 생기질 않나. =_=^ 에이씨!!"

　"뭐라고!! -0-"

　까, 깜짝이야. 내 중얼거림을 들었는지 한신이 새끼 갑자기 눈을

빛내며 흥분한 듯이 소리를 질렀다. …저 새끼, 왜 저래. -_-;

　"키스를 당했다고?! 뽀뽀 말고 키스? 누구한테?! 지휴한테?! 지휴가 너한테 키스했어?! 우와~ 진짜 완전 특종이다!! 특종이야!!"

　"시끄러. 뭐 나만 키스했냐?? 지휴랑 너희 F.F들도 다 했다면서 뭘 새삼스레 그렇게 난리를 쳐?"

　"아우~ 이 순댕아!! 키스랑 뽀뽀는 엄연히 다르지. 너는 키스라며?"

　한신이 말에 얼굴이 화악 달아올랐다.

　"시, 시끄럽다니까!! -0-;"

　지휴 새끼 말까지 옮아버렸다. 점점 더 지휴를 닮아가는 것 같은. =_=;

　"야, 나한테만 살짝 말해 봐봐. 지휴랑 뽀뽀 말고 키스한 거 진짜야?? 입술에다 한 거냐, 아님 지휴가 너한테 그것도 넣… 아얏!!"

　"이 새캬!! 내가 시끄럽댔지!! 아우씨!! 이걸 친구라고! 소란 떨지 말라니까. 나만 한 것도 아닌데 왜 이 지랄이야!"

　"아씨. 구리구리, 그만 좀 때려. 아프잖아. T_T 그리고 우린 지휴랑 뽀뽀밖에 안 했어. T_T 넌 키스했다면서."

　"무슨… 말이야? =_="

　"훌쩍. ㅜㅜ 훌쩍. ㅜㅜ"

　"그만 질질 짜고 말 좀 해봐!"

　"훌쩍. ㅜㅜ 훌쩍. ㅜㅜ"

　"야—!!"

“앞으로 안 때리겠다고 약속해. 그럼 다 말해 줄게.”

“알았어. 알았다고!! 앞으로 죽어도 너 안 때릴 테니까 후딱 말 좀 해봐!!”

순간 훌쩍거림을 뚜욱 그치는 주접 새끼. -_- 이 새끼도 얍삽하구나.

“약속했다. 좋아, 뭐든지 물어봐. 내가 성의껏 대답해 줄게.”

“그냥 다 말해 봐. 너희들에 대해서 전부 다.”

“좋아!! 음, 먼저 네가 제일 궁금해하는 것 말해 줄게. 지휴까지 포함해서 우리 여섯 명 어떻게 만나서 친구가 됐는지 아냐? ㅇ_ㅇ”

“그걸 내가 어떻게 알아! -0-^ 모르니까 물어보는 거잖아, 지금!!”

“훌쩍. ㅜㅜ 훌쩍. ㅜㅜ”

“아우씨~ 징징대지 마. 내가 언제 너 때렸냐??”

“나한테 소리 질렀잖아. ㅠㅠ”

부글부글 속에서 용광로가 들끓는다. -_-

“알.았.어. 소리 안 지를 테니까 말해 봐. 또박또박. 차근차근. 자세히.”

인내하는 자에겐 복이 있나니… 참자, 구리구리!! 적들에 대해서 100% 알아야 약점을 잡고 네가 이길 수 있는 거야.

“지휴 너처럼 술에 관해선 천하무적인데 콜라 쫌만 마시면 애가 정신을 못 차려. 한마디로 이 세상에 있을까 말까 한 별종이 또 있다는데 굉장히 놀랐지. ㅇ_ㅇ”

…ㅡ_ㅡ^ 은근히 기분 이상하네. 날 욕하는 것 같기도 하고.

"열 내지 마, 구리구리. 사실 콜라 먹고 취한다는 게 있을 수 없는 일이긴 하잖아. 지휴는 취하기만 하면 이상하게 애들한테 뽀뽀하는 변태 기질이 있거덩. 그런다고 지휴가 이상하고 가벼운 애라고 생각하지 마. 콜라 먹는 일이 드문 만큼 당한 사람도 별로 되지 않아. 너까지 포함하면 네 명이지. 상엽이, 길동이, 태훈이, 그리고 너. 중학교 수학여행 갔을 때 무슨 괴로운 일이 있었는지 몰라도 콜라 세 병을 원샷하고 취하더니 지휴가 냅다 세 명한테 쭈르륵~ 뽀뽀해 버렸어. 하지만 볼이나 입술에다 스치듯이 한 거였지 너한테처럼 키스는 안 했어. 일 저질러 놓고 다음날 아침 일어나더니 굉장히 화난 것 같은 얼굴로 걔네들한테 가더니만 앞으로 지가 책임진다고 냅다 말하는 거야. 진짜 웃긴 새끼지. 물론 난 같은 반이어서, 그리고 그땐 지휴랑 친했던 때라서 다 봤지. 그때부터 우리 패밀리 여섯 명이 이루어진 거야. 준휘는 어렸을 때부터 지휴랑 친구 사이였고."

"그럼 초롱인?? 초롱이도 지휴랑 뽀뽀한 거 아니야??"

"아아~ 초롱이. 초롱이가 지휴가 유일하게 알고 지내는 여자애를 목숨 걸고 구해줬나 봐. 나도 지휴 집 놀러갔을 때 몇 번 봤는데 난 별로 맘에 안 들더라. 되게 조그맣고 한 대 치면 톡 쓰러질 것같이 연약해 보였어. 심장이 안 좋다고 했던가? 어렸을 때 나처럼 툭하면 맨날 자빠져서 그때마다 지휴가 맨날 뛰어갔지. 물론 지금은 한국에 없어. 부모님이 외국에서 사업하셔서 지금 외국에 있다고 했던 것 같아. 유일하게 지휴한테 자연스레 스킨십하는 여자애지. 그 사건으로 초롱이까지 가세해서 우리 칠인방 패밀리가 인연을 맺었고 중학교를 졸업한 이후로 같은 고등학교 가서 지금까지 계속 같이 있는 거야. 한마디로 지휴 때문에 우리 일곱 명이 친구라는 인연을 맺어서 지금까지 존재하는 거지.”

“넌?? 넌 어떻게 알게 됐는데??”

“그냥… 어떻게 하다가.”

왠지 말을 돌리는 한신이의 표정이 굉장히 씁쓸해 보였다.

“덤으로 더 말해 줄까? 초롱인 덩치만 컸지, 맘은 무지무지 여리고 착하다. 그런데 모르는 새끼들이 초롱이 보면 쫄거든. 초롱인 우리들의 얼굴 마담이라 할 수 있지. 어딜 가도 우선 초롱이를 내세우면 웬만한 새끼들은 덤비질 못해. 처음부터 겁먹고 빌빌 기다가 사라져 버리거덩.”

궁금했지만 한신이가 말하기를 꺼려하는 것 같아서 두 눈 따악 감고 맞장구쳐 주기로 했다.

“혹시라도 간 큰 새끼 있어서 초롱이 보고도 개기면? =_=”

“그땐 태훈이가 나서지. 태훈이가 말발 하나는 끝나거든. 그 새낀 사막에다 버려놔도 살아남을 새끼야. 몸이 좀 비실비실하긴 하지만 얼굴은 그래도 봐줄 만하잖아. 태훈이 좋다는 여자애들도 많아. 태훈이 새끼 주먹은 못쓰지만 웬만한 일들은 다 주둥이로 해결해.”

역시나 나의 기대를 저버리지 않는 망할 얍삽 새끼였다. -_-

“그리고 상엽이랑 길동이는 정보통이야. 완전 마당발들이라고. 웬만한 것은 상엽이랑 길동이가 전화 한 통만 하면 다 알지. 그때 지휴가 레스토랑에서 쥐어팼던 그 새끼도 상엽이가 알아낸 거잖아. 둘 다 사교성 하나는 끝내줘. 흠이라면 둘 다 운동 선수라서 좀 무식하고 단순한 거지. 두 새끼들 주먹이 엄청 세거든. 그 새끼들도 얼굴 하난 남자답게 시원스레 생겼잖아. 가스나들 줄줄~ 따르지."

"…준휘는?"

"아아아~ 준휘? 준휘야말로 F.F의 제갈공명이지. 우리 중에서 유일하게 이성을 잃지 않는, 본능보다 이성을 먼저 내세우는 애야. 준휘는 착해서 절대 화내는 적도 없고 누구를 싫어한 적도 없어. 매너 하나는 끝내주지. 학교에서도 선생님들이 엄청 이뻐해. 모범생이거든. 준휘 빼고 다 단무라서 사고 치려고 하면 준휘가 언제나 말려줘. 우리들 뒤치다꺼리는 준휘가 다 하는 거지. 우리의 엄마나 마찬가지야. 다만 보시다시피 맘이 약해서 어떤 부탁이라도 절대 거절 못하는 착한 놈이라서 여자 관계가 좀 복잡해. 똑똑하지, 침착하지, 잘생겼지, 준휘만이 갖고 있는 그 편안하면서도 부드러운 분위기에 준휘가 절대 자기를 좋아할 일이 없다는 것을 알면서도 여자애들이 목을 매지. 준휘는 여자라면 못나고 잘나고를 떠나서 무조건 잘해줘. 한마디로 마음 착한 바람둥이야. 지금까지 준휘 싫어하는 사람들 못 봤다."

"…그래."

첫 대면이 생각났다. 유난히도 대인기피증이 심한 내가 유일하게 마음에 들어한 준휘. 아마도 준휘만이 지니고 있는 독특하고 편안한 부드러운 분위기에 빠졌던 것 같다. 하지만 준휘의 나쁜 점을 알게 되었어도 이상하게 준휘를 미워하는 감정은 생기지 않았다. 갑자기 자칭 내 서방이라는 망할 지휴 놈이 떠올랐다.

"지휴는 왜 그렇게 닿는 것도 싫어하고 여자애들도 싫어하냐?"

"나도 지휴가 왜 그렇게 가스나들을 소름 끼치도록 싫어하는지는 몰라. 다만 지휴가 스킨십 싫어하는 것은 지휴가 유일하게 알고 지낸다는 그 여자애가 전에 지휴 집에 놀러갔을 때 살짝 지휴 어렸을 때 사진 보여줬었거든. 물론 지금도 지휴가 생긴 거 하나는 끝나지만 어렸을 때는 더 죽여주더라. 얼마나 이쁘고 깜찍한지. 어렸을 때부터 보는 사람들마다 지휴한테 뽀뽀하고 안고 마악 난리를 쳤나 봐. 아마도 그것 때문에 지휴가 스킨십을 싫어하는 것 같아. 그래도 지휴 그 새끼 진짜 의리하고 책임감 하난 끝나잖아. 절대 배신 때리지도 않고 좀 막무가내이긴 하지만 진짜 괜찮은 놈이야. 우리 패밀리들도 지금까지 우리끼리 몇 번 싸울 뻔한 적 있었는데 그때마다 지휴가 다 해결해 줬어. 한마디로 지휴는 우리 패밀리의 리더라는 거지. 그 새끼 싸움도 엄청 잘해. 싸울 때 얼마나 멋있는 줄 아냐? 같은 남자가 봐도 뿅 간다니까."

유난히도 발로 차기를 좋아하는 지휴 놈. 그 모습이 생각해 보니 쪼금… 아주 쪼끔 멋있었던 같다.

"야, 네가 날 진짜로 친구로 생각한다면 지휴의 약점에 대해서 말 좀 해봐! -_-"

"약점? 그런 거 몰라. 아니, 안다 해도 말해 줄 수 없어. 너도 물론 나에게 친구지만 지휴도 지금 나에겐 소중한 친구야. 내가 이곳에 와서 적응하게 된 것도 다 지휴 때문이야. 지휴 성격 더러운 거 나도 인정해. 친구인 내가 봐도 너무하다 싶을 정도로. 하지만 생각해 보면 언제나 우리가 기대기만 했지 지휴한테 해준 것은 하나도 없다. 지휴는 절대로 남의 도움을 받지 않아. 빚지고는 못 사는 성격이거든. 도통 속을 알 수가 없어. 친구인 우리한테도 절대로 내색하지 않아. 자기 감정 통제가 아주 철저해. 사실 나도 지휴에 대해 아는 것은 별로 없어. 우리들 외에 다른 사람들에게 하는 것 보면 너무하다 싶을 정도로 건방지고 싸가지가 없지. 한 번 내뱉은 말은 무조건 지키고 마음먹은 건 어떻게든 하고 말아. 지휴는 학교에서도 학생회장이야. 준휘가 부회장이고. 공부도 되게 잘하거든. 선생님들도 지휴를 굉장히 이뻐하셔. 선생님한테도 건방지고 싸가지없게 하는데도 이상하게 지휴를 미워하긴커녕 오히려 조심스러워하고 이뻐한다니까. 흠흠, 하여간 결론은 나도 지휴에 대해서 아는 게 별로 없어. 그 점이 섭섭하긴 하지만 지휴가 원하지 않는다면 우리도 바라지 않아.”

한신이의 진지한 눈빛에 한신이가 지휴를 얼마나 좋아하는지 나는 알 수 있었다. 왠지 나의 유일한 친구를 뺏긴 것 같았다.

“이제 궁금한 것 다 풀렸냐??”

“그 여자애… 이쁘냐? ㅇ_ㅇ;”

“구리구리!! 너 지금 불안해하는 거냐? 이야~ 벌써부터 질투하면 안 되지. 지휴 정도 되는 애를 서방으로 뒀다면 그 정도는 각오해야지. 그렇게 불안해하지 마. 지휴가 유일하게 거부하지 않는 여자애이긴 하지만 그 여자애는 지휴한테 너 같은 존재는 아니야. 보호해 주고픈 존재일 뿐이야. 지휴는 그 여자애 서방이 아니고 바로 구리구리 너의 서방이라구. 지휴 그렇게 가벼운 애 아니야. 절대 바람은 안 피울 거다. 생긴 것은 그렇게 여자들 후리고 다니게 생겼어도 일편 단심 민들레야."

"시… 시끄러!! =0=; 내가 언제 질투했다고 그래!! 그냥 물어본 것뿐이야. 차라리 그 여자애한테 가버렸음 좋겠어. 나 좀 내버려 뒀음 좋겠다고! 알았냐!! 지휴 같은 새끼 한 다스로 줘도 난 필요없다고!!"

"구리구리… 너 정말이냐? ㅇ_ㅇ"

"그, 그래!! 나 낼 학교 가야 돼. 잘 거니까 깨우지 마!!"

벌떡 일어나 작은 방으로 들어와서 문을 쾅 닫았다. 괜스레 오버했다. =_=; 어떤 애인지는 몰라도, 왜인지는 몰라도 지휴가 유일하게 인정한다는 심장 약하다는 그 여자애 왠지 마음에 들지 않는다. 절대 질투가 아니다. 그냥 제발 영원히 내가 늙어 죽을 때까지 한국에 오지 않았음 좋겠다.

발딱—!!

침대에서 벌떡 일어났다. 한숨도… 못 잤다. -_- 어제 한신이가 해주었던 말이 머리 속에서 맴돌면서 사라지지 않았다. 미쳐 버리는 줄 알았다. 거울을 보니 완전히 눈탱이 밤탱이였다. =_=; 어떻게 눈 조금 부었다고 사람이 이리도 처참한 괴물이 될 수 있을까. 방문을 열고 거실로 나갔다. ―,.― 킁킁~ 맛있는 냄새가 난다. 저절로 발걸음이 주방으로 향했고 내 눈에 들어온 것은 망할 -_-^ 식탁에 사이 좋게 앉아 있는 옹녀 쉬와 한신이 새끼였다. 뭐가 그리 이쁘다고 한신이가 밥 한 숟가락씩 뜰 때마다 옹녀 쒸가 반찬을 올려주는 아주아주 몹쓸 짓들을 주방에서 벌이고 있었다.

"…꼴값을 떨어요. =_="

옹녀 쒸의 가느다란 눈썹이 화악 올라간다. 행여 불똥이라도 튈까 두려워 얼른 고개를 돌렸다. 다행히 아무런 소리도 들리지 않았다.

"야, 한수아!!"

아씨, 진짜 옹녀 쒸! −_−^ 내 이름 부르지 말라니까! 찌릿찌릿 눈에 힘주며 고개를 팍 돌렸다. 쇠숟가락이 내 눈앞에 버티고 있었다.

"이건 뭐야? −_−;"

"눈 부은 덴 얼린 쇠숟가락이 최고야. 인심 써서 주는 거니까 받아라."

퉁명스레 말을 건네며 옹녀 쒸가 내미는 쇠숟가락을 나도 모르게 받아서 부은 눈으로 가져가고 있었다. 차가운 느낌이 눈꺼풀에 와 닿자마자 정신이 맑아지며 붓기가 다 가라앉는 것 같았다. 오늘따라 유난히도 옹녀 쒸와 한신이가 다정해 보인다. =_=; 저것들 뭔 일 있었나? −_−

채 마르지도 않은 머리를 대충 수건으로 턴 후 교복을 입고 죽도와 책 한 권도 들지 않은 가방만 덜렁 멘 후 집을 나섰다. 목을 조는 넥타이가 갑갑해 느슨히 풀어헤쳤다.

"한신이 학교 잘 갔다 오고 끝나면 누나한테 전화해."

여전히 옹녀 쒸, 나는 보이지도 않고 한신이밖에 안 보이나 보다. −_− 망할 네 동생은 구리구리 바로 나다!! 한신이도 다 컸다고~ 열

여덟 살이나 먹은 다 큰 남자라고. 그걸 아직 못 느꼈는지 여전히 한신이를 애지중지 애 취급하는 옹녀 쒸. =_=; 이상하게도 한신이의 얼굴이 그리 밝지는 않다.

"가자, 구리구리!!"

옹녀 쒸의 말엔 대답도 하지 않고 애꿎은 내 손목만 잡아끈다. 그런 한신이를 옹녀 쒸는 아무 말 하지 않고 물끄러미 바라본다. 마악 현관문을 닫고 뒤돌아 섰을 때,

"야, 한수아!! 앞으로 한 번만 더 맞고 다니면 내가 너 죽여 버릴 줄 알아. 무슨 일이 있어도 맞고 다니지는 말라고!"

옹녀 쒸가 내 뒤통수에다 대고 냅다 소리쳤다. 곧 이어 쾅하고 문이 닫히는 소리가 들렸다. 그 말은 내 멋대로 살라는 말이나 마찬가지였다. 진작 그럴 것이지. 순식간에 기분이 좋아졌다. 학교로 향하는 발걸음이 유난히도 가벼웠다. 얼른 가서 자야지.

학교에 도착해서 한참 달콤한 잠에 빠져 있을 때 누군가 나를 조심스레 흔들었다.

"뭐야? -_-"

나의 단잠을 깨우는 새끼가 누구냐고!! 벌떡 일어났다. 검은색의 두꺼운 뿔테 안경을 쓴 짝꿍이라는 놈이었다.

"네가 수업 끝나면… 깨, 깨워달랬잖아."

짝꿍이라는 놈이 우물쭈물 더듬더듬 말을 꺼냈다. 내가 그랬나? =_=; 집에선 그리도 안 오던 잠이 학교에 도착해 책상에 엎드리자마자 마구 쏟아졌다. 난 정말 학교 책상 스타일인가 보다. =_=; 푹신한

침대보다 딱딱한 책상이 더 체질에 맞나 봐. 시계를 보니 벌써 3시네. 가야지. 가방 메고 벌떡 일어났다. 교실을 나서기 전 두꺼비 새끼 자리를 보니 비어 있었다.

"대포 다쳐서 입원했대. 한참 동안 안 나올 거래."

역시나 나의 짝꿍이라는 놈이었다.

"언제 물어봤냐? -_-"

"아, 아니, 난 그냥 네가 궁금해하는 것 같아서. @_@"

저 새끼… 은근히 우물쭈물하며 나한테 할 말 다 한다.

"야, 짝꿍."

"어? @_@"

어쭈~ 또 대답하네?

"내가 먼저 말 걸기 전까진 나한테 말 걸지 마. o_o"

쫀 듯한 표정의 짝꿍 놈. 이제야 속이 시원하다. 나도 점점 지휴 놈 닮아서 성격이 더러워지는 것 같다. 괜한 짝꿍 놈 괴롭히는 걸 보니. -_-; 드르륵 교실 문을 열고 나가려는데… 아우, =_=^ 또 뭐야!! 뒤를 돌아보니 망할 짝꿍 놈의 새끼가 내 가방을 꼬옥 잡고 있었다.

"안 놓냐? -_-"

"보, 보충수업 아직 안 끝났단 말야. 지금 가면… 안 돼."

이 새끼 강적이다!! =0=;

"너 뭔데?"

"…어? @_@"

"나한테 뭔데 잔소리냐고."

"나 반장인데…….”

빌어먹을. -_-; 반장이라니까 할 말이 없잖아.

"담임한테 나 아파서 병원 갔다고 해.”

"대신에 내일은 보충수업 받아야 해. @_@”

뭐 이런 새끼가 다 있어. =_=

"간다.”

더 이상 상대해 봤자 시간만 아깝다. 교실 문을 나서려는데 또 누군가 날 잡는다.

"아오~ 야, 너 죽고 잡냐!! =O=^”

정말 키만 멀대같이 큰 어리버리 반장 새끼. 넌 나한테 죽었어!! 확 뒤를 돌았다. 반장이 아니었다. 우리 반 여자애였다. 쫄았는지 커다란 눈동자가 심하게 흔들렸다.

"왜? -_-”

"이, 이거…….”

하이얀 리본을 하늘하늘 단 여자애가 조심스레 내민 손바닥엔 예쁘게 포장된 무언가가 있었다.

"가정 실습 시간 때 내가 만든 쿠키야. 네가… 받아줬음 해.”

먹을 거다! o_o 덥석 쥐었다.

"고마워.”

안 그래도 배고팠는데. 더 이상의 미련 없이 교실 문을 나섰다. 더 이상 나를 잡는 사람도 없었다. 교실 문이 닫히자마자 여자애들의 비명 소리가 들린다.

"꺄아아아아아앗! >_< 들었어? 고마워~ 할 때 그 눈빛 너무 멋있지 않니!!"

"세진아! 세진아, 정신 차려!!"

"야, 이 기집애야!! 아무리 좋다고 기절하면 어떡해!!"

교실 안은 난리가 아니었다. 하지만 내 알 바 아니지. 이쁘게 싸여진 포장지는 이미 복도에서 나돌아다니고 있었고, 난 이미 쿠키 하나를 입에 집어넣고 있었다. 굉장히 달콤했다. 얼른 F.F들 갖다줘야지. 어느새 내 머리는 잘난 F.F 놈들을 친구로 받아들였나 보다.

터벅터벅 담장을 훌쩍 뛰어넘어 한양고로 발걸음을 옮겼다. 어느새 지휴와 내가 처음 만났었던 그 담벼락에 도착했다. 다시 난 쭈그리고 앉아 뒤적뒤적 주머니를 뒤졌다. 뭔가가 내 손에 덥석 잡혔다. 지휴가 준 사랑스런 나의 핸드폰이었다. 나도 진짜 단단히 미쳤음에 틀림없다. 지휴 새끼가 튀어와서 콜 때리라고 진짜 콜 때리고 있으니. 아직 수업 시간일 텐데. 이 새끼! 한번 당해봐라. 수업 시간에 혹시라도 폰을 켜놨다면 아마도 혼나겠지. ㅎㅎㅎㅎㅎㅎㅎ~ 구차하지만 지휴 새끼한테 이런 식으로라도 복수하고 싶다. 주저없이 통화키를 눌렀다.

뚜우— 뚜우—

[죽을래?!]

까, 깜짝이야. =0=

"나 누군지 알아? o_o;"

[누가 이제 전화하래! 서방 말이 말 같지 않냐?]

당당하면서도 여전히 싸가지없는 이 목소리. 이게… 아닌데??

"학교 끝나자마자 전화한 건데. =_=;"

[어디야?]

"담벼락 앞……."

[꼼짝 말고 있어라. 움직이면 죽을 줄 알아. 이십 분 안에 간다.]

"안 와도……."

[시끄러!! 리플 달지 마.]

"아, 아니, 그게 아니……."

뚜우— 뚜우—

끊겼다. 지휴 놈은 통화상으로도 여전했다. 지 할 말만 하고 끊어버리는 새끼. =_=ㅗ …하지만 난 벌써 지휴 놈을 기다리고 있었다. 그나저나 이십 분 동안 뭘 하지? 심심하다. 아직도 무수히 많은 낙서로 가득 찬 담벼락을 훑어보았다. 지휴 놈과의 담벼락 사건 이후로 쉽사리 담벼락에 손을 댈 엄두가 나지 않았다. 그렇다고 내가 절대로 겁쟁이란 말은 아니다. 단지 나쁜 일은 미리미리 예방하자 이거지.

왁자지껄한 소리가 들려왔고 고개를 돌려보니 분명 땡땡이 까는 게 틀림없는 한양고 학생 세 명이 눈에 띄었다. 디스코 바지를 능가해서 거의 쫄바지에 가까운 회색 교복 바지와 꼴에 요즈음 유행한다는 바람 머리를 어설프게 흉내 낸 것으로 보아 분명~ 양쓰였다(양아치쓰레기). @_@ 오늘 아침의 옹녀 쒸, 분명히 앞으론 내 멋대로 살라고 했다(제멋대로 해석함). 그렇다면… 푸헬헬~ 이십 분 동안 나와 놀아줄 장난감들이 생겼다. 즐거운 마음으로 장난감들을 향해 정답게

  놈들을 불렀다.

"헤이~ 양쓰들!"

뭐가 그리 신났는지 자기들끼리 신나게 웃어대던 세 양쓰들이 나의 부름에 순식간에 얼굴이 싸악 굳으며 나에게 시선을 집중시켰다.

"안녕. (^___^)"

담벼락에 기댄 채 여전히 쭈그리고 앉아 양쓰들을 향해 씨익 미소 지으며 정말정말 착하게도 손까지 절레절레 흔들어주었다. 어때? 고맙지, 짜식들아? 세 양쓰들은 바닥에 침 한번 찍— 뱉더니 어슬렁어슬렁 나에게 다가왔다.

"야!! 너 금방 우리한테 뭐랬냐?"

"양쓰들이랬는데?"

"어라? 이 새끼 미친 거 아니냐!"

나의 당돌함에 당황스러운 듯 자기들끼리 쑥덕쑥덕댄다.

"헤이~ 양쓰들, 난 남이 내 말 하는 것 엄청 싫어하거든. 그런데 지금 너희들이 내 말 하고 있는 것 같아서 기분이 무진장 더러워."

여전히 웃음을 잃지 않고 말하는 내 모습에 세 양쓰들 더욱더 열받은 듯했다.

"미친 자식. 여기가 어디라고 혼자 와가지고 지랄이야. 기생 오라비처럼 생긴 것이 간댕이가 무지 부었고만. 씨발! 이 새끼, 넌 오늘 우리 손에 죽었어."

드디어 그중 한 놈이 나에게로 성큼성큼 다가와 주먹을 있는 힘껏 날렸다. 같잖은 것들. 양쓰의 주먹이 나에게 닿기도 전에 나의 죽도

가 놈의 머리를 먼저 강타했다. 오예~ 소리 하나 끝내주는데. 그런
데 이 새끼 엄청난 돌대가리잖아!! 내 일격에 머리를 감싸쥔 채 주저
앉은 양쓰 원. 그런 친구의 모습에 마음속에 잠들어져 있던 우정이
불끈 고개를 들었는지 두 놈들이 한꺼번에 나에게 덤볐다. 놈들을 개
패듯이 패놓은 후에야 그나마 속이 후련해졌다. 이게 원래의 내 모습
이었다. 괜히 시비 걸고 쌈박질하고, 쥐어패고, 이유없이 모든 것들
에게 불만을 품는 게 내 모습이었다. 사랑스런 죽도를 조심스레 등에
다시 멘 후 차곡차곡 정답게도 바닥에 누워 있는 놈들을 향해 몸을
숙였다.

“너희들은 뭐라구? ^-^”

“야, 양쓰. ㅜㅜ”

죽을상을 짓는 놈들이 조심스레 나를 힐끔 바라보며 더듬더듬 대
답했다.

“그래~ 너희들은 양쓰야. 어린것들이 그렇게 머리에 무스 바르고
쫄바지 입고 다니면 못써요.”

양쓰들은 그저 막무가내로 고개만 끄덕거린다. 진작 그럴 것이지.

“그래, 그럼 얼른 가던 길 가라, 양쓰들.”

내 말이 끝나기도 전에 놈들은 허겁지겁 앞다투어 달려갔다. 그때,

“한수아.”

촤악 깔린 이 목소리는? =0= 천천히 뒤를 돌아보았다. 지휴 놈이
무시무시하게 나를 갈구며 느릿느릿 여유있게 걸어오는 게 눈에 들
어왔다. 잽싸게 시계를 내려다보니 이제 겨우 십 분인데. 이 새끼, 왜

　이렇게 빨리 나온 거야? =0=

　　"뛰던 새끼들도 멈춰!"

　　지휴 놈의 고함 소리에 허겁지겁 도망가던 놈들의 속력에 더욱더 가속도가 붙여졌다. 아마도 내 친구라고 생각했기에 더 얻어 터질까 봐 죽기살기로 도망가는 것이겠지. =_=;

　　"씨발! 서라고!!"

　　지휴 놈의 고함 소리에 도망가던 세 양쓰들은 갑자기 멈추어 서더니 슬며시 뒤를 돌아보았다. 지휴 놈은 이미 두 손은 주머니에 타악 꽂은 채 삐딱하게 내 옆에 서 있었다. 지휴 놈을 본 세 양쓰들의 눈이 개구리 눈처럼 왕사탕만큼 커지더니 후닥닥닥닥닥닥 도망갈 때보다 더 빠른 속도로 앞에 주르륵 정렬해서 빳빳이 섰다.

　　"뭐냐?"

　　지휴 새끼, 또 못 알아먹게 앞말을 잘라 버리고 뒷말만 내뱉었다.

　　"뭐가? =_=;"

　　"뭐냐고. -_-"

　　"뭐가? ㅜㅜ"

　　방금 전에 회복된 나의 존심은 여지없이 지휴 놈 앞에서 무너져 버렸다.

　　"이것들하고 뭐 했냐고."

　　"오랜만에 검도 수련 좀 했는데. =_=;"

　　"너 지금 나 놀리는 거지?"

　　"정말… 이야. ㅜ_ㅜ"

난 세 양쓰들 앞에서 여지없이 비참한 모습을 보여야 했다. 망할 지휴 놈. T_T 이때다 싶었던지 세 양쓰들 중 족제비같이 생긴 놈 왈!

"지휴 선배, 저게 아무 이유 없이 우리한테 시비 걸었어요. 우린 아무 잘못도 안 했는데 죽도로 마구 쥐어팼어요."

…=_=^ 저것들… 남자 새끼들이 고자질을 해! 분명 태훈 놈의 자손들일 거야! 나중에 기필코 나 구리구리가 너희들 죽인다!!

갑자기 지휴 놈, 세 양쓰들을 줄줄이 기다란 다리를 들어 올려 놈들의 배를 사정없이 때렸고 세 양쓰들은 주르륵 바닥에 자빠졌다. 태훈 놈의 자손들, 쌤통이다.

"시끄러. 누가 떠벌리래. 내가 물어보기 전까지 입 닥쳐."

여전히 교복 주머니에 꽂은 두 손은 빼지 않은 채 놈들을 향해 소리쳤다. 정말 다시 봐도, 수천 번 봐도 느끼는 건데 지휴 놈의 폼은 언제나 거만하고 건방졌다. =_=; 앤드 내가 잠시 깜빡한 게 있었으니. ㅎㅎㅎㅎㅎㅎ~ 지휴 놈은 얍삽하게 떠벌리는 새끼들을 무지무지 싫어한다.

"스탠답!"

지휴 놈의 말이 끝남과 동시에 세놈들은 폴딱 일어나 다시 빳빳히 차렷!! 자세로 지휴 놈 앞에 섰다.

"한수아, 넌 뭘 잘했다고 실실 쪼개. 조용히 짱 박혀서 기다리랬지 누가 사고 치래?"

"내가 언제 사고 쳤어? =0=^"

"시끄러. 학교 후배들 쥐어패라고 너 튀어오란 거 아냐."

맨날 시끄럽대. T_T 지휴 놈의 역정을 받고 있는 내 모습에 세 양쓰들은 고소하다는 듯한 표정으로 그 상황을 지켜보고 있었다.

"한수아, 괜히 시비 걸며 사고 치지 말고 평소처럼 그냥 멍하니 다녀."

"아씨, 내 이름 부르지 말라니까!! 그리고 내가 언제 멍하니 다녔다고 그래!"

"서방한테 대드냐?"

저… 저 새끼 그런 말을… 다른 놈들도 있는데. -0-; 얼굴이 화끈 달아오른다. 완전 스타일 구겨졌다. T_T 지휴의 말에 세 양쓰들은 상황 판단이 안 되는 듯 멀뚱멀뚱 아리송한 표정으로 지휴를 바라보았다.

"눈 깔아. -_-^"

세 놈들은 잽싸게 바닥으로 시선을 곤두박질시켰다. 정말 훈련 잘 된 똥개들 같았다.

"이 새끼들 뭐야!"

우렁찬 고함 소리가 들려왔고, 소리가 난 곳으로 시선이 집중되었다. 얼핏 보기에 선생 같았다. 우람한 덩치를 자랑하는 삼십 대 중반의 남자가 무시무시한 몽둥이를 한 손에 쥔 채 다가오고 있었다. 선생이란 작자가 다가오자 나는 잽싸게 피하려고 몸을 돌렸지만 TT 망할 지휴 놈이 내 손목을 꽈악 잡고 놓지 않는 바람에 그 자리에서 꼼짝도 못했다.

"신지휴, 이 새끼! 또냐? 왜 애꿎은 애들은 쥐어패고 그러냐!"

가까이서 보니 더욱더 무시무시하게 생겼다. =0=

"땡땡이 치고 있길래 교육시켜 주고 있잖아요!!"

지휴 놈은 조금도 쫄지 않고 삐딱하니 몽둥이 선생을 올려다보면서 건방지게 말을 내뱉었다. 지휴 놈의 말에 몽둥이 선생이 세 양쓰들을 화악 째려본다. 세 양쓰들은 순식간에 시선을 또다시 바닥으로 곤두박질시켰다. 잽싼 놈들… 세 양쓰들을 죽일 듯이 째려보던 몽둥이 선생의 시선이 나에게로 쏠렸다. 사실 무시무시한 모습에, 아니, 무시무시한 몽둥이에 좀 쫄긴 했지만 아무렇지 않은 듯 무심히 몽둥이 선생의 눈길을 맞받아쳤다. 그런 내 눈빛에 몽둥이 선생은,

"이 새끼는 제법인데?"

피식 웃어버린다.

"신지휴!! 이 새끼도 니 F.F 프랜즈냐?"

씨익 웃으며 지휴 놈의 뒤에 서 있는 나에게 손을 뻗었다. 하지만 나에게 닿기도 전에 대단한 지휴 놈이 몽둥이 선생의 손을 타악 쳐낸다.

"손대지 마요."

몽둥이 선생은 무안한지 으쓱하더니만 지휴 새끼 어깨를 투욱 친다.

"새끼, 어디 네 친구 아니랄까 봐 곱상하니 생긴 것이 여자들 꽤 울리겠고만. 저 새끼도 우리 학교에 끌어들이지 마라. 지금도 너희들 때문에 호들갑 떠는 여학생들 충분하니까."

이건 선생과 제자의 분위기가 아니었다. 분명 편안한 친구 사이의 대화였다. =_=; 나는 그냥 멀뚱히 지휴 놈의 뒤에서 멍하니 서 있었다. 나보다 더 큰 지휴 놈 때문에 도통 앞이 보이지 않는다. 나도 모르게 지휴 놈의 뒷모습을 쓰윽 훑어보았다. 여전히 쫘악 세워진 칼주름에 회색 바지가 맵시있게 줄여져 있었다. 앞의 세 양쓰들과는 달리 깔끔하고 예뻤다. 새끼, 삐삐 마른 줄 알았는데 의외로 은근히 갑바 있네.

"애들 어지간히 괴롭히고 데리고 들어와라. 너도 땡땡이 치면 그땐 이 몽둥이로 사정없이 때릴 테니까 땡땡이 칠 생각 하지 마라."

"티라노, 시끄러워요! =_=^"

티, 티라노?! 푸웃! 정말 판박이었다. 선생한테도 어김없이 건방지다는 주접의 말이 떠올랐다. 저 새끼, 무시무시한 몽둥이 선생한테까지 시끄럽다고 하다니 정말 대담한 새끼다.

"이놈의 새끼!! 선생한테 티라노라니. 다른 놈들이 그랬으면 이 몽둥이로 반 죽여놨을 텐데 신지휴 넌 깜찍하니까 봐준다."

지휴 놈의 볼을 잽싸게 꼬집더니만 그렇게 몽둥이 선생은 유유히 사라졌다.

"아우씨!! 망할 티라노 선생!! 한 번만 더 볼딱지 꼬집으면 선생이고 나발이고 아작 내버릴 거야!!"

지휴 놈은 씩씩거리며 수십 번도 넘게 볼딱지를 거칠게 손등으로 문질러 댔다. 그런 지휴를 난 멍하니 바라보고 있었고 세 양쓰들은 제대로 고개도 들지 못한 채 바닥에 고개를 처박고 눈치만 살피고 있

었다. =_= 그때 갑자기 지휴 놈이 나를 바라보았다. ㅇ_ㅇ;

"가자."

그리곤 무작정 앞으로 걸어갔다. 그런 지휴 놈의 뒤를 난 쫄랑쫄랑 느릿느릿 쫓아갈 수밖에 없었다.

"지휴 형! 저희는 어떡해요? ㅠoㅠ"

지휴 놈이 아무 말도 없이 가버리자 이러지도 저러지도 못하는 세 양쓰들은 오만상을 다 찌푸리며 소리쳤다. 하지만 공정한 지휴 놈이 그 말을 듣고 대답해 주기는 서쪽에서 해가 뜨지 않는 한은 있을 수 없는 일, 역시 씹었다. 에라이~ 나도 모르겠다. 태훈 놈의 자손들아… 명복을 빈다.

거의 죽을상을 지으며 울부짖는 세 양쓰들을 뒤로하곤 지휴 놈과 난 일정한 간격을 유지한 채 한마디의 대화도 없이 한없이 무작정 걸었다. 지나가는 사람들, 건물들 괜스레 눈길을 쏟았다. 그렇게 방황한 게 한 시간이 다 되었을 무렵 나는 도저히 못 참고…

"야, 신지휴!! 도대체 어디 가는 거야!! 어디 가는지 말 좀 하고 가라고!"

지휴 놈이 갑자기 멈춰 서는 바람에 하마터면 등에 헤딩할 뻔했다. 휴우우우우~ =_=; 지휴가 나를 향해 휙~ 돌아섰다.

"…ㅇ_ㅇ"

"어디 가냐고? =_=; 몰라."

"…=0= 뭐? 모른다고? 모르면서 한 시간 동안 계속 무작정 걸은 거냐?! =0=^"

저 새끼 =0= 머리 속은 도대체 무슨 생각을 하고 있을까? 정녕 궁금하도다.

"계속 걸을 거냐? =_="

"몰라. ㅇ_ㅇ"

아리송한, 답답한, 애매모호한 지휴 놈의 대답에 나도 모르게 다시금 열이 화악 올라왔다. 열받네. 내 다리가 얼마나 약한데 이유없이 한 시간을 걷다니. -_-^

"모른다니! =0=^ 그럼 지금까지 뭐 한겨!"

"…데이트. ㅇ_ㅇ"

이, 이놈이 뭐래! 순간 할 말을 잃어버렸다. 그런 내 모습에 무안했는지 얼굴이 화악 빨개진 지휴 놈은 괜스레 지가 더 열받았다는 듯이 열 낸다.

"시끄러, 무슨 계집애가 그리 말이 많아!! 서방님이 하자면 하자는 대로 해야지!!"

"아씨! 계집애라 하지 말라니까! 그리고 이게 뭐야! 서방이면 다냐! 서방이면 고생시켜도 되냐고!! 다리 아파 뒈지겠구만 또 걸을려고?"

"…내가 언제 너 고생시켰어. 데이트랬잖아."

"이런 데이트가 어디 있어!!"

"여기 있어. =_="

"이런 건 데이트가 아냐!"

"그럼 어떻게 하는 건데? ㅇ_ㅇ 어떻게 하는 게 데이트냐?"

“그건… 그건……. =_=;”

나도 안 해본 데이트를 나한테 물어보면 어쩌냐고오! 내가 어찌 아냐고오오! 나의 침묵에 당당하게 지휴 놈 한다는 말이…

“뭔지도 모르면서 아는 척하지 마. 쪽팔려. o_o”

새캬!! 그럼 너는 아냐? 아냐구! 지도 모르면서 지랄이야. 별것이 다 쪽팔리다네. 신지휴는 모든 것에 관한 이유를 쪽팔림으로 다 우겼다.

“다리 아프냐?”

“(——)(__)(——)(__)”

“그럼 말하지.”

“네가 말할 틈이나 줬어? 말도 못 붙이게 폼 잡고 걸어간 놈이 누군데?”

“너 깡 세잖아. 신지휴~ 하고 불러 세워서 말하지. o_o”

새, 새끼. =0= 눈 하나 깜짝 안 하고 할 말 없게 만든다. 그러나 말이 없으면 만들어서 하는 게 나 한구리구리지.

“내가 언제 깡 세다고 했어!! 그리고 나 내팽개치고 혼자 걸어간 새끼가 누군데. 어떤 게 데이트인지는 몰라도 혼자 걸어가는 것은 아니라고!!”

“나란히 다니면… 쪽팔려. o_o”

또 지랄. ——^ 진짜 사람 황당하게 만드는 데 일가견 있구나. 이 새캬, 그러게 누가 데이트해 주랬냐! =_=^ 그런 것 필요 없어!! 쪽팔리면 하지 말라고!

“말도 안 되는 소리 하지 마!! F.F 놈들이랑은 나란히 잘 가면서 왜 나랑은 나란히 가면 쪽팔리는데? 난 너보다 못하다 이거냐? 그럴 거면 아예 이까짓 것들 다 때려치우지 그래?”

“그놈들이랑 넌 달라. ㅇ_ㅇ”

“뭐가? 뭐가 다른데? 왜에~ 내가 망할 놈의 계집애니까 너랑 나란히 걸으면 안 되는 거냐?”

미친… 괜스레 말하면서 마음속에서 강한 파문이 점점 물결처럼 퍼져 나가고 있었다.

“시끄러. 계집애고 나발이고 내 알 바 아니야. 그놈들은 친구고 넌… 내 새끼잖아. 새끼랑은 나란히 걸어가면 쪽팔려. ㅇ_ㅇ”

“내가 왜 네 새끼야? 너 같은 부모 둔 적 없다고!! =0=^”

“아우쌍~ 이 또라이야. 내가 말하는 새끼는 새끼손가락이랬잖아. 더 이상 내 말에 리플 달지 마. 계속 너 깡 센 거 자랑하면 나도 내 인내심의 한계가 어디까지인지 궁금해지니까!”

지휘 놈은 마지막 말에 악센트를 팍팍 준다. 진짜 죽이려나 봐. =_= 그래도 오래 버텼다. 구리구리, 넌 오늘도 최선을 다한 거야. 이렇게 조금씩 기선을 제압해 나가는 거야. ㅇㅜ^ㅜㅇ 그나저나 진짜 누가 데이트해 주랬나. 지 혼자 말도 안 하고 어떻게 하는 지도 모르는 데이트한답시고 쪽팔리니까 괜히 나한테 성질 내고 지랄이야. -_-

“무슨 생각 해?”

“…ㅇ_ㅇ;”

"누가 데이트시켜 주랬냐… 이 생각 했지?"

헉!! 이 새끼 눈치 빠르다!! 뭔 생각을 못하겠네!! 내가 움찔하는 사이 다시 몸을 홱 돌리더니 어디론가 간다. 빌어먹을. 진짜로 또 걷네. ㅜ^ㅜ

"아우~ 씨발!! 또 걷냐? =0="

지휴 놈의 발길이 확 멈춘다.

"=0=; 같이… 가자고. ㅠㅠ"

그제야 다시 발걸음을 옮기는 지휴 놈. 빌어먹을~ 구리구리 완전히 새 됐네. =_=; 지휴 놈이 지나갈 때마다 계집애들이 속닥거리면서 지휴 놈을 바라본다. 이놈의 가스나들아! 남의 서방 훔쳐보지 말고 너네 서방들이나 봐!! 으_으! 내가 방금 뭐랬지! 미쳤어! 난 진정 지휴 놈의 싸가지 페이스&최면술에 넘어간 거야! 하도 저 새끼가 서방서방 해대서 세뇌당한거라고! 아우우우우우~ 정신 차려, 구리구리! 지휴 놈 페이스에 넘어가면 안 돼! 거리인 것도 모른 채 눈을 질끈 감고 세차게 머리를 흔들었다. 순간 누군가가 내 손목을 잡더니만 화악 끌어당겼다. 어떤 미친놈이 감히 내 손목을 잡아! 이걸 그냥 화악!! 유난히도 날카로운 나의 눈매를 믿으며 힘이란 힘은 눈에 모조리 준 채 화악 째려보았다. 지휴 놈… 이었다. -0-;

"잘 좀 따라와. 제발 신경 좀 쓰이게 하지 마라."

너 뭐래냐? =_= 내가 언제 너 신경 쓰이게 하든? =_=^ 야리꼬리한 기분을 온몸으로 만끽하며 마음속으론 쉴 새 없이 지휴 놈에게 욕을 지껄이면서도 지휴 놈에게 이끌려 나는 발걸음을 옮겼다.

한참을 걸어가던 지휴 놈은 갑자기 우뚝 멈추어 서더니 나를 향해 휙~ 돌아선다.

"…=_=;"

"사고 치지 말고 여기 꼼짝 말고 오 분만 있어라."

"…싫은데. =_="

"…ㅡ_ㅡ"

"그러지… 뭐. ㅠㅠ"

드디어 지휴 놈이 잡고 있던 내 손을 놓아주었다. 새캬, 내가 사고 치면 얼마나 친다고 그래. 나같이 양심적으로 곱디곱게 사는 대한민국 시민 있음 나오라고 해봐. 봐봐, 아무도 없잖아. 마악 건물 모퉁이를 돌아서려던 지휴 놈은 다시 휙 나를 돌아보자 나는 그 시선에 찔끔. =_=;

"얌전히 있어."

"아우씨, 내가 언제 사고 친다 그래! 여기서 아무 짓도 안 하고 있을 테니까 얼른 갔다 와!!"

그제야 모퉁이로 사라지는 지휴. 그놈의 모습을 내 눈으로 직접 확인한 후 회심의 미소를 씨익 지었다. ㅎㅎㅎㅎㅎㅎㅎㅎㅎ~ 지휴 놈의 레이다 망에서 벗어나니 왜 이리도 홀가분하냐. 왜 저 새끼 앞에선 꼼짝도 못하는지 정말 내 자신도 이해가 되지 않는다. …하긴 좀 무서운 놈이지. 지휴 새끼, 은근히 싸이코 기질이 다분하다. 지휴 놈의 모든 것은 완전히 극과 극이었다. 곱상한 외모와 달리 더러운 성격하며, 가스나 수십은 후리고 다닐 외모와는 달리 고리타분한 조선시대 사고방식 하며, 거기다가 빌어먹을 놈의 책임감인가 뭔가 하는 것&어울리지 않게 죽도록 걸어 다녀놓고 데이트라고 우기지를 않나. 정말 알 수 없는 베일에 싸인 지휴 놈이었다. 아니, 휴지에 싸인 지휴 놈이라 해야 할까. ㅋㅋ …가만 이 새끼, 왜 이렇게 안 와? 심심해 죽겠고만(사실 지휴 놈 사라진 지 오 분도 안 됐음). 이상하게도 지휴 놈이 없으니 썰~렁한 것이 영 찜찜했다. 그새를 못 참고 나는 이미 지휴 놈이 사라진 모퉁이 쪽으로 걸어가고 있었다. 절대 지휴 놈이 보고 싶어서 가는 것은 아니다. 그런데… 어디로 간 거냐, 신지휴! 모퉁이를 돌아서니 세 개의 갈림길이 눈에 들어왔다. 정말 신지휴, 넌 언제나 나의 이성을 흐리게 하는구나. ㅜㅜ 제발 오직 직선 길로만 다니려무나. 손바닥에 침을 한번 찍 뱉은 후 사정없이 다른 손바닥으로 타악!! 내려쳤다. 이럴 땐 이게 최고지. −_−b 저쪽이다! 한 치의 의심 없이 가운데 길을 향해 쭈욱 걸어 들어갔고 또다시 나오는 여러 개의 길목에 나의 이성이 흐려지려 할 때 반갑게도 엄청나게 싸가지 없는 목소리가 내 귀를 파고들었다. 역시 이 방법이 최고라니까.

"야! 이성과의 만남은 무슨 이성간의 만남이야!! 누가 국어사전에서 찾아주랬어!! 한준휘! 제대로 좀 말해 봐! 씨발!! 시끄러!"

준휘 씨랑 통화 중인가 보다. 커다란 레스토랑 건물 앞에서 계속 왔다 갔다 거리며 통화하고 있는 지휴 놈을 발견한 순간 잽싸게 다른 건물 안으로 숨어들었다. 지휴 놈의 옆에선 그 건물의 레스토랑 웨이터인 듯 한 나비 넥타이 남자가 안절부절못한 채 지휴 놈의 뒤에서 빌빌대고 있었다. 나는 어두운 건물 안과 일심동체가 되어 지휴 놈의 통화 내용에 귀를 기울였다.

"됐어. 됐다고! 너 데이트할 때 어디 가고 뭐 하는지 그것만 간단하게 얼른 말해."

지휴 놈은 분명 준휘에게 데이트에 대해서 물어보고 있었다. 새끼, 은근히 가슴 찡하게 만드네. 나 같은 거랑 데이트하려고 천하의 신지휴 씨께서 저런 모습을… 정말 쪼금, 아주 쪼금 귀여운 면이 있군. 하지만 신지휴, 명심해라. 네가 아무리 그래도 난 여자가 될 마음이 없다는 것을.

"아오씨!! 그런 데 어떻게 가! 쪽팔리잖아!! 난 못해. 절대로 안 해!!"

혼자 소리는 고래고래 다 지르더니 전화를 뚝! 끊어버린다. 지휴 놈이 전화를 끊자마자 그제야 비실비실거리던 나비웨이터,

"저 손님, 들어오실 건가요? ^-^;"

그 한마디를 하기 위해 지휴 놈의 통화가 끝나기만을 기다렸던 것이다. 아주아주 직업 정신이 투철한 웨이터였다. 지휴 놈, 나비 웨이터의 말에 불만인 듯이 커다란 눈으로 나비 넥타이의 위아래를 쭈욱 훑어보았다. 지휴 놈의 눈빛에 나비 웨이터는 더 비실거린다. 하긴… 지휴 놈 눈빛이 쫌 하지. 침묵으로만 일관하던 지휴 놈, 바닥에 침 한 번 찍 뱉더니 주머니에 두 손을 타악 꽂곤 건방진 폼으로 어슬렁어슬렁 걸어가 버렸다. 행여라도 지휴 놈에게 들킬까 봐 건물 안에 꽁꽁 숨어 있던 나는 지휴 놈이 사라진 뒤에야 슬그머니 밖으로 나왔다. 저 새끼, 남의 말 씹는 건 진짜 죽여준다니까. 그런데… 여기는 또 어

딘고? ㅇ_ㅇ; 헉! 또 길 잃은 거야? ㅜㅜ 신지휴 왜 이렇게 복잡한 데로 와가지고는 사람 길 잃어버리게 만드냐고오~ 미치고 환장하겠네.

무작정 발걸음을 옮겼다. 이번엔 또 어떻게 이 위기를 모면할까 하는 생각에 한숨을 푸욱 내쉬며 주위를 두리번거릴 때 또 다른 새로운 양쓰가 눈에 들어왔다! ㅇ_ㅇ 거대한 몸을 감싸고 있는 쫘악 쨍기는 교복 재킷과 교복 바지, 거북이 등껍질처럼 한 치의 틈도 없이 달라붙어 있는 텅 빈 듯한 가방과 무스로 쫘악 세운 어리버리한 머리. 한마디로 무지무지 어설펐다. 내 뜨거운 시선을 느꼈는지 놈들이 뒤를 돌아보았다. 교복을 보아하니… 모르겠군.

"아쭈~ 새끼야, 너 시방 우리 깔궜냐??"

뺀들뺀들하게 어그적어그적 나를 향해 놈들이 다가왔다. 나는 그 놈들을 멀뚱멀뚱 바라봤다. ㅇ_ㅇ 여기는 참 재미나는 녀석들이 많다. 뭐라고 대답해 주어야 이 재미난 놈들을 실망시키지 않을까?

"난 네 새끼가 아닌데. 내 임자 따로 있어."

내 말에 황당하단 듯한 표정의 놈들을 보고 있노라니 흐뭇하다.

"이 새끼가 지금 장난하나! 너 우리가 누군지 알아?? 아냐고, 새끼야!"

"응. ^_^"

조금의 당황스러운 기색도 없이 피식 웃으며 대답하는 내 모습에 놈들은 적잖이 놀란 듯싶다.

"흠흠. 그려?? 야, 이 새캬!! 그럼 알면서 그래?! 알아서 기어야지!

죽고 싶냐! 우리가 누구여?? 네 주둥이로 우리가 누군지 퍼뜩 말해 봐!”

나한테 어떤 대답을 원하는지는 몰라도 놈들은 상당히 거들먹거렸다.

“양쓰잖아.”

내 말에 한순간 네 놈들의 모든 행동이 멈추었다.

“만서야, 시, 시방 이 새끼가 뭐랬냐? 내 귀엔 양쓰라고 들렸는디 넌 어떻게 들었냐?”

“나도 양쓰라고 들은 것 같은데. =0=;”

“뭐시여?! 이 새끼, 마침 기분도 안 좋았는디 화악 죽여불자. 감히 문충만님께 양쓰라고 혀!!”

“충만아, 사투리는 좀 자제해. =_=;”

“시, 시끄러!! 퉤퉤! 이 기생 오라비 같은 새끼 내 오늘 절단 내고 말겨.”

괜스레 으시대며 손바닥에 퉤퉤 침을 뱉더니 팍팍 문질러 댄다. 으~ 더러버라. 솥뚜껑만한 손이 나를 향해 날아왔고 당연히 나는 가볍게 피했다.

“아니, 이 새끼 시방 장풍 같은 나의 일격을 피했냐?! 아따~ 새끼 꽤 하네. 아그들아! 다 댐비!!”

문충만이라는 놈의 말이 떨어지기가 무섭게 네 놈이 휘리릭 나를 향해 날아온다. 이대로 질 순 없지. 나 또한 잽싸게 등에 소중히 메고 있던 죽도를 빼내어 냅다 놈들의 머리통을 향해 내려쳤다. 방금 전까

지의 그 혈기왕성하던 기세는 다 어디로 가버렸는지 네 놈들은 내 죽
도를 이리저리 피하기에 바빴다.

　"만서야, 이 새끼 무자게 세븐다. =0=; 으아아아악!! 나 대갈통 또
맞았으!"

　역시 이놈들은 양쓰들이었다. -_- 몸의 리듬을 타며 나의 사랑스
런 죽도로 사뿐사뿐히 놈들의 몸에서 한참 열심히 먼지를 털어주고
있을 때,

　"한수아!"

　만서라는 놈의 머리통을 내려치기 전 나의 이름을 부르는 소리에
죽도가 공중에서 확 멈추었다. … =_=; 절대 뒤를 돌아보지 않았다.
아니, 실은 뒤돌아보기가 두려웠다. TOT 아무 소리가 나지… 않는
다? 슬며시 뒤를 돌아보았다. 나에게서 시선을 떼지 않은 채 느릿느
릿 이쪽으로 걸어오는 지휴 놈이 눈에 들어왔다. 한마디는 해야 할
텐데.

　"와, 왔냐? =0=; 오 분만 기다리라면서 많이 늦었네."

　나도 안다. 내 말이 지금 말 같지도 않다는 것을… 신지휴 저 새끼
는 꼬옥 한참 진행 중일 때 나타나서 재를 뿌린다. 아씨, 또 딱 걸렸
다. ㅠㅠ

　"너 내가 사고 치지 말랬지."

　"아니… 그게 아니고 난 네가 안……. -0-;"

　"시끄러."

　또 시끄럽댄다. 빌어먹을 서방님이 시끄럽다니 나 한 구리구리 주

 둥이 꼬옥 다물겠소.

"내가 분명 사고 치지 말고 꼼짝 말고 있으랬지. 그 오 분을 못 참고 또 사고 치냐!"

"네가 오 분 안에 안 오니까… (심심해서) 그랬잖아!! 기다려도 네가 안 오니까… (심심해서) 내가 너한테 갈 수밖에 없잖아. ㅜㅜ^"

내 말에 곱디고운 이마에서 왕자를 지우더니 뚫어지게 나를 바라본다. =_=? 지휴 놈 특기 중의 특기였다. 사람 무안하리만치 빤히 쳐다보기. 내가 말을 잘못했나.

"꼼짝 마!"

지휴 놈이 갑자기 냅다 소리를 지른다. 깜짝이야! =0=; 새캬! 내가 언제 움직였다 그……! 하지만 지휴 놈의 시선은 내가 아닌 내 등 뒤로 쏠려 있었다. 어라? 내가 아니었다. 충만 패거리들이 슬그머니 내빼려다 지휴 놈에게 된통 걸린 것이었다. 너희들이 감히 시력 3.0인—사실 나도 지휴 놈 시력 잘 모름. -_- —울 지휴 서방님의 눈을 피해갈 듯싶으냐!

"그 자리에서 한 발자국이라도 움직이면 죽는다."

지휴 놈의 말에 충만 패거리들 세차게 고개를 끄덕거린다. 겁나게 말 잘 듣네.

"한수아, 너 금방 뭐랬냐?"

지휴 놈의 시선이 다시 나에게로 꽂아졌다.

"너 오 분 안에 안 왔다고. 약속 어겼다고. =_=;"

"그거 말고."

“내가 뭐랬는데? =_=;”

“…−_−^”

새끼… 또 쫄게 인상이란 인상 다 쓴다. 곱디고운 얼굴에 주름 생기랴. 말한다고. 말하면 될 거 아냐!

“T_T …오 분 넘었는데 네가 안 오니까… (심심해서) 내가 너한테 가려고 했다고…….”

“한수아.”

최악 가라앉은 허스키한 지휴 놈의 목소리가 나의 귀를 파고든다. 저렇게 멋있는 목소리 좋은 데 쓰면 어디가 덧나냐! 얼마나 듣기 좋아. 맨날 고래고래 소리만 치고, 시비나 걸고, 꼬장만 부리고…….

“참아. ㅇ_ㅇ”

“…=_=?”

뭘?? 새끼, 열받게 또 앞은 어디다 버렸는지 못 알아듣게 뒷말만 내뱉었다.

“뭘 말이야??”

“나 보고 싶어도 참으라고. ㅇ_ㅇ”

미, 미친 새끼! =0= 또 오버한다, 신지휴!

“내가 언제 너 보고 싶댔어?! =0=^”

하지만 이미 지휴 놈은 내 말을 듣고 있지 않았다. 신지휴라는 놈 원래 지 할 말만 하고 남의 말은 손톱의 때만큼도 듣기 싫어하는 놈이잖아.

“아무리 내가 보고 싶어도 좋게 짱 박혀서 기다릴 것이지 여기까지 와서 사고 치고 있어?!”

이 위기를 넘겨야 한다. 당당한 이유를… 지휴 놈이 납득할 만한 이유를 대야 한다. =0=

“네가 안 오길래 내가 움직인 거라니까!”

“그럼 좋게 나한테나 올 것이지 저 새끼들은 또 뭐야?”

지휴 놈의 시선이 잠깐 내 뒷쪽을 힐끔 보더니 다시 나에게로 돌아왔다. 저 새끼들은 또 뭐래냐. ㅜ^ㅜ 분명 시비는 내가 먼저 걸었는데. 지휴 새끼가 그 사실을 알면 가만히 안 있을 텐데. 나도 모른다. 왜 이렇게 저 새끼한테만 빌빌대는지.

“저 새끼들이… 그러니까 저 새끼들이…….”

“…ㅡ_ㅡ;;”

아, 씨발. ㅠㅠ 뭐라 그러냐… +_+!! 좋은 생각이 났다!

“저 새끼들이 내가 지네들 새끼래잖아!! ㅇ_ㅇ”

말 한번 잘했다, 한수아! 내 말이 끝나기가 바쁘게 지휴 놈 충만 패거리들을 향해 다가갔다. 명복을 빈다.

“진짜냐? ㅡ_ㅡ”

“네? =0=;”

“저 녀석한테 네 새끼랬냐고.”

“아, 아니, 그런 적 없는데요. ㅠㅠ”

“저 또라이가 그러잖아. 너네들이 새끼랬다고. 그럼 내 새끼가 거짓말했다 이거냐? ㅡ_ㅡ”

내 새끼라는 지휴 놈의 말에 놈들은 이해를 못하고 헤롱헤롱거린다.

“아니, 정말 그런 적 없어요. ㅠㅠ”

눈물을 찔끔거리며 계속 아니라고 부인하는 놈들의 반응에 지휴 놈의 표정이 아리송해진다.

“너네들이 나한테 새끼랬잖아!! =0=”

“저희들이 언제 그랬어요! ㅠ0ㅠ”

“야, 이 새캬! 이 새끼가!! 너희들이 나한테 그랬잖아! 안 그랬다고 말해 봐. 말해 보라고!”

“…ㅜㅜ”

새끼들, 할 말은 없을 거다. 놈들의 침묵에 그놈들을 바라보는 지휴 놈의 눈빛이 더 매서워졌다.

“고개 들어.”

“…ㅜㅜ??”

네 놈들, 못 알아먹는다. 몰론 나도 못 알아먹었다. ㅡ_ㅡ

“모가지 들고 저 녀석 얼굴 똑바로 보라고!!”

지휴 놈이 버럭 소리 지르자 네 쌍의 눈동자가 내 얼굴로 화악 쏠렸다. 신지휴, 또 왜 그러냐? =0= 정말 뚫어져라 내 얼굴을 바라보는 네 쌍의 눈동자 덕에 괜스레 무안하고 얼굴이 달아올랐다.

“보지 마!! =0= 보지 말란 말야!”

이놈들아! 죽도로 너희들을 쥐어팬 내가 더 무섭냐, 방금 나타난 계집애같이 생긴 지휴 놈이 더 무섭냐!! …지휴 놈이 더 무서운가 보다. ㅜㅜ 눈치 엄청 빠른 놈들. 지휴 놈이 생긴 것과는 달리 무시무시한 놈이란 걸 눈치 챘구나. 삶을 살아가는 방법을 놈들은 벌써 알고 있는 듯싶었다. 그러니까 지휴 놈의 말에 저렇게 꼼짝도 안 하고 죽어라고 내 낯짝만 뚫어지게 바라보고 있지. =_=^

"똑바로 봐. 저 녀석 네 새끼가 아니고 내 새끼라고. 한 번만 더 저 녀석이 네 새끼라고 하면 죽여 버린다. -_-"

표정 한번 안 바꾼 채 말을 내뱉는 지휴 놈. 괜스레 지휴 놈의 말에 얼굴이 더욱더 화악 달아오른다. 구리구리, 왜 이래!! 흔들리지 마! >_<

"알아들었음 꺼져."

지휴 놈의 말이 끝나기도 전에 충만 패거리들은 저만치 뛰어가고 있었다. 둘만 남았다. 아니, 지나가는 사람들이 힐끔힐끔 우리를 바라봤지만 나에겐 지휴 놈과 나 둘의 존재만이 느껴졌다. 지휴 놈이 나에게로 다가온다. 또 무슨 말을 하려고. 긴장된다. =_=; 내 앞에서 우뚝 멈춘 지휴 놈.

"…=_=;"

"늦어서… 미안."

…=0=? 금방 지휴 놈이 뭐랬지??

"…뭐?? =_="

"귀 막혔냐! 늦어서 미안하다고!!"

지금 죽어도 여한이 없으리. 망할 놈의 자존심이 하늘을 찌를 것만 같던 지휴 놈의 입에서 미안하단 말이 나오다니. ㅜ^ㅜ

"곱게 짱 박혀 기다릴 것이지 누가 여기로 도망와서 사고 치래!!

너 진짜 자꾸 내 말 씹을래!!"

그새… 싸가지와 건방짐을 회복한 지휴 놈이었다. =_=;

"도망온 거 아니라니까 미치겠네!! =O=^"

이 새끼는 내가 맨날 도망만 다닌 줄 안다. …내 약한 심장 놀라니 그만 좀 소리쳐. TT

"…한 시간이나 찾아다녔잖아."

"…T_T??"

"난 또 너 길 잃어버려서 어디서 질질 짜대면서 헤매는 줄 알고 찾아다녔잖아."

…조금은 감동받았다. 빙빙 돌려서 고래고래 소리치며 한 말이었지만 내가 어딘가에서 고생할까 봐 날 찾아다녔다니 정말정말 바보, 무뎃뽀 같은 책임감이었다. 그렇게까지 나 같은 거한테 신경 쓰지 않아도 되는데. 신지휴, 왜 자꾸 그러냐. 왜 자꾸 흔들리게 하냐. 나 혼자서도 잘 버텨왔어. 제발 나 한수아를 나약하게 만들지 마라. 너한테 조금이라도 기대고 싶은 마음 들게 하지 말라고. 한없이 여리고 약해 빠져서 누군가에게 보호받아야 하는 바보 같은 여자가 되기는… 정말 싫어. 죽도록.

"…가자."

"…T^T"

"…그런 표정 하지 마. 이젠 걷게 안 할 테니까."

괜스레 신경질 적으로 말하는 지휴 놈이었지만 지금 내 눈에 비친 지휴 놈이 쪼금, 정말 아주 쪼금 멋있어 보였다.

지휴 놈이 간 곳은 굉장히 크고 우아하고 매우 비싸 보이는 커피숍이었다. 커피숍까지 가는 데 걸린 시간은 걸어서 15분 정도. 걸어가는 동안 지휴 놈 힐끔힐끔 가끔씩 뒤돌아보는 것을 잊지 않았다. 아마 내가 또 도망갈까 봐 불안한 거겠지. 아니면 내가 또 길 잃어버릴까 봐 그랬거나. 하지만 후자 쪽은 아닐 거라 본다. 여하튼 지휴 놈의 감시 하에 난 무사히 커피숍에 도착할 수 있었다.

지휴 놈을 따라 들어온 커피숍. 이렇게 예쁜 커피숍은 태어나서 머리털 난 이후로 처음이다. 커피숍의 바닥은 모두가 유리로 되어 칸칸이 나뉘어져 있었고, 그 칸에는 생선(?)들이 노닐고 있었다. 지휴 놈은 자연스레 커피숍 안을 들어갔지만 나는 행여라도 내 몸무게에 유리 바닥이 무너져 생선들이 짓밟힐까 두려워 쉽사리 발걸음을 내딛지 못했다. 커피숍 안으로 쑥쑥 걸어 들어가던 지휴 놈은 머뭇머뭇 슬금슬금 걷는 날 보더니 다시 성큼성큼 다가와 내 손목을 무식하게 잡아끌었다. =0= 이놈아!! 천천히 걸어!! 그러다 유리 바닥 무너지면 아리따운 생선들이 죽잖아. 생선들을 걱정하는 나의 안타까운 마음을 지휴 놈은 모르는지 아랑곳하지 않고 나를 팍팍 잡아끌었다.

나를 놀라게 한 것은 유리 바닥 뿐만이 아니었다. 보는 이의 마음까지 시원하게 할 정도로 커피숍 안의 분위기는 시원스러웠고 아늑하면서도 구석구석 굉장히 세심한 손길이 갔다는 것을 한눈에 보아도 알 수 있었다. 지휴 놈이 날 끌고 들어간 곳은 커다란 커피숍 안에서도 가장 커다랗고 예쁜 자리 같았다. =_=; 연한 핑크색 소파에 지휴 놈이 먼저 풀썩 몸을 파묻었다. 나는 엉거주춤 지휴 놈의 맞은편

에 엉덩이를 슬며시 들이밀었다. 너무나 깨끗하고 예쁜 소파에 흠이
라도 갈까 봐 나도 모르게 조심스레 움직여졌다. 그런 나에게 지휴
놈이 한마디 툭 내뱉었다.

　"야, 촌티 내지 말고 팍팍 걷고 팍팍 앉아. -_-"

　"내가 언제 촌티 냈다 그래!! =0="

　저놈의 새끼, 꼬옥 말을 해도 저렇게 인정머리 뚝뚝 떨어지게 한다
니까.

　"너 하나 나댄다고 여기 무너질 일 없으니까 평소처럼 하라고."

　지휴 놈, 교복 재킷 안쪽에 손을 넣어 꼼지락거리더니 뭔가를 꺼낸
다. 담배였다. 희고 가느다란 손가락으로 담배 한 개피를 입술로 가
져간다. 왜 그랬을까. -_-; 나도 모르게 벌떡 일어나 마악 지휴 놈이
입술에 물려던 담배를 휙 낚아챘다. 정녕 나는 미친 것이었다. =0=
지휴 놈은 황당하다는 표정으로 나를 바라보았다. 어느새 내 손에 들
려진 담배. …뭔가 말을 해야 한다.

　"담배 많이 피우면… 대머리 된대. =_=;"

　"…ㅇ_ㅇ"

　새끼. 뭔 말이라도 해라. =_=; 아무 반응도 보이지 않고 새초롬한
눈빛으로 나를 빤히 바라보는 지휴 놈. 이를 어째. ㅜㅜ 더 무안시럽
다.

　"대머리 서방은… 싫다. =_="

　아씨. ㅠ_ㅠ 나 정말 왜 이래. 계속 말도 안 되는 소리가 내 입에서
불쑥불쑥 튀어나왔다.

“너 지금 서방님한테 명령하는 거냐?”

이놈아, ㅜㅜ 제발 서방이란 말 좀 작작해라. 귓구멍에 못 박히겠다.

“명령이 아니라… 부탁이다. ㅜㅜ”

지휴 놈은 불만이라는 듯이 나를 한번 휙 바라보더니 마지못한 듯 도로 담배를 재킷 주머니에 꽂아 넣었다. …=0= 구리구리~ Win!!

“한수아.”

지휴 놈이 조용히, 하지만 건방지게 내 이름을 불렀다. 지휴 놈이 요 며칠 동안 하도 내 이름을 불러준 덕에 고맙게도 이젠 한수아란 이름이 내 이름이구나라는 생각이 들었다. 그동안 난 이름없는 구리구리였을 뿐이다.

“또 씹냐. -_-”

“아니. =_=;”

“내가 말하면 삼 초 이내로 무조건 대답해. 대답 안 하면 무조건 내 말 씹은 걸로 간주한다. -_-”

냉정한 놈. 오 초도, 십 초도 아닌 삼 초. ㅜ_ㅜ 저 새끼 정말 싫다.

“알았냐?”

“응. ㅜ_ㅜ”

내가 대답을 하자 지휴 놈은 빤히 나를 바라보더니 은근히 머뭇머뭇 말을 꺼낸다.

“너 내가 담배 피우는 거 싫어?”

“(――)(__)(――)(__)”

"내가 대머리 될까 봐?"

"…ㅇ_ㅇ"

"내가 담배 끊으면 뭐 해줄 건데?"

"해줄 거 없는데. =_=;"

"시끄러."

이 새캬!! 삼 초 안에 대답하라며?! 대답 꼬박꼬박 해주니까 또 시끄럽다네. -_- 도대체 나보고 어쩌라고.

"나한테 해줄 거 생각나면 그때부터 담배 일절 입에 안 댄다."

지금까지 지휴 놈 조금의 표정 변화 없이 무표정으로 한 말이었다. 지휴 놈의… 웃는 얼굴이 보고 싶다. 어떤 모습일까? 웃는 법을 모르는 걸까. 웃어본 적이 별로 없어서 어색할까, 아니면 웃는 모습도 지금의 모습처럼 예쁠까? 사실 인정하긴 싫었지만 항상 무표정인 그 모습마저도 예뻤다. 단지 차가워 보이고 건방져 보여서 그렇지. =_=;

"뭐 먹을래? -_-"

"메뉴판이 없잖아. =_=;"

"거기 있잖아, 삐꾸야."

지휴 놈의 눈길을 따라가니 테이블 중앙에 놓여진 액자에 눈이 갔다. 액자는 수십 개의 사각으로 나뉘어져 있었고 그 조그마한 사각 안엔 조그맣게 메뉴가 적혀 있었다. 정말 대단한 아이디어들이 번쩍이는 커피숍이었다.

"아이스크림 먹을래."

지휴 놈 무언가를 누르자 커다란 검은 행주를 허리에 질끈 맨 곱상한 웨이터가 쌩~ 하며 나타났다.

"레모네이드 하나, 파인 파르페 하나."

지휴 놈은 정말 아주아주 간단히 주문을 했고 깍듯이 인사를 한 웨이터는 곧 사라졌다. 행주를 질끈 동여맨 웨이터 또한 곱상했지만 지휴 놈과 비교해 보니 정말 변변찮은 얼굴로 보였다. 그만큼 망할 지휴 놈은 예뻤다. 그래서 더욱더 꼴 보기 싫다.

"나 파르… 흠흠. =_=; 그거 안 시키고 아이스크림 시켰는데."

"시끄러. 파르페가 더 맛있어. −_−"

이렇게 나의 아이스크림은 날아가 버렸다. ㅜㅜ

"넌 이런 데가 좋냐? −_−"

"…걷는 것보단 좋아."

"넌 언제가 제일 행복하냐?"

"시비 걸 때랑 먹을 때. ㅇ_ㅇ"

"말을 말자."

새, 새끼!! 무안하게……. 하지만 난 정말 시비 걸 때랑 먹을 때가 제일 행복하다. 아니, 잘 때도 행복하다. 이 험난한 세상을 살아가면서 내가 느끼는 유일한 행복이다. 지휴 놈의 한마디와 함께 곧 침묵이 이어졌다. 지휴는 만사 귀찮다는 듯이 무심히 시선을 다른 곳에 두고 있었고, 나는 어색함에 머뭇머뭇 시선을 테이블에 박고 있었다. 그때,

"저기요~"

부드러우면서도 간드러지는 목소리가 들려왔다. 지휴 놈과 나의 시선이 동시에 소리가 난 곳으로 쏠렸다. 한 여자애가 생글생글 웃으며 우리 테이블 앞에 서 있었다. 하늘하늘한 몸매에 타이트하게 달라붙은 교복에 고와 보이는 검은 생머리를 어깨까지 부드럽게 늘어뜨린 청순한 듯하면서도 왠지 모르게 독해 보이는 여자애였다. 이논은 또 뭐여? -_-^ 이 가스나야, 너는 학교도 안 가냐!! 지휴 놈과 난 아무 말도 하지 않았다.

"저… 저희도 제 친구랑 둘이거든요."

생글생글 웃으며 여자애가 가리키는 곳을 보니 마찬가지로 상당히 날라리인 듯한 한 여학생이 우리 쪽을 향해 손을 흔들었다. 쟤 미쳤구나. 알지도 못하는 우리한테 인사를 하다니. =_=

"합석하지 않으실래요?"

이런 걸 헌팅이라고 하겠지. 상당히 자신있는 듯한 말투였다. 지휴 놈과 동시에 난 입을 열었다.

"꺼져. (=_=)ㅗ"

뿐만 아니라 그 여학생에게 하는 말도 따악 두 글자로 똑같았다. 역시 나는 지휴 놈을 닮아가고 있었던 것이다. 생글생글 웃고 있던 그 여학생의 얼굴이 순식간에 굳어졌다. 소파 양쪽에 두 손을 걸친 채 건방지게 다리를 꼰 지휴 놈은 새초롬한 눈빛으로 그 여학생을 무심히 바라보았다. 지휴 놈의 그 눈빛이 사람을 얼마나 무안하게 하는지 당해본 사람은 안다. 바로 나. T_T

"…네에??"

그 여학생 자신의 귀를 의심하는 듯했다.

"꺼지라고. 지금 당장. -_-"

옳거니~ 빌어먹을 서방!! 이번엔 말 잘했다!! >_< 우리의 싸가지 신지휴, 이번에도 뛰어난 어휘 실력을 어김없이 발휘하였다. 지휴 놈의 말에 그 여자애는 충격이 큰 듯싶지만 사실 뼛속까지 시원했다. =_=; 그 여학생의 가느다란 눈꼬리가 파르르 떨리더니 후닥닥 자기 자리로 뛰어갔다. 그 여학생이 사라지자마자 웨이터가 다가왔다. 내 앞에 이상한 우산이 꽂힌 아이스크림이 놓여졌다. 확실히… 아이스크림보다는 맛있어 보였다. =_=; 한 숟가락 떠서 입으로 가져갔다. 시원하면서도 달콤한 느낌이 온몸으로 번졌다. @_@ 굉장히 맛있다. 숟가락으로 정신없이 아이스크림을 떠먹었다. 지 껀 입에도 대지 않은 채 지휴 놈은 나만 바라보고 있었다.

"보지 마. 먹기 무안하니까."

"…많이 먹어라. -_-"

새캬! 네가 쫌만 먹으래도 많이 먹을 거다. 걱정 마라!!

"누나, 우리 여기 앉자. 나는 빠나나 우유."

이 깜짝스런 목소리는? ㅇ_ㅇ 숟가락을 천천히 테이블에 내려놓은 채 뒤를 돌아보았다. 이게 뭔 일이여? =0= 옹녀 쒸랑 한신이었다. 마악 안쪽으로 들어오던 주접 새끼. 지휴 놈과 날 발견하곤,

"구리구리!! 신지휴!! 너, 너희들이 여긴 웬일이야? =0="

그러는 주접 너야말로 웬일이냐? =_=; 그것도 옹녀 쒸와 함께. 쩌억 벌어진 한신이의 입이 속까지 훤히 들여다보인다.

"물 먹으러. ㅡ_ㅡ"

빌어먹을 지휴 서방님의 답변이었다. 천하무적 옹녀 쒸, 전혀 당황하는 기색 없이 도리어 우리에게 물어본다.

"너네 둘이 데이트하니??"

지휴 놈이 데이트라고 우기기는 하지만 절대 이런 건 데이트가 아니다. 하지만 데이트란 정곡을 찌르는 말에 나도 모르게 버럭! =_=;

"데, 데이트는 무슨!! 아니⋯⋯."

지휴 놈, 내 말을 싹뚝 잘라 버렸다.

"마녀, 방해돼. ㅡ_ㅡ 저리 가라."

지, 지휴야! =0= 마녀란 말에 옹녀 쒸의 가느다란 눈썹이 다시 씰룩씰룩거렸지만 한신이가 무언가의 암시를 보내자 한숨을 푸욱 내쉬곤 시선을 돌려 버렸다. 도.대.체. 이.게. 무.슨. 괴.변.이.야. =0=

"주접이 넌 여기 옹녀 쒸랑 웬일이냐? =_="

"우, 우리?? =_=;"

한신이가 더듬거리는 사이,

"내가 한신이 보고 싶어서 나오랬어. 깜빡하고 한신이 도시락을 싸주지 않아서 굶을까 봐 점심 사주려고 학교 찾아가서 선생님 허락받고 데리고 나온 거야."

저 두꺼운 낯짝. ㅡ_ㅡ^ 동생인 내가 천 원만 달라 해도 찌릿찌릿 째려보던 년이 피 한 방울 안 섞인 한신이 새끼한테 투자하는 돈은 아깝지 않다 이거냐!!

"친동생인 나는 안 사주냐? 나도 먹는 거 엄청 좋아하고 지금 엄청 배고프거든. -_-;"

"한신이네 어머님께서 나한테 특별히 한신이 부탁하셨어. 너도 알잖니. 한신이 부모님께서 우리를 특별히 신경 써주시는 거. 한신이 부모님이 우리에게 해주신 거 생각하면 밥 한 끼 정도는 아무것도 아니야. 그리고 넌 알아서 잘 챙겨먹잖니. 네가 괜히 구리구리니? 어디가서도 넌 절대로 굶어죽을 일은 없지만 한신이는 챙겨주지 않으면 안 되거든. 몸이 약하잖니. 넌 혼자서도 뭐든 잘 해결하지만 한신이는 보살펴 주지 않으면 안 되는 애잖아. 핏줄을 떠나서 한신이 또한 나한테 너와 똑같이 소중한 동생이야."

옹녀 쒸의 말에 우리의 깜찍한 한신이 굉장히 강한 눈빛으로 옹녀 쒸를 화악 쏘아보았고 옹녀 쒸는 태연스레 한신이의 강한 눈빛을 외면했다. 이유는 나도 모른다.

"이만 간다."

말을 내뱉는 한신이의 표정이 어둡다. 물론 이번에도 이유는 알 수 없다. 주접 새끼, 한마디 투욱 내뱉더니만 옹녀 쒸의 손목을 거칠게 잡아끌며 몸을 돌렸다.

"아, 지휴야."

갑자기 발걸음을 멈춘 한신이에게 다시 시선이 쏠렸다.

"티라노 선생이 너 또 땡땡이 쳤다고 내일 학교 올 때 볼딱지 뜯길 각오 단단히 하고 오라던데. 간다. 재밌게 놀아."

이렇게 한신이와 옹녀 쒸는 미문을 남긴 채 사라졌고—사실 옹녀 쒸가 한신이한테 질질 끌려간 듯—지휴 놈은 얼굴이 화악 굳더니 숯댕이 눈썹을 씰룩씰룩거린다.

"빌어먹을 티라노 선생!! 내 볼에 손만 대봐라. -_-"

지휴 놈의 중얼거림이 내 귀엔 들려오지 않았다. 망할 옹녀 쒸는 언제나 나에게 상처만 준다. 옹녀 쒸가 그깟 밥 한 끼 안 사줬다고 상처받은 게 아니다. 정말이다. =_=; 씨발. 나도 동생 대접 받고 싶다고. 한수련! 네 동생은 박한신이 아니고 나 구리구리라고!! 언제쯤 그 사실을 깨달을 거냐. 언제쯤 내 가슴에 끊임없이 박아대는 못질을 그만둘 거냐. 네가 한신이보다 챙기고 보살펴야 할 사람은 바로 나라고!

"야!"

지휴 놈이 버럭 소리 지르는 바람에 현실로 돌아왔다. 깜짝 놀랐잖아. -_-^

"아씨, 갑자기 소리치면 어떡해! 목소리 큰 거 자랑하냐!! 깜짝 놀랐잖아!!"

"시끄러. 몇 번을 불러도 내 말 씹은 게 누군데 그래?! 내가 하는 말엔 삼 초 안에 무조건 대답하랬잖아. 자꾸 네 머리에 똥 찬 거 자랑할 거냐? -_-"

저, 저!! 망할… 놈! =0=^ 나 지금 무지 기분 안 좋다구. 위로는 못 해줄망정 또 내 머리 똥 찼다고 지랄하냐. T_T 빌어먹을 서방 같으니라고! 너 같은 서방은 필요없다, 필요없어. T_T 잠시나마 네놈한테 조금만 기대도 될까라는 생각을 한 내가 미친 거야. 서방은, 서방이라는 것은 자기 마누라 정도는 행복하게 해줘야 하는데. 네놈은 행복은커녕 날 갈구기에 여념이 없냐!! 신지휴, 잘 들어라. 어차피 서방이라고 인정한 적도 없지만 너 같은 서방은 필요없다, 필요없어!! 라고 마음속으로 힘차게 수십 번 외쳐 댔다. 물론 입 밖으로 꺼낼 용기는 없었다. ㅠㅠ 그저 한숨을 푸욱 내쉬며 반쯤 녹아버린 아이스크림만 스푼으로 쿡쿡 찔러댔다.

"야, 너 배고프냐? -_-"

지휴 놈의 말에 지휴 놈을 바라보았다.

"배고프냐고."

"…-_-;"

뭐라고 대답을 해야 할지 순간 망설여졌다.

"또 씹냐? -_- 내.가. 배.고.프.냐.고. 물.었.지?"

"…응. =_=;"

"…하지 그랬냐?"

"…-_-?"

저 썩을 놈! 또 못 알아먹게 앞에는 내팽개치고 뒷말만 내뱉는다. 그 따위로 말하면 도통 뭔 말인지 못 알아먹는단 말야, 이놈의 새캬!!

"배고프면 말하지 그랬냐고. 내가 사줄게. 내가 날마다 너 배 터지도록 맛있는 것 사줄 테니까 마녀한테 사달란 말 마라."

"…-_-"

"씨발, 야들야들한 여자도 싫지만 깡만 가득 찬 여자도 싫다고. 하고 싶은 것 있으면 나한테 다 말해. 내가 세상을 뒤집어서라도 찾아서 줄 테니까 알았냐. 네가 원하는 대로 다 해줄 테니까 그렇게 울 것 같은 눈 하지 말라고."

한 치의 표정 변화 없이 무심하게 레모네이드 잔에 시선을 던지며 툭 내뱉은 무심한 말에 갑자기 내 심장이 거칠게 팔딱거린다.

"…울려고 한 적 없어."

"아오씨, 내 말에 리플 달지 마. 내가 그렇다면 그런 거야. 나한테 까지 자존심 세울 필요 없다고. 좋은 일이든 슬픈 일이든 뭐든지 다 나한테 말해라. 한신이 새끼도, 마녀도 아닌 나한테만 말하라고."

미친 새끼. T_T 내가 원하는 게 얼마나 많은데 다 들어준다고 그러냐. TT 너 완전히 날 잡았어. 내가 왜 구리구리인지 처절하게 깨닫게 해주마. TT 네가 방금 내뱉은 말 후회하게 해주마. 네가 어떤 말을 하더라도, 네가 어떤 짓을 하더라도 난 약해지지 않아. 너한테 기대지 않아. 분명히 깨달아야 해. 신지휴, 나 구리구리 절대로 약해지지 않는다고.

"나가자. -_-"

"어디 가게? =_="

"배고프다며?"

"…ㅇ_ㅇ"

"맛있는 것 사줄 테니까 나가자고."

"나 아이스크림 아직 덜 먹었는데."

"파르페야. -_-"

"아이스크림이잖아!! =0="

"파르페야! -_-"

“그래, 파르페다.”

지휴 놈 나가자고 옆에서 고래고래 소리 지름에도 불구하고 용감한 나 한구리구리는 남은 아이스크림을 모조리 싹싹 떠먹은 후 자리에서 일어났다. 내 사전에 남기는 음식이란 있을 수 없다. 음식 남기면 나중에 죽어서 벌받는다고 우리 아저씨가 그랬다. 그리고 그 말을 나는 아직까지도 철썩같이 믿고 있다. -_- 아이스크림을 다 먹고 늦게 일어나자 지휴 놈은 그게 맘에 안 들었나 보다.

“서방이 가자는데 끝까지 파르페 국물도 안 남기고 먹는 깡은 뭐야? -_-”

“음식 남기면 벌받는댔어.”

“누가? -_-”

“우리 아저씨가.”

“그 남자가 누군데? -_-+”

아저씨란 말에 지휴 놈 민감하게 반응한다.

“나한테는 아빠 같은 존재야.”

“아빠가 좋냐, 서방이 좋냐?”

지휴 새끼 별것 아닌 것에 괜스레 신경 쓴다. 정말 새롭게 느낀 건데 이 새끼도 엄청나게 속 좁다.

“아저씨가.”

“다시 말해 봐. -_-^”

“…서… 방이. T_T”

지휴 놈의 표정이 화악 변하자 다시 한 번 나는 무너졌다. 신지

휴, 두고 봐라. 내 언젠가는 너한테 큰소리 빵빵 치는 날이 있을 게다. -_-

"분명히 말했다. 내가 그렇다면 그런 거고 넌 내 말만 들으면 돼. 다른 사람 말은 듣지 말라고. 내가 벌 안 받는다면 안 받는 거야. 그러니까 앞으로 내가 빨리 일어나라면 빨리 일어나. -_-"

괜스레 멋있는 척 폼이란 폼은 다 잡더니 홱 가버린다. 쳇쳇! 뭐 저런 놈이 다 있어. …저기 있지. 지휴 놈이 막 계산하려고 교복 재킷 안주머니에서 돈을 꺼내려 했다.

후닥닥닥닥!!

잽싸게 지휴 놈 앞을 가로막았다.

"뭐야? -_-"

너야말로 뭐냐? -_-; 너한테 뭐가 아닌 것은 도대체 뭐냐? -_-;;

"내 꺼는 내가 낼 거야."

"웃기는 소리 하지 마, 한수아."

지휴 놈 황당하다는 듯이 무심하게 나를 내려다보았다.

"내 껀 내 꺼야. 빚지는 것 싫어."

방금 전까지 정열적으로 불타던 내 구리구리 근성은 어디 갔을까. 나도 모른다. 하지만 오직 지금 내 머리 속을 꽉 채우는 것은 지휴 놈에게 빚지면 안 된다는 생각과 이놈에게 의지해서는 안 된다는 생각뿐이었다.

"저리 안 가냐?"

지휴 놈은 다시 한 번 얼굴을 화악 구기지만 나는 침 한번 꿀꺽 삼킨 후 못 들은 체하며 카운터에 있는 아가씨에게 말했다.

"아이스… 파르페 얼마입니까?"

파르페라 우긴 지휴 놈이 뒤에 있다는 것을 의식하곤 재빨리 말을 바꿨다. 지금 전 재산 7,000원. 비웃을 테면 비웃어봐라. 나 원래 이렇게 산다. 언제나 몸에 만 원 이상은 지녀본 적이 없는 나다. 까짓거 설마 7,000원 넘겠어. 고작 아이스크림인데.

"8,000원입니다. ^-^"

생글생글 웃으며 카운터 아가씨가 하는 말에 나는 온몸이 굳어버렸다. =0= 뭔 놈의 아이스크림이 이리도 비싸!

"…=0= 무슨 아이크스림이 8,000원이야! =0= 말도 안 돼. 혹시 800원 아니에요?"

"^-^; …8,000원 맞는데요, 손님."

빌어먹을. T_ㅠ 7,000원밖에 없는데… 1,000원이 부족하다. 괜히 나섰다는 생각이 든다. 하던 대로 할 것을 괜히 평소 안 하던 짓 하다가. 그때 지휴 놈이 내 앞에 확 끼어들더니만 시퍼런 배춧잎 두 장을 내밀었다.

"거스름돈 5,000입니다."

이렇게 사건은 마무리된 후 지휴 놈과 나는 무지무지 비싼 커피숍을 나섰다.

"한수아."

"…-_-;"

"평소대로 해라. 쪽팔리니까. ㅇ_ㅇ"

저! 저… 씨. T_T 나도 안다고. 평소 구리구리 근성대로 할 것을 ㅜㅜ 진짜로 쪽팔렸다. 하지만 아이스크림은 정말 맛있었다.

"아이스크림 잘 먹었다."

"…파르페."

알았다, 이놈아!! =0=

"…T_T 파르페 잘 먹었다."

"가자. 뭐 먹고 싶냐?"

…넌 오늘 딱 걸렸어. -_-^

"짜장면, 짬뽕, 볶음밥, 돈까스, 피자, 햄버거, 삼겹살, 닭갈비, 통닭, 만두… $(*(*^$#@!@!!_#$."

"그만."

어떠냐? 이 정도면 너도 내심 쫄았지! =_=

"뒤돌아봐."

머뭇머뭇거리며 지휴 말대로 뒤를 돌았다?? 뭔 짓을 하려고?? 불안해라. -_-

"아오씨, 야!! 넌 어떻게 가방에 든 게 하나도 없냐!!"

지휴 놈 냅다 버럭 소리 지른다. 사실 학생이란 신분의 내가 메고 있는 가방에 아무것도 없다는 게 약간 찔리기도 하지만 뭐 그럴 수도 있지.

"…무겁단 말야."

"너한테 뭘 바라냐, 내가. 너 여기서 삼 분만 꼼짝 말고 기다려라. 진짜로 이번에도 내 말 안 들으면 여자고 남자고 화악!! -_-"

"…응. -_-;"

이번엔 정말로 움직이지 말아야지. 지휴 놈 이번엔 진실인 듯했다. 뺀들뺀들하게 어디론가 걸어가는 놈. 한 상가로 사라져 버린다. 나는 정말로 멀뚱멀뚱 지휴 놈이 다시 오기만을 얌전히 기다리고 있었다. 정확히 삼 분 만에 지휴 놈은 다시 나타났고 나한테 뭔가를 휙 내민다?? 이건 또 뭐야. =_=;

"적어."

조그만 수첩과 펜이었다.

"뭘 적으라고? =_=;"

"금방 네가 말한 거 다 적으라고."

=0= 이런 걸 한 방 먹었다고 하는 걸까?

"그, 그걸 어떻게 다 적어!! =0= 나 *끄적거리는* 것 싫어한단 말야!"

"담벼락엔 잘도 끄적거리더니만 이건 하기 싫다 이거냐? 적어, 하나도 빠짐없이."

저런 말들을 무심하게 내뱉다니. 지휴 놈의 말대로 나는 궁시렁궁시렁거리면서 정말로 다 적었다. 그리곤 그 수첩을 지휴 놈에게 내밀었다. 지휴 놈 받지는 않고 물끄러미 수첩을 바라본다. 어쩌라고. T_T

"네가 사람이냐? -_-"

"…TT"

"가자."

지휴 놈 나에게서 홱 몸을 돌리더니 등 뒤로 나에게 한 손을 내밀었다. 이게 무슨 뜻일까? o_o

"…손 잡아."

"…=0=?"

"너 길 잃어버리면 나만 귀찮아져. 확 잡지 말고 끝에만 살짝 잡아."

저 새끼 완전 애 취급이다. 한신이의 마음이 이해가 간다. 옹녀 쒸가 한신이 애 취급했을 때 이런 기분이었을까. 괜스레 오기가 발동했다. 지휴 놈의 말을 어기고는 손을 덥석 잡았다.

"아오씨~! 꽉 잡지 말랬잖아!! 끝에만 살짝 잡으라고!"

예상대로 지휴 놈은 민감히 반응했다. 하지만 그런다고 물러설 내가 아니다.

"꽉 안 잡으면 놓친단 말야. −_−"

지휴 말대로 난 정말 개김성 투철한 깡으로만 가득 찬 놈이었다. 지휴 놈, 괜히 혼자 신경질 다 부리더니만 꼬옥 잡고 있는 내 손에서 스르륵 지 손을 빼버린다. 네 손 좀 잡으면 덧나냐. −_−^ 네 손은 무슨 황금테에다 다이아 박힌 억만 불짜리 손이냐고. 그리고 내가 네 손 덥석 잡으면 기분 나쁘냐고. 괜스레 열받는다. 기분도 잡치고. 괜스레 혼자 열받아 씩씩거리고 있을 때 지휴 놈이 손을 뻗어 내 손을 덥석 감싸 쥐었다.

"가자."

=0= 이게 무슨 일이야. 지휴 놈의 손에 이끌려 가는 기분이 묘하

다. 지휴 놈의 손은 매우 차가웠는데 이상하게도 얼굴이 화끈거린다. 그뿐이면 다행이게~ 심장까지 팔딱거린다. 지휴 놈은 침묵을 고수하며 더 이상의 꾸물거림 없이 앞만 보며 걸어갔다. 지휴 놈의 손에 이끌려 가면서 나는 슬쩍 밑을 내려다보았다. 어제 보았던 지휴 놈의 이쁜 손이 눈에 들어왔다. 투명하게 곱던 그 손이 내 손을 꼬옥 감싸 쥐고 있었다. 절대 놓치지 않을 거라는 듯이 꼬옥. 은은한 분위기의 레스토랑에 들어갈 때까지 난 내 손을 잡고 있는 지휴 놈의 손에서 시선을 뗄 수 없었다. 줄곧 지휴 놈의 손만 바라보며 왔다. 물론 레스토랑에 들어서자마자 내 손은 또다시 허공에 내팽개쳐졌다. 제기랄! 무안하다. 지휴 놈을 찌릿 한번 째려본 후 주위를 두리번거렸다. 통나무집 형식의 은은한 레스토랑이었다. 굉장히 졸리는 음악까지 덤으로 흘러나오고 있었고 통나무집 창가 쪽에 지휴 놈과 어색스레 마주보고 앉았다.

"어머, 지휴야!!"

또다시 들리는 이 간드러지는 목소리는 뭐야? =_=; 허리까지 내려오는 윤기나는 검은 머리를 휘날리며 굉장히 여우같이 생긴 여자가 테이블로 다가왔다. 다가오자마자 진한 향수 냄새가 코로 화악 스며들어 왔다.

"웬일이니! 웬일이니! 왜 이렇게 오랜만에 온 거야. 얼마나 내가 널 보고 싶어했는데. 넌 이 누나가 보고 싶지도 않든?"

지휴 놈을 보자 좋아 죽겠는지 싱글벙글 웃으며 지휴 놈에게로 손을 뻗는다. 하지만 역시나 그 손이 지휴 놈의 볼에 닿기도 전에 지휴 놈은 매정하게 툭 쳐낸다. 옳거니!! 잘했다!! 장하다, 신지휴!! 이 순간만큼은 지휴 놈이 너무나도 예뻐 보였다.

"여전하네."

그 여자는 지휴 놈의 옆에 살짝 걸터앉았고 지휴 놈의 얼굴이 화악 구겨졌다.

"서민주, 저리 가. 넘어올 것 같아."

"뭐라구?"

"저리 가라고. 넘어올 것 같다고."

지휴 놈의 표정을 보아하니 진심인 듯하다. 민주라는 여자는 황급히 자리에서 일어났다.

"어머, 깜빡했다. 온다고 미리 말해 줬으면 화장도 안 하고 향수도 안 뿌렸지."

넘어올 것 같다는 말에도 전혀 충격받지 않고 미소를 잃지 않는 강한 여인이었다. 아니, 지휴 놈에 대해 잘 알고 있는 여인이랄까.

"넌 그거 안 해도 싫어. ㅇ_ㅇ"

"…=0="

지휴 놈의 말에 민주라는 여자도 끝내는 얼굴에서 웃음이 사라지며 표정이 경직되었다.

"야, 적은 거 줘봐."

얼떨결에 수첩을 내밀었고 지휴 놈은 수첩을 민주라는 여자에게 툭 던졌다.

"여기 적혀진 것 중 너네 가게에서 파는 것은 다 가지고 와."

민주라는 여자는 수첩을 받아들더니 한참을 말없이 훑어보았다.

"이걸 둘이서 다 먹으려고?"

"아니, 저 녀석이 다 먹을 거야. o_o"

지휴 놈은 건방지게 나를 한번 쓰윽 바라보았다. 쓰읍. ㅡ,.ㅡ 무안하다.

"처음 보는 친구네? ^-^ 우리 지휴보단 못하지만 참 이쁘게 생겼다."

잡초근성이 강한 민주라는 여자. 다시금 입가에 미소가 가득 맴돌더니 이번엔 나에게로 손을 뻗는다. 나는 지금 이 상황에 얼떨떨해서 그냥 멍하니 앉아 있을 뿐이었다. 하지만 다행스럽게도 마악 그 여자의 손이 내 볼에 닿기도 전에 지휴 놈은 민주라는 여자의 손을 타악 쳐낸다.

"만지지 마. 서민주, 주문받았으면 그만 가지 그러냐. o_o"

그 여자는 무안한 어깨를 한번 으쓱하더니 수첩을 들고 사라졌다.

"신경 쓰지 마. 원래 저러니까."

한참 후에 돈까스, 볶음밥, 오므라이스 등등 다섯 가지의 푸짐한 음식들이 테이블에 먹음직스럽게 놓여졌다. ㅡㅠㅡ

"남기면 네가 돈 내라."

지휴 놈의 말이었다. 내가 아무리 음식은 절대 안 남긴다는 철칙이 있다지만 이건 사실상 너무 심했다. 결국 난 눈물을 머금고,

"…안 먹을래. =_="

하지만 나의 시선은 여전히 테이블의 유혹스러운 음식들에게서 떨

어질 줄을 몰랐다.

"농담이야. 내가 사는 거니까 남기지 말고 다 먹어. ㅇ_ㅇ"

이놈아!! 그렇게 진지한 얼굴로 말하면 누가 농담인 줄 알아! 라면서 난 이미 게걸스레 입 안으로 음식을 밀어 넣기 시작했다.

"한수아."

내가 먹는 것을 물끄러미 바라보던 지휴 놈이 나를 조용히 불렀다.

"그렇게 먹어도 살이 안 찌는 거냐, 아니면 못 먹어서 살이 안 찌는 거냐?"

"먹어도 살이 안 찌는 거야. 우그적— 우그적—"

어리버리, 뒤숭생숭 지휴 놈의 말에 대답하면서 한없이 먹어댔다. 너무너무 맛있었다. 행복하다. 한참 동안 한마디 말도 하지 않은 채 한없이 먹어대던 난 어느 정도 배가 차오자 그때야 지휴 놈에게 말을 건넸다.

"너는 안 먹냐?"

"빨리도 말한다. ㅇ_ㅇ"

새끼, 무안하게. =_=;

"됐어, 난 이런 음식들 안 좋아해."

"이런 음식들이 뭔데?"

"그냥 손 많이 가고 비린 음식들."

미, 미친 놈! 네가 지금 먹는 것을 가린다는 거냐, 이놈의 새캬!!

"그럼 네가 좋아하는 것은 뭐냐?"

"손 많이 안 가고 안 비린 음식들."

저 새끼, 정말 할 말 없게 만든다.

"얼른 먹어. 아직도 많이 남았잖아. -_-"

이놈아, ㅜOㅜ 나도 이제 배부르단 말이야… 라면서도 나는 다시 숟가락을 오므라이스 쪽으로 가져가고 있었다. 사실 내 배이기는 하지만 어쩜 이렇게 쉴 새 없이 넣어줘도 끊임없이 들어가는 것일까. 내 뱃속의 끝은 어디인지 가히 궁금하다. 그래도 아직도 많이 남았는데 혼자 먹긴 무리다. -_-;

"너도 먹어라. 나 혼자 먹기 쫌 그렇잖아."

생각해 주는 척 지휘 놈에게 슬그머니 말했다. 하지만 분명 이미 내 배는 포화 상태에다 나 혼자 다 못 먹기에 한 말이다.

"아니, 너 혼자 다 먹어. 난 네가 먹는 것만 봐도 뿌듯해. ○_○"

뿌, 뿌듯? =_= 그냥 먹는 거면 먹는 거지 뿌듯하다는 뭐냐? 이상한 새끼다. 진짜 신지휘 말은 도저히 못 알아먹겠다. 그 순간,

빠라빠라빠라밤~ 빠라빠라빠라밤~

이 무슨 해괴망칙한 소리?? 벨소리도 꼭 지 같은 걸로 해놨다. 지휘 놈 재킷 주머니를 마구 헤집더니 핸드폰을 홱 꺼냈다. 가만히 들여다보니 지휘 놈이 내게 준 폰 모양과 똑같다. 저 새끼, 은근히 커플 폰까지 하다니. 그 정도로 책임감이 강하다는 거냐, 아니면 은근히 나를 좋아한다는 거냐. =_=; 도통 모르겠다. 지휘 놈 핸드폰을 투욱 끊어버리더니 도로 재킷 주머니에 쏘옥 넣어버린다.

"왜 안 받아?"

"모르는 새끼야. -_-"

“그래도 받아봐야 하지 않겠냐?”

“받기 싫어. 너는 신경 쓰지 말고 얼른 먹기나 해.”

“그… 러… 럼…….”

이놈은 항상 할 말을 잃게 만든다. 하지만 다시 들리는,

빠라빠라빠라밤∼ 빠라빠라빠라밤∼

“아무래도 받아봐야 할 것 같은데. =_=;”

“신경 끄랬지. -_-”

지휴 놈은 다시 핸드폰을 꺼내더니 폴더를 열었다 받지도 않고 다시 닫아버린다. 저 싸가지 봐라!! 하지만 연이어 울리는 빠라빠라빠라밤 벨소리. 받지도 않고 끊기를 수차례… 도저히 듣다 못한 한성질 하는 나 구리구리. -_-;

“시끄럽잖아!! 전화를 받든지 안 받으려면 배터리를 확 빼버리든지!”

라고 용감히 지휴 놈을 향해 소리쳤다.

“24시간 동안 풀로 핸드폰 켜 놔야 해. 언제 애들한테서 전화 올지 몰라. -_-”

네가 무슨 형사냐, 엉!! 조폭이냐고!!

“그럼 받으면 될 거 아냐! 받아서 어떤 놈인지 끝장을 내버리라고!”

내가 버럭 소리를 지르자 지휴 놈은 나를 한번 째려본다. …T_T 그 눈빛에 나는 이내 슬금슬금 무너져 버렸다. 하지만 조금씩 지휴 놈에게 개김성을 늘려 나가야지. 이번엔 이 정도로 된 거야. 힘내, 구리구리. 넌 많이 컸어. T_T 시끄럽게 빠라빠라빠라밤은 계속 레스

토랑 안에 울려 퍼졌고 이젠 레스토랑 안의 사람들까지 힐끔힐끔 우리를 쳐다보았다. 하지만 대놓고 화악 뭐라고 하거나 눈치 주는 것들은 없었다. 모두들 겁쟁이들이었다. 결국 지휴 놈은 도저히 못 참겠는지 드디어 폰을 받는다. 어떤 놈인지 몰라도 정말 포기하지 않는 저 끈기에 박수를 쳐주리라.

"씨발!! 어떤 새끼야!"

지휴 놈답게 전화를 받았다. 싸가지에 물 말아 먹을 놈! 여하튼 어떤 놈이 전화했는지 몰라도 넌 죽었다.

"…누구라고? 어, 언제 왔냐? 기다려라, 갈 테니까."

지휴 놈… 버럭 소리 지를 땐 언제고 조용히 전화를 끊는다. 거 봐라, 새캬!! 아는 놈이지! 그러게 진작 받지는 괜히 소란 떨었잖아. =_=;

"한수아."

"…-_-??"

"나 지금 가봐야 해. 계산해 놓고 갈 테니까 먹고 너 알아서 가라. 지금 네가 먹은 거 수첩에 쭉쭉 줄 그어놔. 지금 서방님이 일이 있어서 가니 무슨 일 있으면 콜 때려라. 간다."

라며 역시 내 말은 듣지도 않은 채 지 할 말만 하고 나가 버린다. 그리하여 이 커다란 테이블에 나 혼자 덩그러니 남아 있었다. 창밖으로 걸어가는 지휴 놈이 보인다. 훌쩍 큰 키 때문인지 유난히도 눈에 들어왔다. 아니, 사실 다시 봐도 정말 군침 흘릴 정도로 괜찮은 새끼다. 어지간히 급했는지 언제나 어슬렁어슬렁 빼질하게 걸어가던 놈의 발걸음이 미세하게 속도가 붙은 듯하다. 도대체 누구길래 천하의 싸가지 신지휴 씨가 발걸음에 속도를 내실까. 불길한 예감이 화악 뇌리를 스친다.

신지휴, 나 혼자 남겨두고 도대체 어디 가는 거냐? 나는 멍하니 지휴 놈이 앉았던 자리를 바라보았다. 방금까지도 내 앞에서 나를 바라보고 있었던 지휴 놈이 지금은 없다. 한참을 멍하니 있었다. 한참을 그렇게 지휴 놈이 앉았던 자리를 멍하니 바라보다가 문득 정신을 차리자 테이블에 놓여진 음식들이 눈에 들어왔다. 구리구리!! 정신 차려. 지휴 놈이 가든 말든 무슨 상관이야!! 지금 너에게 제일 중요한 건 네 눈앞에 펼쳐진 네가 무지무지 좋아하는 음식이야. 게걸스럽게 음식들을 입 안에 집어넣었다. 사실 무슨 맛인지도 모르겠다. 음식을 거의 다 먹었을 무렵 서민주라는 여시같이 생긴 년이 지휴 놈이 앉았던 자리에 앉아 있었다. 먹는 데 정신을 쏟아서 언제부터 앉아 있었는지도 모르겠다. 서민주는 턱을 괸 채 물끄러미 나를 바라보고 있었다.

"너 지휴 친구지?"

드디어 입을 연 서민주.

뭐라고 대답을 해야 할까. 내가 지휴 놈의 친구일까. 나는 그렇다고 할 수도 있겠지만 지휴 놈은 죽어도 날 친구로 생각하진 않겠지.

ㅡㅡ

"아닌데."

"친구 아니면 뭔데? 무슨 사이인데?"

생글생글 웃으면서 물어보는 여시 같은 서민주의 말에 내가 대답해야 할 이유가 있을까. 물론 없지. =_= 난 침묵했다(고로 난 서민주의 말을 씹었다). 나 또한 질세라 똑바로 눈을 마주한 채 서민주의 얼굴을 뚫어지게 갈궜다. 가만히 보니 갸름하고 허이연 얼굴에 이목구비가 뚜렷한 것이 남자들 꽤나 후리게 생겼다. 지휴 놈이 계집애를 소름 끼치도록 싫어했기에 망정이지, 아님 분명 지휴 놈도 서민주에게 넘어갔음을 믿어 의심치 않았다.

"지휴랑 무슨 사이냐구."

역시 침묵을 고수하며 시선을 떼지 않는 내 모습에 서민주는 피식 웃어버린다.

"풋. 지휴 친구 맞네. 지휴가 나한테 말 놔서 착각했을지 모르지만 난 20살이야. 너희들보다 두 살이나 많아. 알았니?"

20살이든 50살이든 내가 알 바 아니지. 내가 대답하지 않는데도 전혀 개의치 않은 채 혼자 계속 조잘댄다. 내 판단은 정확한 것이었다. 잡초 근성이 뛰어난 여자 같으니라구. =_=;

"참 곱게도 생겼네."

거부할 틈도 없이 서민주의 손이 내 볼을 스치듯이 쓰다듬었고 그 손길에 나는 소름이 좌악 돋았다. 저년! 저년!! 변태 아니야!! =0=^

"너 누나랑 사귀지 않으련??"

점점 더 미쳐 가는 서민주였다.

"물론 지휴를 좋아하지만 지휴는 건드릴 수 없는 성역이라고 해야 할까. 그냥 보는 것만으로 만족해야지. 하지만 난 너도 맘에 들거든.

나도 알고 보면 괜찮은 여자야. 나 좋다는 애들도 많구.”

그럼 너 좋다는 것들한테 가라고! 누가 잡니? -_-^ 더 이상 상대할 가치가 없다는 생각이 들어 벌떡 몸을 일으켰다.

“어머! 어디 가려구? 대답은 해줘야지.”

왠지 모르게 자신만만한 모습이다. 원한다면 대답해 주지, 여시 같은 뇬아! -_-

“나도 냄새 나는 여자는 싫어. 아니, 너는 냄새 안 나도 싫어. 이게 내 대답이야. -_-”

서민주가 충분히 알아들었으리라 믿어 의심치 않고—얼굴이 빨개진 걸 보니 알아들었나 보다—레스토랑을 나섰다.

“후회할 거야!!”

등 뒤에서 서민주의 날카로운 소리가 들려왔지만 개의치 않았다. 오직 내 머리에 가득 찬 생각은 하나… 잘 먹었다. ^0^ 배도 든든히 찼겠다, 이제 이 한몸 어디로 가야 할까. 지금 당장 한신이 집으로 들어가기는 싫고, 왠지 모르게 이대로 집에 들어가면 꿩장히 기분이 꿀꿀할 것 같다. 현재 내 주머니에 있는 돈으로 오랜 시간을 버틸 수 있는 곳은 아마도 겜방이 제격이었다. 그나저나 겜방이 어디에 있더라. =_=;

결국 한 시간을 무작정 헤맨 끝에 나는 삼층에 짱 박혀 있는 아주 아주 꼬진 겜방을 찾을 수 있었다. 내 짝꿍을 빼다 박은 어리버리한 놈이 나를 반겨주었다. 컴퓨터 앞에 앉기는 앉았건만 과연 내가 할 수 있는 컴퓨터 기술이 뭘까. =_=;

덜그럭. 덜그럭.

날마다 와서 채팅만 죽어라 했더니 뭐가 뭔지 알아야지(매번 시비 걸어서 싸움. -_-). 하지만 채팅에서 손 뗀 지도 어언 몇 달이다. 슬쩍 옆에 앉아 있는 가스나를 쳐다보았다. 다음?? 나 영어 읽었어. ㅜㅜ 그 가스나가 들어간 곳은 다음이라는 사이트였다. 가만히 생각해 보니 매번 겜방에 가면 모두들 다음이란 사이트를 접속했던 것 같다. 그 가스나를 따라 다음에 들어가려니 로그인하랜다. -_-^ 로그인하려 하니 회원 가입 하랜다. -_-^ 하지만 회원 가입 하려니 입력해야 할 게 엄청 많았다. 도저히 이 많은 사항을 입력하기가 나로서는 불가능했다. 사실은… 귀찮았다.

어쩌지? 다음이라는 곳엔 뭔가 재미있는 게 굉장히 많을 것 같은데. ㅇ_ㅇ 옆에 가스나는 그만 하려는지 몸을 일으켜 겜방에서 나가 버렸다. 흐흐흐흐흐~ 아까 그 가스나가 다음이란 사이트를 접속할 때 보았던 아이디와 비번을 입력시켰다. 망할 가스나가 하도 손을 빨리 놀려서 100% 정확히 보지는 못했지만 사실 눈썰미에는 어느 정도 자신있다.

제발! >0< 엔터를 타악!! 치면서 긴장의 순간이 흘렀다. 모니터 화면이 온통 하얘짐과 동시에 오오~ 구리구리는 성공하였도다. 그나저나 이건 뭐다냐? 카페??

카페를 클릭해 보았다. 그 가스나가 가입한 카페가 주르륵 나왔다. 이 가스나 상당히 많은 카페에 가입해 있었다. 할 일도 더럽게 없는 가스나 같다. =_= 쭈욱 눈으로 훑어 내려가다 내 눈이 멈춘 곳이 있었으니 F.F 팬 카페? ㅇ_ㅇ F.F 하니 망할 지휴 놈과 F.F 놈들이 떠올랐다. 설마설마 하며 클릭해 보았다.

뭐야? =0= 설마가 사람 잡는다더니 진정으로 내가 금방 클릭한 F.F의 F.F는 내가 알고 있는 망할 놈들이 맞았던 것이다. 'Flower Family Club에 들어오신 것을 환영합니다!!' 라는 대문짝만한 글씨와 F.F 놈들의 사진으로 도배된 카페 대문이 이를 증명해 주고 있었다. 덧붙여서 카페 메뉴 또한 가관이었다. 그중 유난히도 혼자 멋지게 독립한 카페 메뉴가 있었으니 '지휴님 사랑' 이었다. 지휴님은 무슨 개뿔이 지휴 놈이다! -_-^ 그 밑으로 쭈욱 '준휘&한신&태훈 사랑', '길동&상엽&초롱 사랑', 'F.F 봤어요', 'F.F들에게 할 말 있어요' 등등 지휴 놈을 제외하고 그 외의 놈들은 세 명씩 묶여져 있었다. 진짜로 세상엔 쓰잘데기없는 걸 좋아하는 사람들이 많다. 회원이 삼천 명을 넘은 것을 보면. 하지만 카페 대문에 깔려 있는 놈들의 사진은 정말 죽여줬다. 연예인이라 해도 믿을 정도로. 특히 지휴 놈 사진발 정말 잘 받았다. 하지만 지휴 놈의 가장 매력 포인트인 예쁜 눈은 볼 수 없었다. 다른 놈들과 달리 눈처럼 하이얀 커다란 쿠션에 기대어 고이 잠들어 있는 지휴 놈의 모습… 정말 그리스 신화에 나오는 에로스가 따로 없었다. 분명 몰래 찍었을 거야.

이 새끼, 지 사진 이렇게 인터넷에 돌아다니는 걸 알까. =_=; 지휴 놈 성격에 사진 찍는 것을 가만두고 볼 리도 없었고 그 사실을 알았다면 아마도 지금까지 이 카페가 존재하지 않을 것이다. 왜냐하면 지휴님은 아주아주 싸가지가 없는 놈이기 때문에. 정말 대단한 가스나들이다. 자료실을 클릭해 보니 F.F 놈들의 사진이 무수히 올려져 있었다. 물론 사진의 종류는 다양했다. 그중 지휘 놈 사진은 수가 적음에도 불구하고 단연 높은 조회수를 자랑하고 있었다. 두리번거리다 문득 대화방에 눈이 갔고 주저없이 클릭했다. 총 여덟 명의 인간들이 서로서로 대화를 주고받고 있었고 아이디 또한 가관이었다. '지휘만을', '초롱이짱', '준휘사랑', '지휘내꼬' 등등 닉네임이 모두 F.F 놈들과 관련이 있었다. 물론 나 또한 '일편단심지휘' 라는 닉네임이었다. 빌어먹을. TT 게다가 초롱이 놈을 좋아하는 가스나가 있다기에 더 더욱 입을 다물 수 없었다.

—저 오늘 지휘님 봤어요, 아침에!! >_<

—어머머머~ 정말요?! 꺄아아아아앗!! 행복하셨겠어요. 전 F.F들 본 지 일주일도 넘었는데. TT

—전 어제 네 시간 기다린 끝에 F.F들 다 봤다니까요. 이젠 죽어도 여한이 없다고 생각할 정도예요. 지휘님이 카리스마적인 눈빛으로 살짝 내 쪽을 바라봤는데 그 눈빛에 주위에 있던 여자애들 소리 지르고 난리가 아니었어요. 지휘님은 언제 봐도, 어떤 모습이라도 너무 멋있어요. 베일에 싸인 듯한 무뚝뚝함과 차가워 보이는 모습에 정말 뿅 갔어요.

살짝 바라본 게 아니고 힘껏 갈겼겠지. =_=^ 착각은 자유라지만 그래도 도가 너무나 지나친 인간들이네.

—저두요. 전 한신님이랑 지휴님이 가장 좋아요.

—그래요?? 전 지휴님은 너무 차가워 보여서 무서워요. 전 태훈님이 가장 좋아요. 너무너무 매너있는 분이라고 하던데요.

정말정말 눈 빼고 정신이 오락가락한 가스나였다. 감히~ 얍삽이 태훈 놈을 좋아한다니. 정작 당사자들은 이 일을 알고나 있는지. 쯧쯧. 특히나 지휴 놈이 그저 곱게 넘어갈 리가 없는데. 대화 내용이 너무나도 어이가 없어서 내 마음이 답답하게 조여올 때도 그들만의 꿈의 대화는 계속되고 있었다.

—전 오늘 처음 가입했어요. 친구들이 이 카페 가입해 보라고 해서요. 그런데 정말 모두들 너무너무 멋있어요. 특히 지휴님이요.

—저도 오늘 처음 가입했는데 제가 가입한 어떤 카페 님이 사진을 퍼오셨더라구요. 그 사진 보고 혹시나 다른 사진도 볼 수 있을까 해서 가입했어요. 광주는 잘생기신 분이 많나 봐요.

드디어 나 구리구리도 한마디를 조심스레 자판으로 쳐냈다.

—미쳤군, 다들 미쳤어. 그것 다 거짓말이야. ――^ 그 새끼들 성격도 엄청 더럽고 얼굴?? 그거 다 캡발이야, 캡발. 속지들 말라고. 김태훈 그놈 피부 무지 좋게 보이지?? 하나도 안 좋아, 그 새끼. 아마 덮고 있는 앞머리를 들면 커다란 여드름이 세 개나 있다니까. 그리고 신지휴는 성격 파탄자야. 남자면 남자답게 생

겨야지 허여멀건 곱상한 것이 그게 남자냐! 초롱이 걔는 맨날 하루 종일 퍼먹어. 쉴 새 없이 말야. 그나마 준휘는 멋있지만‥ 하여간 그 새끼들, 특히 신지휴랑 김태훈이 다~ 뻥이야.

마지막으로 키보드를 투둑 하며 마무리를 지었고, 몇 초 동안 컴퓨터의 허이연 화면에 글을 쳐내는 이들은 없었다. 할 일 없는 눈 삔 가스나들아, 드디어 F.F 놈들의 실체를 알았냐? 라는 생각에 흐뭇해하는 순간 갑자기 동시에 화면으로 가득 차 오르는 글들!! 정말정말 할 일 없고 눈 삔 가스나인 줄만 알았는데 이뇬들 정말 잔인한 뇬들이었다! =0= 여인들이 한을 품으면 한여름에 우박 온다는 말 정녕 이런 뇬들을 두고 한 말이었을 거다. 아직까지도 화면에 계속 주르륵 나타나는 글들 중 몇 가지를 집어내자면 해킹해서 니년 집부터 학교까지 다 폭파시켜 버린다. −0− 사시미로 주둥이랑 손가락을 썰어버린다. −0− 더 이상 말하지 않으련다(독자의 상상에 맡기겠음). 광주 뇬들은, 그중에서 누군가를 사모하는 뇬들은 더 더욱 무서운 뇬이라는 것을 뼈저리게 실감했다. 남자란 존재보다 더 무서운 존재가 바로 여자라는 존재다. 너무나도 양심적인 나인지라 혹시라도 무서운 뇬들이 정말로 해킹해서 아까 그 여학생에게 해코지할까 두려워 잽싸게 대화방에서 빠져나왔다. 내 옆에 앉았던 새침해 보였던 여학생이 떠올랐다. 불쌍한 뇬 명복을 빈다. 다신 저기 안 들어가야지. o_o; F.F 놈들의 팬 카페에는 정말로 무서운 뇬들 투성이었다. 겜방을 나와 터덜터덜 한신이네 집으로 발걸음을 옮겼다.

꼬르르르르르륵~

망할 놈의 배딱지. -_-^ 아까 그렇게 집어 삼키고도 또 밥 달랜다. 하지만 뭐 어쩌겠어. 밥 달래면 줘야지. -_- 그나저나 지휴 놈, 도대체 누구를 만나러 간 걸까? -_- 쪼금, 아주 쪼금 궁금하다. 괜히 기분이 꿀꿀하다. 어느새 나는 한신이의 집 앞에 도착했고 초인종을 힘차게 눌렀다. 곧 이어 접시 깨지는 소리와 함께 한신이의 깜찍한 목소리가 들려왔다.

[누구세요? =0=]

"나여. 문 열어. -_-"

문이 화알짝 열리면서 귀여운 미키마우스 티를 입은 한신이가 눈에 들어왔다.

"구리구리, 어디 갔다 왔어? 난 또 너 길 잃어먹은 줄 알고 얼마나 걱정했는데!! >_<"

이 새끼는 내가 맨날 길 잃어먹는 줄 안다. 사실은 하나도 안 그러는데. -_-^

"배고파. 밥 줘."

"야! 구리구리 너 자꾸 그렇게 본능적으로 나올 거냐? 지금 네 라이벌 나타났어. 이럴 때일수록 바짝 긴장은 못할망정 타령이나 하고 있냐??"

한신이 놈, 주위를 슬쩍 둘러보더니 어울리지도 않는 진지한 얼굴로 잽싸게 나에게 속삭였다.

"라이벌? 야, 박한신, 쓰잘데기없는 말 좀 하지 마. 그런 말 할 시간 있으면 빨리 밥이나 줘!!"

내 말에 한신이 놈 답답하다는 듯이 지 가슴팍만 퍽퍽 때려댄다. 네가 아무리 그래봐라. 네 가슴팍만 아프지. 밥 달라니까 별짓을 다 하는고만.

"아우우우~!! 야, 이 무식 돌깽이 같은 내 친구야! 너 그렇게 한가하게 밥 처먹을 때가 아니라고!"

뭐, 뭐시? -_-+ 무식 돌깽이! 저, 저놈!! 감히!!

"야, 박한신!! 이게 진짜 죽으려고! 주둥이 관리 잘해라. 자꾸 그렇게 말 험하게 내뱉으면 너라고 안 봐준다. 알았냐! 밥 주기 싫으면 주기 싫다 그러지 왜 괜히 시비 걸어!! 됐어! 내가 차려 먹음 될 거 아냐! 에이!"

멍하니 서 있는 한신이 놈을 뒤로한 채 씩씩대며 주방으로 가서 냉장고를 벌컥 열었다. 나 먹는 거에 민감하다. -_-^ 그나저나 냉장고가 뭔가가 가득 차 있긴 한데 뭘 먼저 먹어야 하지… 냅다 손이 뻗는 대로 집었다. 우유잖아. 통째로 벌컥벌컥 마셔댔다.

"우유 그만 먹어."

갑작스레 등 뒤에서 들리는 소리에 뒤를 돌아봄과 동시에 그만 우유가 목에 걸려 냅다 푸우우우우웃~ 하며 뿜어버렸다.

"푸, 푸우우우우우웃~! 캑캑!!"

몇 번의 기침을 토해낸 후에야 붉게 상기된 얼굴로 고개를 들어 목소리의 주인공을 확인할 수 있었다. 내 눈앞에 서 있는 것은 온몸에 희디흰 우유가 뚝뚝 떨어진 채 무심한 눈빛으로 나를 바라보고 있는

지휴였다. -0- 그리고 나는 고작 한마디 꺼낸다는 것이,

"웨, 웬일이냐? -_-;"

난 정말 미쳤다. 미안하다고 했어야 했는데 왜 그렇게 그 말은 하기 싫은지.

"너 우유 그만 먹게 하려고. -_-"

차라리 화를 내면 좋으련만 더러운 것은 끔찍이도 싫어하는 놈이 씻으러 갈 생각은 안 하고 평소처럼 그냥 툭툭 말을 내뱉는다.

"내가 우유를 먹든 물을 먹든 네가 뭔 상관이야."

"네 서방님이잖아."

새끼!! 또 시작이다. 목구멍에서 또 무언가 화악 올라왔지만 지휴의 성격을 알기에 꾸욱 참았다.

"그거랑 우유랑 무슨 상관인데!"

"우유 먹음 너 또 크잖아. 너 더 크는 거 싫어. 그러니까 우유 그만 먹어."

"야!! 내가 크거라 한다고 키가 크냐!! 무슨 나무에 물 주듯이 나한테 우유 들어가면 키가 크냐고!! 다 지가 알아서 크고 싶으면 크는 거야. 그럼 너는 우유 엄청 많이 먹어서 키가 그렇게 컸냐?!"

"난 우유 싫어해. 그러니까 너도 앞으로 우유 절대 먹지 마."

"야, 어떻게 안 먹어! 말도 안……."

"너 키 크는 거 싫어. 내가 너 올려다보는 거 싫다고. 됐냐. 이젠 이유가 되냐고. 우유 절대 먹지 마. 씻으러 간다."

지휴는 지 할 말만 하고 획~ 주방에서 나가 버렸다. 새, 새끼 내가

큰다고 설마 너보다 더 크겠냐. 설마 네가 나를 올려다보겠냐. 여하튼 말도 안 되는 억지였지만 이유는 되는 것 같다. -_- 앞으론 우유 먹지 말아야지. 우유 통을 흔들어 보았다. 쪼금밖에 안 남았네. ㅇ_ㅇ 에라~ 모르겠다. 작별 기념으로 원샷해 주마! 우유를 꿀떡꿀떡 원샷한 후 주섬주섬 냉장고를 뒤지고 있을 때 누군가가 뒤에서 내 허리를 꼬옥 껴안았다!!

"으아아아아아악~!!"

4-1

떨거지 남매와의 반갑지 않은 만남

떨거지 남매와의 반갑지 않은 만남

—내가 먼저

대쉬한 건 네가 처음이거든

　　　나도 모르게 버럭 소리를 질렀지만 내 허리를 휘어

안은 작자는 손 뗄 생각을 하지 않았다. 어떤 미친놈

이.=0=! 내 허리를 안은 작자를 내려다본 순간, 나는

놀라지 않을 수 없었다. 엄청 귀여운 엄지공주였다!

　"어? O_O? 태훈이 오빠 아니네??"

　또랑또랑한 목소리까지 귀여웠다! 하지만 여전히 허리에 두른 손

은 풀 생각을 하지 않았다. =_= 엄지공주의 머리에선 분홍색의 커다

란 리본이 하늘거리고 있었다.

　"해인아~!!"

　"오빠, 나 주방이야."

뒤이어 모습을 나타낸 한신이 새끼. 빨리도 왔구나. ㅜㅇㅜ 한신이는 식은땀을 흘리고 있는 나와 내 허리를 꼬옥 안고 있는 귀여운 소녀를 번갈아 쳐다보았다. 그러지 말고 얼른얼른 이 소녀 좀 떼어내주렴. ㅜㅜ

"하, 한신아. =0=;"

한신이는 내 부름에 쏜살같이 튀어와서 그 귀여운 소녀를 떼어냈다. 아까 그 말 취소다. 넌 역시 친구야. 앞으로 네가 무슨 말을 하든, 주둥이를 어떻게 놀리든 넌 내 친구란다. 고사리 같은 손이 허리에서 사라진 후에야 비로소 안도의 한숨이 새어 나왔다. 휴우우우우…….

"아무나 안지 말랬잖아!"

"음… 나는 훈이 오빠인 줄 알았단 말야."

그 귀여운 소녀는 그새 울 것같이 맑은 두 눈에 눈물이 듬뿍 고였다!! 그 모습에 내 마음까지 찡해지는 듯하다. 하지만 나를 그 얍삽이 태훈 놈으로 착각한 것은 절대!! 용서할 수 없다.

"울지 마!! 내가 뭐랬다고 또 울려고 그래!"

한신이 새끼는 또 버럭 소리 지른다. 어지간히 엄지공주를 싫어하나 보다. 항상 웃기만 하던 한신이인데 지금은 뭐가 그리 열받는지 꽥꽥 소리만 질러대니.

"그만 해."

어느새 다 씻었는지 수건으로 머리를 털며 지휴가 나타났다. 뭔 일이야. 이게 어떻게 돌아가는 거야. 도대체 저 소녀는 누구냐고요~!!

"해인이가 구리구리 허리를 덥석 안아서 놀랐잖아!! 구리구리 그런 거 얼마나 소름 끼치도록 싫어하는데. 그건 네가 더 잘 알잖아.”

아직까지도 분이 안 가셨는지 얼굴이 빨간 한신이 새끼. 저러면 내가 아는 한신이 같지가 않다. 내가 아는 한신이는 항상 미소 짓는 귀여운 놈이었는데, 얼굴에서 미소만 사라지면 왜 저리도 차가운 모습인지. 한신아, 넌 언제나 스마일이다!

“소리 지르지 마. 해인이 심장 약해.”

지휴 놈, 한신이한테 무심하게 한마디 내뱉더니만 해인이란 소녀에게로 다가갔다. 믿어지지 않는다. 방금 지휴 놈이 뭐랬지?? 나는 그 소녀를 자세히 살펴보았다. 세상에 저렇게 조그만 여자애는 첨 본다. =0= 아니, 가까이서 보긴 첨이다. 160㎝도 안 될 것 같은 키에 가느다란 몸이 한번 훅 불면 날아가 버릴 것 같다. 하얗고 조그만 얼굴에 커다란 눈이 너무나 매력적이었다. 찐하게 진 쌍꺼풀에 기다란 속눈썹이 커다란 눈을 더욱더 매력적으로 보이게 했다. 그리 이쁜 얼굴은 아니었지만 얼굴의 반은 차지하는 듯한 커다란 눈 하나로도 충분히 그 소녀는 예뻤다! 거기다가 머리에서 나풀거리는 분홍색 리본 덕에 내 눈에 그 소녀는 하늘에서 내려온 아기 천사 같았다!

“해인아.”

지휴 놈이 진지한 표정으로 다가가 손을 뻗어 해인이의 어깨를 감쌌다. …지휴 놈이 해인이의 어깨를 감쌌다. 스킨십은 소름 끼치도록 싫어하는 지휴 놈이 먼저 스킨십이라니. 그것도 아주 자연스럽게. 기분이 묘하다. 이런 느낌을 뭐라고 해야 할까. 나는 멍하니 지휴를 바라보았다. 저 귀여운 소녀를 지휴가 특별히 대하고 있다는 것은 확실했다. 물론 한신이는 귀여운 면상을 힘껏 찌푸린 채 해인이란 소녀를 갈구고 있었고. 도대체 지휴 놈은 해인이란 소녀에게 무슨 말을 하려고.

"앞으로 저 또라이한테는 그러지 마. 다른 놈들은 괜찮지만 저 녀석한테는 나만 그럴 수 있거든."

지휴의 말에 순식간에 주방의 분위기는 싸~ 해졌다. 심지어 해인이란 소녀까지도. 그나마 먼저 정신을 차린 사람은 한신이었다.

"그래, 박해인! 그러니까 제발 아무나 그렇게 덥석 안지 말라고! =0=^"

"해인이한테 소리 지르지 말라니까."

지휴는 얼굴색 하나 안 변하고 다시 한신이에게 경고를 했다. 지휴 놈의 입에서 남 걱정 하는 말이 나오다니. 내일도 해가 서쪽에서 뜨리라. 요즈음은 해가 서쪽에서 뜨는 일이 무진장 많다. 실제로 뜬 적은 한 번도 없지만. =_=;

"휴 오빠, 왜?? 내가 저 오빠를 안으면 왜 안 되는데?? 난 저 오빠도 맘에 든단 말야."

커다란 눈을 깜빡이며 속삭이듯이 말하는 엄지공주의 모습. 오오오~ 정말 너무나도 귀여워 꼬옥 깨물어주고 싶었다.

"저 또라이 내 꺼거든. 쟤한텐 손가락 끝도 대면 안 돼. 두 번 말하게 하지 마."

끝말엔 역시나 지휴 놈만의 싸가지가 묻어 나왔다. 해인이는 지휴의 말에 순진하게 고개를 끄덕거린다.

"좋아. 휴 오빠 건 해인이 손 안 대. 대신 저 오빠도 휴 오빠 손대면 안 돼. 오빠 내 꺼니까."

방긋방긋 웃으며 해인이 한 말에 내 입은 쩌억 벌어졌다. '오빠 내 꺼니까'. 머리에서 그 말이 뱅글뱅글 돈다. 오호라~ 임자 있는 몸이 셨군. 내 눈꼬리가 화악 올라가는 것을 나도 느낄 수 있었다. 순간 지휴 새끼는 당황하며 나를 힐끔 바라보았다.

"아오씨~ 내가 왜 네 꺼냐!! 그건 철없을 때 한 말이야!!"

"그런 게 어딨어!! 나한테 오빠가 그랬잖아, 오빠 내 꺼라구! 거짓말쟁이! 맨날 해인이랑 놀아주지도 않고! 미워! 다 필요없어. 오빠가 무슨 말해도 오빠 내 꺼야!"

"야, 그건……."

드디어 지휴 놈 성격이 도졌다. 어쩐지 잘 나간다 했다. 이 유치한 싸움에 끼어 있을 이유는 없기에 나는 조용히 주방을 나섰다.

"야, 오해하지 마!! 해인이는 그냥 동생이야! 빌어먹을!! 야, 박해인, 손 안 떼냐!! 좀 떨어지라고~ 야!! 한수아!"

신지휴… 누가 뭐래니. 고래고래 나에게 뭐라고 소리 지르는 지휴를 뒤로한 채 나는 베란다로 향했다. 때마침 한신이가 베란다 쪽으로 다가왔다.

"구리구리."

나는 한신이의 말에 아무런 대답도 하지 않았다. 그저 막연히 이미 어두워져 버린 밤하늘만 멍하니 바라보고 있었다. 괜히 마음이 텅 빈 듯이 공허했다. 그런데 왜 이렇게 속상하지?? 이유도 없이 그냥 막연히 속이 상하다.

"한신아, 담배 하나만 주라."

"너 담배 안 피우잖아."

"안 피우기는. 너랑 초등학교 때 헤어졌는데 내가 담배를 피우는지 안 피우는지 네가 어떻게 알아? 초등학교 때 담배 피우는 것들도 있냐? 단지 지금은 잠깐 끊었을 뿐이야. 그런데 다시 생각나네. 하나만 주라."

한신이는 조용히 나에게 담배 하나를 건네었고, 나는 담배에 불을 붙인 후 깊게 한 모금 빨아들였다.

"후우우우우……."

하이얀 담배 연기가 내 입 안에서 화악 구름 모양으로 뿜어져 나오는 걸 보는 이 느낌. 이 느낌 정말로 오랜만이다.

"나 중학교 때 골초였다. 하루에 두 갑은 기본이었어. 그것 때문에 옹녀 쒸한테 날마다 공포의 매타작당하고… 그러다 아무 이유도 없이 갑자기 담배를 끊었다. 그 이후로 담배 냄새도 질색이었는데… 아마도 나랑 담배는 끈질긴 인연으로 맺어졌나 보다."

피식 웃어버렸다.

"수아야."

한신이가 조용히 내 이름을 불렀지만 난 화내지 않았다.

"너 그거 아냐? 나 이제 내 이름 불러도 아무렇지도 않은 거. 전엔 누군가가… 옹녀 쒸랑 아저씨 외의 누군가가 내 이름을 부르면 미치도록 열받아서 힘껏 패놨었는데, 이젠 별 느낌이 없다. 지휴 새끼가 하도 한수아 한수아 하고 내 이름 불러대서 아, 수아란 이름이 내 이름이구나 하고 면역이 돼버렸어. 무언가에 익숙해지고 길들여진다는 건 무서운 거다, 한신아.”

한신이는 조용이 내 말을 듣고 있다가 나를 바라보았다.

“나 지금 너무 두렵고 무서워.”

“너답지 않게 왜 그래? 그건 네가 할 말이 아니야.”

“하하. 그럼 나다운 게 뭔데? 도대체 나다운 게 뭔데? 나 잘 모르겠어. 그래, 네가 생각하고 있는 내 모습이 나도 내 모습인 줄 알았는데 지금은 그게 아닌 거 같아. 여기 오기 전까진 강했는데… 혼자라도 외롭지 않았는데 하루하루 지날수록 내 자신이 나약해지는 것 같고 누군가 옆에 없으면 쓸쓸하고 그래. 죽으려나 보다.”

“수아야, 내가 널 처음 보았을 때부터 지금 모습까지 모두가 네 모습이야. 너무 복잡하게 생각하지 마. 넌 그냥 너야. 네가 약해지면, 도저히 못 버티겠다 싶으면 누군가에게 손을 내밀어. 혼자 있어서 쓸쓸하면 누군가와 같이 있으면 되잖아.”

순간 내 머리를 스치고 지나간 건 지휴였다. 왜 하필 그 새끼가 생각이 나는 건지… 재수 떵이었다. −_−^

“그런 거냐? 그렇게 간단한 거였냐?”

주접인 드디어 조막만한 얼굴에 미소를 그득히 머금었다. 어쩜 저리도 하는 짓 하나하나가 깜찍할 수 있을까. 우리 학교 계집애들이 한신이 새끼보고 난리쳤던 게 이제야 이해가 간다.

“야, 넌 항상 스마일이다. 알았냐?”

내 말에 한신이는 피식 웃는다.

"나도 항상 웃는 게 좋은 거라고 생각했는데 지금은 오히려 그게 더 후회스러워. 날마다 실없이 웃어댄 게… 나를 봐주었음 하는 여자가 있는데 죽어도 나를 안 보네. 어쩌다 돌아본다 싶으면 아이 다루듯이 하고. 하지만 포기는 절대 안 해. 나를 남자로서 돌아봐 줄 때까지, 죽을 때까지 기다릴 거다. 구리구리, 너도 힘내라."

내 어깨를 한번 툭 때리더니 베란다 문을 열고 나갔다. 어디선가 낯익은 이야기 같은데. 씨발. 이 망할 놈의 돌머리는 도움이 된 적이 한 번도 없다. 내 손에서 조금씩 내 마음처럼 타 들어가는 담배를 바라보았다. 오랜만이다, 담배야. 앞으론 널 자주 만나야 할 것 같다.

"야!!"

한신이 새끼였다. 저 새끼 아직 안 갔네.

"해인이는 신경 쓰지 마. 내가 그때 말했던 애야. 지휴가 유일하게 알고 있는 여자애. 그냥 동생일 뿐이니까 오해는 하지 말라고."

베란다 문을 열고 고개만 빼꼼이 내민 한신이 새끼, 잽싸게 말을 하곤 다시 종적을 감춰 버렸다. 내가? 내가 신경을 쓴다고?? 전혀다. 절대 하나도 신경 안 쓰인다. 또다시 발소리가 들려오더니 베란다 문 열리는 소리가 났다. 이 새끼, 또 무슨 말을 하려고. 나는 아무렇지도 않다니까! 하나도 신경 안 쓰인다고!! 제발 나 좀 내버려 둬! 지금은 혼자 있고 싶단 말야!!

"박한신, 나 지금 혼자 있고 싶거든. 그러니까……."

뒤돌아보는 순간 나는 입을 꼬옥 다물었다. 한신이가 아니었다. 잘나신 신지휴였다.

“웬일이야? -_-”

“내 맘이다.”

그래, 그럴 줄 알았다. 이 왕싸가지야!! 상대를 말아야지. -_-^ 쓰읍~ 지휴가 뭘 하든 말든 나는 지휴 놈을 등진 채 다시 밤하늘만 멍하니 쳐다보았다. 참 이쁘기도 하네.

“너 담배 피우냐?”

“피우든 말든.”

“너는 피우면서 나는 못 피우게 한 거였냐?”

“그땐 담배를 끊었을 때고 지금은 다시 피우는 거야.”

“왜?”

“피우든 말든.”

“죽고 싶냐? -_-”

“…=_=;”

“피우지 마라.”

“왜?”

“내가 싫으니까.”

“네가 싫다고 내가 담배 끊을 이유는 없어.”

“너도 내가 담배 피우면 대머리 돼서 싫다며? 나도 네가 담배 피워서 내 애기 꼴초 돼서 나오는 거 싫어.”

…저 새끼 말발 역시 세다. -_-^ 할 말이 없다. 타당한 이유였다. 그래도 많이 발전했다, 신지휴. 무작정 하지 말라고 하는 게 아니고 그렇게 타당한 이유까지 대주다니. 감격스럽다, 임마! 원래대로라면

이유는 무슨, 오직 절대 복종이지. 하지만 혼자 당할 수는 없지.

"대신에 너도 피우지 마."

"그 말 하는 거 보니까 나한테 해줄 거 생각났냐. 나 담배 끊으면 넌 나한테 뭐 해줄 건데?"

그게… 그 말이나 -_- 기억난다, 지휴가 했던 말…

"나한테 해줄 거 생각나면 말해라. 그때부터 담배 일절 입에 안 댄다."

라고 했었지. 하지만 생각해 보니까 지금도 해줄 게 하나도 없다.

"나도 담배 끊잖아."

"그건 네가 너한테 하는 거잖아. -_-"

사악한 놈!! 나의 침묵에 지휴 놈이 하는 말, 정녕 나를 쓰러지게 만들 정도였다.

"건강한 애기 낳아줄 거냐?"

…-0-^ 미친놈!

"너 미쳤냐! 징그런 소리 하지 마!! 생각만 해도 끔찍해!!"

"그럼 담배 피운다."

"피우든 말든 네 맘대로 해!!"

"넌 피우지 마."

"넌 피우잖아!"

"싫으면 건강한 애기 낳아주던가."

지휴 놈의 말에 닭살이 화악 돋았다.

"씨발! 징그러운 소리 좀 그만 하라고!"

"나도 징그러. 간다."

저 새끼, 베란다에 온 후로 절대적인 포커페이스를 유지하며 내 속을 싸그리 뒤집어놓곤 지 할 말만 하고 사라진다. 아우~ 썅! 하지만 다시 드르륵 열리는 베란다 문. 지휴 새끼였다. 또 무슨 말을 해서 내 속을 더 뒤집어놓으려 그러냐, 이놈아!

"한수야, 해인이는 그냥 동생이니까 오해하지 마. 그리고 나 해인이 꺼 아니니까 걱정하지 마."

그렇게 다시 드르륵 문은 닫혔다. 내.가. 언.제. 열.받.았.대? 가지고 가라고! 차라리 가지고 가버렸음 좋겠다고! 네가 누구 꺼든 상관없다고! 네놈 때문에 점점 변해가는 내가 싫다고!

가만… 갑자기 한신이 새끼의 말이 불현듯이 떠올랐다. 한신이 말에 의하면 그 해인이란 귀여운 소녀가 내가 그렇게도 미국에서 영원히 오지 않기를 바라던 그 소녀였단 말이야? 그렇게도 한국에 오지 말라고 빌었거늘 끝내 와버렸다. 그것도 엄청나게 귀여운 소녀가. 신지휴, 그래… 그 귀여운 소녀를 데리러 가기 위해 그 역시 같은 눈이 있는 험한 곳에다 날 혼자 내팽개쳐 놓고 가버렸다 이거지. 그렇게 어지간히 서둘렀다 이 말씀이지. -_-^

빌어먹을. 왠지 확 꽂히는 필이 안 좋다. 왜냐고?? 나도 모른다. 그냥 싫다. 하지만 그렇다고 쫄 구리구리가 아니지. 부딪치고 보는 거야!

베란다 문을 화악 열어젖히고 거실로 성큼성큼 용감히 들어섰다.

소파에 앉아 있는 지휴가 눈에 들어왔다. 그리고 그 옆을 당연하듯이 꼬옥 달라붙어 있는 해인이라는 소녀. 소녀야, 넌 왜 미워하지도 못하게 그렇게 귀여운 거냐. ㅜㅜ 그 귀여움을 나에게 조금만 나눠주렴!! 해인이란 소녀가 자신에게 꼬옥 붙어 있는 게 짜증이 나는지 지휴는 괜히 신경질이다.

"야!! 저리 좀 가! 떨어지라고. 넌 덥지도 않냐?"

"하나도 안 더워. 난 오히려 이렇게 오빠하고 붙어 있으니까 더 좋은걸."

정말 대단한 소녀였다. 신지휴의 짜증에 조금도 쫄지 않는 저 소녀에게 박수를 보내주고 싶다. 내 눈에 정작 해인이보다 더 못마땅한 것은 바로 신지휴 씨였다. 그렇게 아니꼬우면, 그렇게 붙어 있는 게 싫으면 직접 행동으로 떼어내면 될 거 아니냐고! 말로만 한다고 작은 껌딱지가 뜯어지겠냐!! 괜스레 지휴가 더 얄밉다. 그때 마악 주방에서 한신이가 나왔다.

"야아아아아~ 박해인! 당장 지휴 옆에서 안 떨어지냐! 그 자리 임자는 따로 있단 말야!! 지금 당장 떨어져!"

먹음직스러운 과일을 예쁜 쟁반에 담아서 나오던 한신이가 해인이를 향해 버럭 소리 지르지만 해인이는 아랑곳하지 않는다. 한신아, 네가 내가 하고픈 말을 해주었구나. 하지만 이를 어쩌니. 저 소녀는 꼼짝할 생각도 안 하는구나. 속으로 부글부글 무언가가 거침없이 끓어올랐지만, 내색하지 않은 채 태연히 지휴가 앉아 있는 맞은편 소파에 털썩 앉았다. 물론 다리는 있는 대로 쫘―악 벌린 채 도전하는 듯

한 눈빛으로 지휴를 째려보았다. 어떠냐, 새캬!! 불만이냐? -_-^

하지만 지휴는 나에게 눈길 한번 주지 않는다. 한신이는 지 말은 들은 체도 안 하는 해인의 모습에 더욱더 열받은 듯 먹음직스러운 과일을 내팽개친 채 해인에게 성큼성큼 다가갔다.

"박해인! 너 내 말이 말 같지가 않냐! 너 자꾸 그 따위로 나오면 계집애라고 안 봐준다. 얼른 지휴한테서 떨어지라고!!"

한신이 새끼, 해인의 팔을 잡고 있는 힘껏 잡아당기고 해인이는 있는 힘껏 지휴에게서 떨어지지 않기 위해 발버둥 쳤다.

"떨어져~!! =0="

"싫어~!! >_<"

"떨어지란 말야~!! =0="

"싫단 말얏~!! >_<"

둘이 하는 짓이 어찌도 똑같은지 참 한심해 보인다. 어지간히 화난 강아지와 앙칼진 새끼 고양이의 모습과 흡사했다. 한신이의 허연 얼굴이 시뻘겋게 달아올랐다. 해인이란 소녀, 가냘픈 외모와는 달리 힘이 어지간히 센 것 같다. 아니면 나처럼 깡으로만 똘똘 뭉쳤던가. -_-;

"그만 해!"

해인이가 온 힘을 다해 들러붙는 바람에 자신의 옷소매가 있는 대로 늘어지자 도저히 못 참고 지휴 놈이 버럭 소리를 지른 후에야 강아지와 새끼 고양이의 신경전이 멈추었다.

"하지만 지휴야……."

"됐어. 해인이 그냥 내버려 둬."

지휴의 말에 한신이 새끼 얼굴이 무지하게 구겨진다. 저 새끼, 내가 항상 스마일이라 그리도 말했건만… 인상 쓰면 내가 아는 주접 새끼 같지가 않단 말야. 해인이란 소녀는 다시 지휴 놈의 팔에 매달리며 한신이를 향해 낼름 혀를 쏘옥 내미는 것을 잊지 않았다. 그 모습에 한신이의 얼굴이 더욱더 시뻘게지면서 무슨 말인가 하려 할 때,

"박해인 떨어지랬다."

"오빠~"

지휴 놈의 차가운 말에 해인이는 금방 울듯이 다시 커다란 눈에 눈물이 가득 고이지만 냉정한 지휴 놈.

"찜찜하니까 들러붙지 마."

지휴의 말에 그제야 한신이의 구겨진 얼굴이 그나마 풀렸다. 가끔 지휴 저 새끼도 보면 또라이 같다는 생각이 든다. 지휴 새끼가 인간 대접해 주고, 생각해 주고, 걱정해 주는 그런 인간이 과연 이 세상에 존재할까라는 의문이 든다. -_- 해인이도 어쩔 수 없었는지 슬그머니 지휴 놈의 팔에서 자신의 팔을 떼어냈다. 하지만 고개는 푸욱 숙이고 있었다. 그 모습에 내 마음까지 찢어지는 듯하다. 저 소녀가 죽도록 마음에 안 드는데도, 저 소녀가 한국에 오지 않기를 죽도록 빌었는데도 해인이란 소녀는 너무 귀엽고 가냘프고, 예뻤다.

"야, 박해인 네가 온 지 하루밖에 안 되어서 모르나 본데!"

한신아!! =0= 무슨 말을 하려는 거니! 설마 지휴 놈과 나와의 말도 안 되는 소리를 하려는 것은 아니지!!

쨍그랑!! 쨍그랑!! 쨍그랑—!!

요란한 한신이네 집 벨소리가 울려 퍼지자마자 한신이 새끼…

"누구세요~"

언제 얼굴 붉히며 소리 질렀냐는 듯이 잽싸게 현관문을 향해 튀어 나갔다. 평소처럼 눈부시도록 당당하고 아름다운 옹녀 쒸가 등장했 다. 옹녀 쒸의 눈빛이 싸늘히 지휴 놈에게 꽂혔다. -_-; 곧 이어 해인 에게 시선이 옮겨갔다.

"저 껌딱지는 뭐야? -_-"

옹녀 쒸의 말이었다. 나랑 똑같은 생각을 하다니… 과연 우린 같은 핏줄이었나 보다.

"쟤? 신경 쓰지 마. 그냥 껌딱지야. 누나, 밥은 먹었어? >_<"

주접인 내가 봐도 꽈악 깨물어주고 싶을 정도로 깜찍한 모습으로 방긋방긋 웃으며 옹녀 쒸를 바라보았지만 옹녀 쒸는 그런 한신이를 쓰윽 한번 바라본 후 작은방으로 들어가 버렸다.

"수련 누나~ TOT"

뒤질세라 그 뒤를 한신이가 쫄랑쫄랑 잽싸게 따라가더니만 작은 방의 문은 매정하게도 쾅앙 닫힌 후 한참 동안 열리지 않았다. 옹녀 쒸 어지간히 좋아하나 보네. 여하튼 고비는 넘겼다.

쨍그랑!! 쨍그랑!! 쨍그랑—!!

또 누구야? 지휴 놈과 해인이는 꼼짝할 생각도 없는 것 같고 직감 적으로 내가 나가야 한다는 생각이 슬프게도 뇌리를 번쩍 스치고 지 나갔다. 아무 생각 없이 누구인지도 확인하지 않은 채 벌컥 문을 열

어젯혔다. 하지만 다시 문을 콰앙 닫았다. ㅡ_ㅡ 곧 이어 또다시,

쿵쿵쿵쿵ㅡ!!

"야, 구리구리 너 당장 문 안 여냐!! 씨발, 너 죽을래!! 너 문만 열리면 죽여 버릴 줄 알아!!"

얍삽이 태훈 놈이었다. 부서질 듯이 문을 쿵쿵 두들겨 대며 갖은 협박을 다 하는 태훈 놈의 태도에도 불구하고 나는 전혀 쫄지 않고 삼중으로 문까지 걸어 잠근 후 소파에 털썩 앉았다.

"누구냐?"

신지휴 씨였다. 그래, 새캬! 너도 인간이었구나. 너도 누구인지 궁금하지?

"그냥 지나가던 생쥐 새끼였어. 신경 쓸 것 없어."

하지만 곧 이어 다시 쾅쾅거리며 얍삽이 놈의 욕설이 사정없이 울려 퍼졌다.

"어? 태훈 오빠네? ㅇ_ㅇ"

엄지공주는 사뿐히 소파에서 일어나더니 깡총깡총 뛰어간다. 곧 문을 따는 소리가 들리고, 원… 투… 쓰리……. ㅡ_ㅡ

"야!! 구리구리!!"

허옇던 얼굴이 시뻘겋게 상기된 태훈 놈이 내 앞에 터억 하니 섰다.

"너 나 알아?? 난 너 몰라. 아는 척하지 마."

"아오씨! 너 진짜 화악!!"

"넌 집에서 내놓은 자식이냐? 너네 집에나 기어들어 갈 것이지 밤늦게 왜 남의 집까지 와서 소란 피우냐?"

“누가 너 보러 왔냐!! 해인이 보러 왔다!! 귀여운 우리 해인이 보러 왔다고오~ 아우, 씨발!! 해인이만 아니었어도 재수없는 면상 안 보는 건데.”

드디어 나의 고요함이 흔들렸다.

“너만 재수없냐! 나도 엄!!청!! 재수없어. 재수 똥, 밥맛이라고!! 네 놈 얼굴만 스치듯이 봐도 꿈에 나타나고 목구멍에 물이 안 넘어가!”

“나도 그래!”

“그리고 나 보기 싫으면 오지 마!!”

“여기가 네 집이냐, 한신이네 집이지! 너야말로 남의 집에서 아주 눌러 사냐, 이 빈대 같은 새끼야! 집에서 내놓은 새낀 내가 아니고 바로 너야, 너!”

“뭐라고?! 웃기지 마!! 옹녀 쉬랑 나랑 앞으로 여기서 살 거야. 그러니까 내 집도 된다고! 당당히 한신이네 부모님한테 허락받고 사는 거라고! 너야말로 앞으로 이 집에 다신 얼씬거리지 마!!”

“야! 너…….”

“시끄러!!”

지휴 놈 소리를 버럭 질렀다. 저 새낀 맨날 소리만 질러댄다. 절대 저 새끼가 무서워서 멈춘 게 아니고 저 새끼 소리 지르면 고막 터질까 두려워 잠시 태훈 놈과의 한판을 멈추었다.

빠라빠라빠라밤~ 빠라빠라빠라밤~

이 희박한 오토바이 소리는? -_- 잘나신 지휴 씨의 폰 소리였다. 지휴 새끼 획 핸드폰을 바라보더니만 전화를 받았다.

"예."

…=0= 저 새끼 금방 뭐랬냐. 저 새끼 입에서 존댓말이 나오다니!! 역사에 길이길이 남으리라.

"예, 곧 집에 보낼 테니 걱정 마세요. 예, 다음에 한번 들릴게요."

그렇게 지휴 놈의 통화는 끝났다. 나는 그냥 멍하니 있었다. 지휴 놈의 입에서 흘러나온 말들이 믿어지지 않기에 황당한 표정을 짓고 있었다.

"박해인, 아줌마한테 전화 왔어. 너 얼른 집에 들어가."

"엄마가? 싫어!! >_< 안 갈 거야. 나 오빠랑 더 있을 거란 말야!"

"태훈아, 너 해인이랑 집 방향 같으니까 네가 데려다 줘라."

"그래! =0="

지휴 놈의 말에 태훈 놈의 입이 귀까지 걸렸다. 해인이를 무진장 이뻐하는 것 같다. 엄지공주는 지휴에게 다시 슬그머니 팔짱을 끼면서 물기 가득한 눈빛으로 지휴 놈을 바라보았다.

"오빠가 데려다 주면 안 돼??"

해인의 말에 태훈 놈의 얼굴이 그새 어두워진다. 쌤통이다.

"태훈이랑 가. 너네 집이랑 우리 집이랑 정반대 방향이잖아. 귀찮아. 지금 당장 태훈이 따라서 집에 들어가."

"오빠랑 더 있고 싶단 말야!! >_<"

해인은 징징대며 지휴 놈에게 매달린다. 그 모습 정말 미치도록 깜찍하다. ㅜ0ㅜ 그래서 더 열받았다.

"태훈아, 해인이 조심히 데리고 가라."

조심히… 지휴의 입에서 나오는 조심히라는 말은 굉장히 생소했다.

"해인아, 가자. 오빠가 안전하고 편안하게 집까지 모셔줄게."

"싫어! 휴 오빠랑 더 있을 거야!!"

해인의 말에 태훈 놈의 얼굴 표정은 가관이었다. 어지간히 충격이었나 보다.

"아오씨! 박해인, 자꾸 짜증나게 할래!"

지휴의 짜증 섞인 말투에 앙탈 부리던 해인의 커다란 눈에서 드디어 진주 같은 눈물이 뚝뚝 미련없이 흘러내렸다.

"오빠~ 오빠는 해인이가 싫은 거야? 흑흑."

너무나도 서글프게 우는 가냘픈 해인의 모습에 지휴는 한숨을 푹 내쉬더니만 벌떡 일어나 해인을 바라보았다.

"일어나."

지휴의 말에 해인은 고사리 같은 조그마한 손으로 눈물을 훔치며 여전히 훌쩍거리면서도 지휴 팔에 슬그머니 다시 팔짱을 꼈다. 이, 이! 귀여운 소녀야. TOT 그 손 당장 떼렴. 하지만 해인의 손은 지휴 놈의 팔을 꽈악 잡고 있었고 더 환장할 노릇은 지휴 놈이… 그 망할 지휴 놈이 가만히 있는다는 것이다.

"너 나 올 때까지 자지 마."

"또 오게? 넌 너네 집도 안 가나? 오지 마."

괜히 심술이 난다.

"자지 말랬어."

"너도 내놓은 자식이냐? -_-"

"자꾸 개겨라."

"…=_=;"

지금 지휴 새끼만 보면 물밀듯이 마음속으로 화가 치밀어 오른다. 아니, 지휴 놈이 얄미웠다. 그 말을 마지막으로 풀 죽은 얍삽이 새끼가 먼저 현관문을 나섰고 지휴와 지휴한테 찰싹 달라붙은 해인이 그 뒤를 따라 나갔다. 지휴가 내게 등 돌릴 때까지 절대 바라보지 않았지만 지휴가 돌아서자마자 나도 모르게 지휴에게 시선이 쏠렸다. 그때… 해인이란 소녀가 슬그머니 뒤를 돌아본다. 언제 울었냐는 듯이 조그만 얼굴에 미소가 가득한 채 새하얀 미소를 지으며 나를 향해 딸기같이 조그만 혀를 살짝 내밀었다. 그리곤 보란 듯이 지휴에게 더욱 더 꼬옥 팔짱을 끼더니 나가 버렸다. 귀여운 소녀야… 너 금방 메롱한 거 아니지? 그렇지? 내가 잘못 본 거지?

잠을 설쳤다. =_=; 해인이 낼름 내밀었던 딸기같이 조그만 혀가 잊혀지지 않는다. 도전하는 듯한 그 눈빛도. … 가녀린 외모이긴 하지만 옹녀 쒸보다 더 무서운 소녀일 수도 있다는 생각이 든다.

헉! -0-

〈2권에 계속〉

여
자
이
기
를 거부한다